Došljaci

Došljaci

Milutin Uskoković

Globland Books

Svojoj verenici,
gospođici Babeti Fišer,
Milutin.

DEO PRVI

Devičanstvo, ti me ostavljaš.
Kud odlaziš?

Safo

S proleća

Kraj se primicao novinarskoj sezoni.

Beograd, koji oživi krajem avgusta, već se krajem februara, pred oblacima prašine, povlači, da prospava letnji san. Parlament je završavao svoje sednice, ispunjene besedama i psovkama, govorničkim gestovima i šamarima, radom na interesu naroda i nekolicine, svečanim rezolucijama i nemim gutanjem žaba. S dimom vatara po topčiderskom brdu, gde se gorelo đubre, iščezavao je i beogradski život, pun sjaja i skandala, otimačina i požrtvovanja, ljubavi i trgovine, naduvene raskoši i crne nemaštine. Prekidao se niz velikih igranki za humane ciljeve i krompir-balova, svadba i razvoda, hvaljenja i ogovaranja, zavidnog skakanja u klasama i svirepog isterivanja iz službe, uspeha i katastrofa, čestih praznika i čestih postova. Bolesno februarsko sunce, koje sa sobom nosi proletnje dane i pomisli na samoubistvo, provlačilo se kroz razapeto rublje u jednom niskom dvorištu, probijalo se kroz neoprane i ulepljene prozore, i, svojim zracima, žutim kao što je slama, obasjavalo je uredništvo *Preporoda*, dižući po njemu gustu prašinu.

Unutrašnjost *Preporoda* bila je vrlo skromna. Na prozorima nije bilo zavesa, već su se leti, kad sunce upeče, urednik i saradnici dovijali muci i na prozore razapinjali kapute. Dva pisaća stola, nova, od dobre hrastovine i sa secesionističkim šarama, trudili su se da svojom lepotom sakriju ovu preteranu skromnost.

Iza jednog stola stajao je nov etažer, u kome su bile razbacane, mahom nerazrezane, knjige raznolikog formata a još raznovrsnije sadržine — knjige koje su dolazile na prikaz. Među njima je dostojanstveno odskakao geografski atlas nemačkog izdanja, još iz doba kad u Srbiji nije bilo železničke pruge — jedina knjiga koja se mogla ponositi među svojim drugama da je kupljena. Tu je bilo još nekoliko fotografskih ploča i jedan par žutih cipela, na koji su postojano aspirirala dva saradnika i jedan šegrt. Više etažera stajao je zidni kalendar, litografski rad, sa slikom jednog komite, Beograda i nekakvih paprika. Iza drugog stola širila se karta jednog dela Stare Srbije, cele Maćedonije i Jedrenske oblasti, sa jasno obeleženim mestima ustanka iz 1903. godine, izdanje Unutrašnje organizacije, odnosno bugarske vlade. Karta je padala čak do zemlje, gde su ležali ostaci od cigara, masna hartija i mrvice od bureka.

Prijatnu protivnost ovoj magazi javne reči činile su dve uljudne fizionomije što su, zadubljene, visile iznad plavetnih šlajfni, koje su se, ispisane, izmicale ispod pera, kao ispod kakve mašine. Urednik, zreo čovek, s licem žutim i energičnim, podigao bi glavu, samo kad bi slagač koji je ostao bez posla došao, da uzme rukopis, promerio bi ga jednim izgubljenim pogledom, kao da je hteo iz njegove fizionomije da nađe nastavak svoga članka, pa bi onda uzeo u zube svoj brk, i produžio posao, mirno, predano i kao po kalupu. Obrazi i podbradak bili su mu sveže obrijani, kosa ošišana do kože, vrat se rumenio u čistoj, dobro popeglanoj kragni, iz koje je izlazila mala, uska kravata zejtinjave boje i elegantno uvirala u zatvoren prsnik i kaput od grubog engleskog štofa.

Drugo lice, koje je sedelo za stolom sa zaleđem one bugarske geografske karte, bio je saradnik *Preporoda* za balkansku politiku, književnost i umetnost. Kako su njegovi balkanski izveštaji morali imati izvesnu patriotsku tendenciju, to su ga u redakciji zvali Patriotom, a njegove poslove, ma se oni odnosili na čistu književnost, nazivali su patriotska rubrika. Njegove crte nisu bile energične kao kod urednika, niti mu je lice bilo odnegovano. Po koščatim obrazima videle se crvene bubuljice. Masna kosa padala mu je preko čela. Ali njegove plave, male oči, bile su kao postavljene svilom, kao kod svih ljudi koji imaju duboku unutrašnjost. Na njegovom licu lebdeo je, kao i kod urednika, neki izraz zamišljenosti i dubine, povećan samo jednom količinom neke neodređene melanholije.

Patriota je radio brzo i nervozno. Hteo je da što pre svrši svoj posao, pa da se odmori. Bolesno februarsko sunce uticalo je na njega jače nego na njegove drugove. Osećao je kao neko penušanje krvi. Grozničava vatra zaplamila bi mu, s časa na čas, obraze, i mlitavost osvajala mu sve zglavkove na telu.

— Hoće li biti još čega? — upita faktor štamparije Patriotu, kad mu uze i poslednju šlajfnu.

— Još jedna kratka vest — reče on, popravljajući svesku neispisane hartije. — Jedan legat za osnovnu školu u Tuzli.

— Bogami, gledajte što više. Nemamo ništa garmonda...

— Koliko vam još treba? — prekide ga urednik.

— Pa, što cicera što garmonda, još osam stubaca.

— Osam stubaca! — viknuše uglas urednik i saradnik.

— Pa da, šta sam jutros dobio! — čudi se faktor. — Ovo od vas i gospodina Kremića. Ostalo ništa. Feljtona ni slova. Gospodin Paja se napio. Gospodin Vasić nije još došao. Dva mi slagača već stoje bez posla.

U redakciji nasta tajac. Dole, iz tuđeg dvorišta, čulo se da su obućarski momci svršili doručak i nastavili rad. Kroz razapeto rublje dolazilo je potmulo, a po taktu, lupanje čekića u kalupe, i glas jednog baritona, koji je pevao, umekšavajući suglasnike:

Ljubičica s proleća se javlja,
A s proleća i grob joj se spravlja.

Utom ulete u sobu, kao bez duše, reporter *Preporoda*, Bogdan Vasić, vukući za sobom svoje noge, suve i dugačke kao šestar. Po crvenim očima videlo se da je jutrom naknadio noć. Još s vrata stade govoriti zadihano:

– U ministarskoj sednici... kako da kažem... rešeno je da se pristupi reorganizaciji vojske. Reforma će obuhvatiti... kako da kažem...

— Zar samo to? — upita ga urednik popreko, ljut što mu se reporter zadocnio.

— A, ima još... kako da kažem, turski poslanik u Topčideru, hleb poskupeo, selo Mrčevci proglašeno za varošicu... Reforma će... kako da kažem... obuhvatiti: glavni generalštab, vaspitanje i...

— Šta vi to meni pričate! — prekide ga urednik. — To se mene ništa ne tiče. Nego sedite pa to napišite.

— Kremiću, jesi li svršio? — obrati se reporter Patrioti, pa dodade poverljivo: — A Pajo... kako da kažem... odmetnuo nam se u hajduke; *nigde go nema!*

— Džaba mu što pije, ali ništa nije ostavio rukopisa! Treba nam još osam stubaca.

— Osam?... Biće, biće! — optimistički odgovori Vasić samom sebi. — Jesi li video u *Srpskoj riječi*... kako da kažem... legat za osnovnu školu... Pijan je kao Rus.

— Baš sad to pišem. Evo gotov sam. Sedi, pa bogami, porazvuci.

Kremić ustupi mesto Bogdanu, proteže se, zapali cigaretu, zagleda se u prostrto rublje u dvorištu i, puštajući najslađi, prvi dim, nesvesno ponovi šustersku pesmu:

A s proleća i grob joj se spravlja.

Legat u Donjoj Tuzli, beogradske vesti i *zasebna rubrika*, koju je urednik načinio o gladi u Indiji prema izveštajima *Nove slobodne prese*, jedva su izneli tri stupca i u redakciji je vladala ona najteža atmosfera za novinara: kad se podne primiče, a materijala nema.

Čak se i administrator Dušan nervirao, i grdio jednim naročitim rečnikom prodavce novina koji su dolazili u administrativno odeljenje i davali obračun od jučerašnjeg broja.

— Da ja napišem nešto o teroru Arnauta. Ostalo mi je...

— Šta? Pa da ceo broj ispadne patriotski! — kriknu administrator iz svoje sobe i krupnim basom nadjača tutanj štamparske mašine.

Njegovo crveno lice pomoli se na otvoru od administracije,

namršteno i gotovo da i pesnicama brani broj od suvišnog patriotizma.

— Valjda opet nekakve koze? — upita urednik.

— Pa kao uvek, kradu, pljačkaju — odgovori saradnik.

— Dosta smo o tom pisali.

Kremić se zamisli. Doista, pisao je dosta o tim Arnautima. Više nego što je i morao. Bio je stvorio čitav događaj zbog nekoliko ukradenih koza. Ostala štampa, surevnjiva na *Preporod*, da joj ne odnosi rekord u patriotizmu, prihvatila je parolu protiv Arnauta, i prolila potoke suza i mastila. Obrazovao se odbor gospođa i gospođica, te priredio jednu zabavu u korist postradalih; studenti su držali miting i doneli oštru rezoluciju, vlada je intervenisala, turski poslanik se izvinio i dao obećanja da se žalosni događaj neće ponoviti. Gospođe i gospođice provele se lepo, studenti se siti nadebatovali, vlada zabeležila jedan uspeh više u svom radu, turski poslanik dobio šta da radi... svi dobili po nešto, samo novinar koji je stvorio sve to, mora da se toga mane i da glođe pero, izmišljajući šta drugo za nezajažljiv kljun štamparske mašine.

— Kako je neblagodaran ovaj poziv — mislio je mladi saradnik *Preporoda*. — Danas se desi nešto, uložiš sve svoje snage, pišeš... pišeš, novine se kupuju, misliš da si uradio bogzna kakvu stvar. Sutradan, sve je zaboravljeno, sve otišlo u zaborav kao lanjski sneg, zaborav tako brz, tako gust i svirep!

I Kremić se seti čega sve nije bilo ove zime u Beogradu. Umrla baba Rupa, umro i čika Nešo, koji je po ulicama komandovao uobraženim baterijama i vikao: dum-dum, i još nekoliko ljudi bez kojih se Beograd nije dao zamisliti. Ljudi, za koje se mislilo da su tvrdi kao kremen kamen, pretrpeli slom u imanju i časti. Nove zvezde pojavile se na polju politike i trgovine, umetnosti i zanatstva. Svaki dan je donosio po jedan svež cvet od neocenjive novinarske vrednosti, koji bi svenuo već sutrdan. Ceo taj život koji je stao bezbroj godina i muka, nada i razočaranja, suza i osmeha, borbe i rada, sve te stvari od juče, tako vesele ili žalosne, nisu danas vredele onog petparca koji prodavac novina traži od publike.

Iz tih misli trže Kremića telefon, smešten u administrativno odeljenje, i on ču težak pokret administratorov i njegov mrgodan glas:

— Alo, ko je tamo?... A, ti si, Mato?

Posle male počivke, on produži, ali glasom sasvim promenjenim:

— Šta?... Samoubistvo?... Jedna radnica?... Iz ljubavi?

Urednik, s obasjanim licem kao da je dobio glavni zgoditak, skoči iza stola i potrča telefonu. Skoči prevodilac, korektor, pa i faktor.

Ova radost lednu Kremića u srce.

Urednik, koji je bio zamenio administratora na telefonu, pošto ču sve što je hteo, prekide vezu, i, veselo trljajući ruke, stade da objašnjava radoznalim saradnicima:

— Mata Bez Ruke javlja sa Dorćola, da se udavila u Dunavu jedna radnica iz Oficirske zadruge. Uzrok nesrećna ljubav... Obećao sam mu dati deset brojeva besplatno danas... A gde je Vasić?... Stan samoubice Banatska ulica broj 36.

— Pa tu ja sedim! — iznenadi se Kremić.

— Onda brzo! Inače nema Vasića. Trčite tamo... Samo brzo i što više pojedinosti. Stvar je važna... Slagači čekaju na rukopis.

— *Preporod* će otići danas kao alva! — dodade administrator zadovoljno.

Znak

U dnu sumornog dunavskog kraja, gotovo na samoj obali, nalazi se Banatska ulica, još neprosečena i pokaldrmljena samo s jedne strane. U toj ulici, gde kokoši bezbrižno čeprkaju zemlju kao u kakvoj palanci, izdiže se jedna velika kuća na dva sprata. To je kuća broj 36. Podigao ju je jedan veliki beogradski trgovac od građe koja mu je ostala posle zidanja jedne velike državne građevine. Trgovac je govorio da je diže u humanom cilju, težeći da radnicima pruži udoban i jeftin stan. Kad je udarao temelj, načinio je od toga čitavu crkvenu svečanost, a kad je kuću svršio, snabdeo je svaki apartman svojim litografskim portretom. Oba pak puta prestonički listovi doneli su dugačke članke u slavu ovog preduzimača. Međutim, radnici su ostali u svojim starim zemunicama, jer je kirija bila skupa. Tek nekoliko njih, koji su imali bolje nadnice, zauzeli su odeljenja donjeg sprata, naročito ona iz dvorišta. Ostala odeljenja zauzele su dve-tri jevrejske porodice, jedna babica, kod koje je stanovao Miloš Kremić, sitni činovnici i zanatlije.

Miloš se retko kad zadržavao kod kuće, te još dobro nije poznavao ovaj monument preduzimačke humanosti. Tek pojedini detalji, koje je slučajno sretao za nekoliko meseci otkako je sedeo u ovoj kući, stvarali su mu sliku o njoj, sliku jednog nejasnog mozaika raznih staleža, vera, narodnosti i kulture. Između sebe opštile su samo porodice koje imaju zajednički trem i podrum. Žene su jedna drugu pažljivo titulisale *gospom* i govorile čas *vi* čas *ti*.

U dvorištu je obično vladala tišina, ona čudna tišina gomile koja je zauzeta poslom. Ceo taj svet, tih šesnaest raznih porodica, provodio je dan radeći, a noć spavajući. Retko da se katkad začuje glas kakve pesme ili svirke. Pa i sama deca bila su mirna; ćuteći su se igrala u kakvom kutu; tek kad iziđu na Dunav skakala su i derala se. Odrasli su brzo išli preko dvorišta, kao da su se bojali da ih ko ne povuče za kaput, natrag na ulicu, u rad, i ulazili u svoje stanove na jednaka, mrko obojena vrata, tako rešeni, kao da nikad iz njih neće izići.

Fizionomija ove kuće bila se jedva malo izmenila, kad se desilo ovo samoubistvo. Deca koja su se sva skupila na kapiju, gledala su zablenuto u jednu sobu na donjem spratu, gde je ležala umrla devojka. U njihovim krmeljivim očima tek bi sinuo sjaj svesti, kad bi neko izišao iz te sobe. Rado su se stavljali na uslugu, kad bi im ko otuda zatražio da što poslušaju, i po troje trčalo u bakalnicu za tamjan ili u kafanu za rakiju. Posle bi opet zaćutala, i kad bi koje od njih zapitalo što, ostala bi ga utišavala pesnicom u slabine, i tako čuvala svečanu i tužnu tišinu koja je lebdela nad ovom nezgrapnom kućom.

Neka sanjiva malaksalost koja opija vukla se po stvarima. Žuto februarsko sunce obasjavalo je samo južnu stranu dvorišta. Ostale tri strane su ostajale u pepeljavoj senci koja je još više pojačavala duboku melanholiju i pustoš ovog života u predgrađu.

Kremić se nadao da će zateći svoju gazdaricu kod kuće i

dobiti od nje podatke koji su mu trebali. Ali je ona već bila izašla na neki porođaj. Trebalo je upitati nekog drugog.

Jedna devojka, koja se po ukusnom odelu i uglađenom kretanju odvajala od ostalih stanovnika ove kuće, videla se kako neprestano trči i svršava poslove, potrebne oko jednog pokojnika. Ona je pomogla da se devojka namesti, našla je cveća, zimzelena i lala, raspremila sobu i kujnu, metnula nekoliko stolica napolje, za one koji nemaju mesta unutra, donela od svoje kuće kafe i šećera, slala decu u bakalnicu, zvala ovu ili onu stariju i iskusniju ženu da se nađe oko mrtvaca, malo govorila, a najviše čuvala prisustvo duha, te radila predano kao da joj je to dužnost.

Ova devojka, koja se zvala Zorka, sedela je sa svojom majkom, udovicom jednog činovnika, do babičinog stana. Njihovo je odeljenje bilo najskuplje i najlepše, na gornjem spratu, nad samim ulazom, sa tri velike sobe, okrenute Dunavu. One su imale penziju, koju su umele da rasporede. Jednu su sobu izdavali, ako se javi preko prijatelja kakva devojka. Imali su u kući sve što im treba. Prema susedima su se držali na onoj blagonaklonoj visini koju naše sitne činovničke porodice zauzimaju prema građanskom staležu; nisu tražili od svojih komšija ništa i retko im pravili posete, ali su im rado pozajmljivali, kad im zatreba štogod: kakav sud ili nešto šećera, koji groš ili praktičan savet. Stoga je svet oko njih verovao da ove dve žene imaju više novca nego što je bilo u stvari i okruživao ih izvesnom pažnjom i poniznošću, koja se ukazuje samo gospodi.

Saradnik *Preporoda* se jedva sećao da je neki put video Zorku u kući, te ništa izbliže nije znao o njoj. Ali po svemu što je na njoj video, zaključio je, da ona nije neki veliki rod utopljenici i da je najbolje da se njoj obrati, te uđe, da je potraži. Zorka je u tom trenutku skidala lonče s kafom, i, kad ugleda Miloša da joj se približuje, toliko se trže, da joj se kafa prosu po vatri.

Ona je poznavala Kremića iz viđenja. Znala je da radi u *Preporodu* i da je pesnik. Njegovi stihovi, koji su izlazili s vremena na vreme u ovom listu, obično o kakvom velikom prazniku, nalazili su topao prijem u njenome srcu. Njoj je godila sentimentalnost dvadesetih godina kojima su ove pesme bile ispunjene i izvesna žica iskrenosti, koja ih je odvajala od tadanjih pesama, punih tražene svile i izmišljenih salona. Rado je čitala i ostalo što iziđe u *Preporodu* pod potpisom *M. K.* pa je uočila Milošev stil, te je poznavala i ono što je pisao bez potpisa. U praznini devojačkih dana, ona je krišom pratila pogledom Miloša kad izjutra izlazi u varoš, interesovala se da sazna što više pojedinosti o njemu, i znala je da je prošle jeseni svršio prava i da se još nije rešio da stupi u državnu službu. Taj mladi čovek, zamršene plave kose i sa zamišljenim licem, na koje se neodređena melanholija utiskivala kao jedan pečat, odvajao se od ostalih mladića, koji su oko nje stanovali, mahom trgovačkih pomoćnika i bankarskih činovnika, te bi je pokatkad bocnula želja da se upozna s njim.

Trenutak koji joj je donosio ovo poznanstvo bio je neočekivan i zlokoban. Na njihovom domaku ležao je mrtvac. Atmosfera je bila teška, puna tamjana i mrtvačkog mirisa. Kad je mladi čovek pozdravi, nešto hladno savi se oko Zorkina srca, kao čoveku kad oseti rđav znak. Ne razmišljajući ništa i predajući se sva tome tamnom osećanju, ona zbunjeno ostavi lonče s kafom i, jedva promucavši *pardon*, promače pored Kremića u dvorište.

Miloš je bio pošao iz redakcije sa najboljom voljom da skupi materijal za ljubavnu dramu koja se završila na dunavskoj obali, ali ukoliko se odmicao od uredništva, utoliko se u njemu gubila volja za to i obuzimala ga izvesna neugodnost pri pomisli kakva će scena biti između njega i roditelja nesrećne devojke.

— Šta li je moglo okoreti srce ovog čoveka, da se raduje tuđoj smrti i od nje pravi trgovinu? — mislio je putem Kremić, sećajući se kako je urednik trljao ruke zadovoljno kad je saznao za samoubistvo. — Sin jednog prote iz unutrašnjosti i poznatog narodnog poslanika; odlično svršio gimnaziju u Beogradu i prava u Parizu; širom mu bila otvorena vrata karijeri u diplomatiji i na Univerzitetu... Šta ga je nateralo da ostavi sve to i pristane da se pregoni s tipografima, radi s pijanicama, iznalazi gde je jeftiniji i sam kanap, kojim se uvezuju paketi novina. Dobro upoznat sa najlepšim delima svetske literature, evo ga gde ugađa krvožednim instinktima publike za njen petparac!

Da je bilo ugodnije vreme za razmišljanje, možda bi ovaj mladi čovek, takođe rodom iz unutrašnjosti, koga su već počela pohoditi pitanja života, zadubio u tajnu ovog preloma i u njoj našao pouke za svoj život, ali smrt je bila tako blizu, da je svojom svečanošću prezirala sitne račune. I mladi novinar gadeći se na svoj poziv, ostavljen sam sebi, posmatrao je šta se oko njega radi.

Kujna u kojoj ga je ostavila Zorka, bila je tako uska, da se čovek u njoj jedva mogao okrenuti. Mali broj sudova i stvari u njoj pokazivao je da tu živi jedna skromna porodica, a po čistoti u svemu videlo se da tu stanuju samo žene.

Iz sobe je dopiralo naricanje jedne starice, ubrađene crnom šamijom i s ukrštenim šalom na leđima. Kuknjavu je pratio prigušen razgovor komšinki.

— Pogledaj je, boga ti, kao da je zaspala! — čuo se glas jedne mlade žene u libadetu od plave kadife.

— Kao da će sad ustati! — potvrdi druga žena. — Sirota, kako da se usudi!

— Mene svu jeza podiđe kad samo pomislim...

— A što? — upade neko treći. — Bolje to nego da se truje. Manje je muke.

— Greh je to, jadna! — reče ona žena u libadetu, poverljivo, da je ne čuje starica koja je kukala.

— Nije to njen greh! — protivi se glasno ona treća žena. — *On* je grešan, pasji sin. Ja bih njemu revolver...

— Pa šta mi bog dâ!... — dopuni neko četvrti.

— Kuku, sine, šta učini od sebe! — naricala je starica u crnoj šamiji akcentujući po niški.

Na dva sastavljena stola ležala je mrtva devojka, obučena u praznično ruho. Lice joj je bilo povezano jednom ružičastom svilenom trakom, da joj usta ne bi stajala otvorena. Mrtvačka ukočenost bila je nastupila i vilice se nisu mogle potpuno sklopiti, te su joj usne stajale poluotvorene i nasmejane, kao da je duša sanjala nekakav prijatan san. Ovaj osmeh kvarila je jedna mrlja, koja je stajala u dnu desnog obraza kao jedna crna suza; ova mrlja dolazila je od zgusle krvi, koja se prilepila za kožu u poslednjem trenutku života i više se nije dala oprati. Inače su obrazi bili bledi. Crte se pretvarale u hladan mramor.

Pod trepavicama se videle staklaste zenice. Duša se pretvorila u noć. I prisustvo smrti unosilo je hladnu svečanost u svakodnevnu sirotinju ovog stana.

Dignuvši oči sa mrtvaca, Kremić zadrža pogled na podbulom licu starice koja je sedela čelo glave pokojničine i, nestremice gledajući u lepo lice svoga deteta, grcala i pitala se izgubljeno: „Kuku, sine, šta učini od sebe?" Lice ove starice, koliko se videlo ispod crne šamije kojom je bila ubrađena, bilo je suvo, mršavo, pocrnelo i ogrubelo kao kod ljudi koji su odvajkada sirotinja, ljudi koji provode svoje dane bez sočne žalbe za propalim imanjem ili bez zelene nade da će doći novi i bolji dani. Po ovoj dubokoj paćeničkoj rezignaciji rezao je sveži bol strašne grimase očajanja i mržnje na život.

Kremić se ne smede umešati u ovu bedu nego se neopaženo vrati na trem, pa se reši da upita onu decu da mu kažu što znaju. Ali se u tom trenutku susrete sa Zorkom. Ona se rumenila u licu, kajala se zbog svoga sujeverstva i vraćala se da goste posluži kafom.

— Molim vas, gospođice, na nekoliko reči... — osmeli se novinar. — Šta se to desilo?

— Izvinite me za jedan trenutak. Sad ću ja, samo da naslužim kafu ženama — odgovori mu ona, ljubazno i slobodno, i otrča u kuću.

Miloš pogleda za njom.

Zorka je bila od onih devojaka kod kojih se izbegava govor o godinama. Vreme i prekovremen devojački život počeli su već da ostavljaju tragove na njoj. Njene crte su već počinjale da venu i dobivaju bledoliku boju zadocnelog cveća. Ali je ona imala lice žene koja je mršava odvajkada i koje se lako ne menja s godinama. Toj osobini, koja joj je davala nečeg detinjastog i ptičjeg, lepo se pridružavao vlažan pogled njenih dubokih očiju, koje su bile mrke kao vode u hladu od vrba. Vitkost njenog srazmernog tela zaogrtala se jednim tajanstvenim velom, koji ženu čini ženom, i izmicala pogledu posmatračevom.

U ovoj bedi smrti i skučenog života, Kremić se prijatno oseti kad vide kretanje njenih lepih ženskih oblika. Čudio se kako Zorku ranije nije primetio. Da, čovek danima prolazi jednim putem, vidi prašinu, ogradu, travu i leptira na njemu, a ne primećuje lisnatu odraslu jabuku, koja se sva beli od cveta. Slučaj jedan otkriva mu plemenito drvo, i on zastaje začuđen, i pita se: da li je to doista juče postojalo.

Kad se Zorka vrati, Miloševo lice se ozari vatrom zadovoljstva, i on je, da bi se što bolje sa njom poznao, šaljivo upita:

— A meni kafa?

— Gle, zar ste vi za to došli! — odgovori mu ona đavolasto.

Kremić se nasmeja i, gledajući male vene na Zorkinim kapcima i slepim očima, koje su plavom mrežicom opkoljavale dubinu njenih zenica, zamoli je da mu odgovori na pitanja koja joj je postavljao o nesrećnoj devojci i uzroku njenog samoubistva.

— Anđa se upoznala u ovoj kući sa jednim bandijskim narednikom — odgovori mu devojka. — On je bio vrlo lep čovek, krupnih crnih brkova i očiju. Nosio se pažljivo: kajas mu je bio uvek nov, a odelo od oficirske čoje. Kad je govorio, smešio se i sve okretao na šalu. To mi se nije dopadalo kod njega i plašilo me za Anđu. Ona ga je brzo zavolela i s njim se sprijateljila. Majka joj nije ništa smetala, hvalila je narednika i radovala se sreći svoga deteta. To su bili lepi momenti i za nas komšije, kad bi narednik sedeo sa Anđom i svirao na svoju trubu. Da, on je svirao, svirao uvek. Kad god mu je služba dopuštala, dolazio je kući, i tu čekao da se Anđa vrati, izvijajući melodije koje su bile vrlo slatke i žalosne, kao da to nije svirao čovek koji se uvek smeje. A kad bi ona došla, seli bi zajedno, ona bi pevala tiho, izgubljeno, a on ju je pratio sve tiše i tiše.

Tu zadrhta Zorkin glas.

— To je trajalo tako celo leto — produži ona — ali, od jesenas, narednik je sve ređe dolazio kući, sve se ređe čula njegova truba. O Mitrovu dne on se iseli odavde, izgovarajući se da mu je daleko kasarna, a pre mesec dana bude premešten u Valjevo. Šta je od toga doba bilo između njih dvoje ja ne znam. Vidim samo kako se svršilo: jutros je Anđa otišla na rad kao obično, ali mesto da udari u varoš, ona ode na Dunav, i, ne govoreći nikome ništa, ne ostavljajući nijedne rečce napisane, ona skoči u vodu. Kad su pritrčali neki vojnici i izvukli je iz reke, ona je već bila mrtva.

— A on? — upita mahinalno Miloš.

— On se svakako smeje — odgovori Zorka, i glas joj zadrhta još jače.

Kremić pomisli da će sad čuti bujicu reči protiv muškaraca, ali se Zorka bila povukla u se i ćutala, zanesena i nevesela.

Čudne se stvari dešavaju na ovome svetu. Ima ljudi sa kojima živimo odavno zajedno i u prijateljstvu, a nikad se s njima nismo razgovarali iskreno, nikad im nismo širom otvorili svoje srce; dok s drugima tek što smo progovorili koju reč, a mi se zainteresujemo za njih kao za braću i pružimo im celo svoje srce. Jedna ovakva potreba za intimnošću bila je obuzela mlada čoveka prema devojci s kojom je govorio, i on je upita umekšanim glasom koji je dolazio iz dubine grudi:

— Oprostite mi, gospođice, ako sam slobodan. Kad vas vidim tako ćutljivu i melanholičnu, ja se plašim, da vas ovim nisam povredio... bojim se da i vi niste nesrećni.

Preko Zorkinih usana prelete jedan žalostan osmejak.

— Nesrećna nisam — odgovori ona prostosrdačno — nego me je potresla nesreća ove devojke.

— Šta mislite o njoj, o Anđi? Da li je osuđujete?

— Ja ne vidim zašto je treba osuđivati. Ovo je samo nesreća, zla sudbina, kako kažu naše majke. Anđa je bila slabo stvorenje, koje se nije moglo odupreti iskušenju, prohtevima srca i snositi posledice koje one izazivaju.

— Naprotiv! — reče Miloš. — Ona je pravilno mislila. Život je žalostan. Jedina sreća koju možemo naći u njemu jeste ljubav. Kad nje nema...

— Ne, nije tako. Ljubavi ima uvek. Ona nam se nudi na svakom koraku. Koliko ima potrebitih i nemoćnih koji su žedni naše ljubavi. Ali ljubav, kakvu je Anđa tražila, to je osećanje luksuza. Ona nas vuče ka zadovoljstvima, ali ne i sreći, jer se sreća nalazi u dužnosti, u požrtvovanju... Požrtvovanje je sreća, gospodine Kremiću — ponovi Zorka i nabra obrve, dve male obrve, tanke i crne kao krila u lastavice.

— To su kaluđerske misli, gospođice! Prema tome, ja bih...

Zorka ne htede dopustiti da se razgovor produži dalje na tom terenu nego prekide Kremića:

— Vi ćete sad napisati čitavu istoriju od ovog događaja.

Ali bi korisnije bilo, da se nađete ovde. Potrebno nam je ljudi. Naše komšije su na radu i zauzeti su ceo dan.

Kremić obeća da će navratiti posle podne i učiniti što može, ali se unapred izvini da se ne ume naći u ovakvim stvarima.

— Treba umeti! — nestašno mu dobaci ova mršava devojka i otrča da vidi treba li šta ženama.

Tri druga

Miloš Kremić prolazio je čitavu zimu pored svoje nove poznanice, a, takoreći, nije je video. Sad pak, rastavši se od nje, mislio je na nju, pamtio sve što je kod nje našao i verovao da je bolje zna nego sve žene koje je do sada poznavao. Daleko od Zorke, on je, kao sva osetljiva bića koja su obdarena imaginacijom, oživljavao njeno lice, bledo i neveselo kao zadocnelo cveće, njen prav pogled, koji je dolazio iz mirnih dubina tamnog oka, melanholičan osmeh oko usana, koje su precvetavale nedodirnute ljubavnim poljupcem, siguran glas, koji je slobodno iznosio njena intimna mišljenja, i celo njeno vitko biće koje se izmicalo posmatračevom pogledu. U ovim mislima, kojih se nije mogao otresti, lice i glas Zorkin davali su mu utisak jednog sna ili neke uspomene. Odakle se dizala ova ženska glava, na šta su ga opominjali ovi prikriveni uzdasi i reči, sređene u prirodne aforizme, koji su mu prodirali u dubinu srca?

U redakciju je došao na vreme i seo da piše. Kad je hteo naći oduška novim osećajima koji su ga gušili, on se sav pre-davao opisu žalosne ljubavi između radnice Anđe i bandijskog narednika, da je opisujući zamišljene dirljive scene uzdržavao s mukom suze koje su mu navirale na oči. Slagači su sa uživanjem čitali ovaj rad, slažući slova, i glasno davali svoje pohvalne primedbe. To je potvrđivao i korektor, pregledajući šif za šifom, a administrator, koji je bio svršio obračun s prodavcima, besposlen je čitao svršene korekture i govorio:

— Alal ti vera, Miloše. Vidi se da si pesnik. Danas će otići hiljada više, kao jedan!

I sam urednik prilazio je Kremiću, nudio mu cigarete i palidrvca.

Kad svrši sve, mladi saradnik *Preporoda* predloži svojim drugovima i uredniku da skupe nešto novaca za majku pokojničinu, da joj se to nađe u nevolji. Tu se Miloš ponovo iznenadi. Onaj isti čovek, koji je zadovoljno trljao ruke kad je čuo da je jedna sirotica izvršila samoubistvo, zbunjeno je promucao: „Neka, ostavite vi to, daću ja nešto!" i uručio Kremiću dvadeset dinara da odnese devojčinoj majci.

Sirota žena kako se obradovala! Baš joj je trebao novac da plati taksu za mitropolitov blagoslov, da bi joj ćerku opojali i sahranili po obredima pravoslavne crkve.

— Hoćete li doći doveče na čuvanje mrtvaca? — reče mu Zorka tom prilikom. — Biće dosta devojaka, Anđinih drugarica.

— A hoćete li vi biti? — zapita je Kremić, osmehnuvši se.

— Moja majka brzo zadrema...

— Šta to mari! Nećete biti sami.

— Vi ne znate još moju majku! — dodade Zorka glasom koji je izdavao poštovanje i strah.

Miloš Kremić je bio već preturio nekoliko sentimentalnih kriza prve mladosti i sit bio svojih jednostranih nesrećnih ljubavi, čiji je jedini dobar rod bila jedna knjiga mekih i žalosnih stihova koji su mu odškrinuli vrata našega Parnasa. Istina, on nije posle toga odricao postojanje i draž ljubavi, kako je to običaj neposredno posle prvih duševnih brodoloma. On je i dalje smatrao ljubav za suštinu života. I mladi pesnik, koji do sada nije bio video ni go vrat svojih dragana, žudeo je za novom simpatijom, za jednim ženskim bićem, koje bi se htelo privezati za njega dušom i telom, i kojem bi on poklonio ceo uzbudljivi raskoš svoje mladosti.

Ipak je njegov dotadanji sentimentalni život još imao uticaja i crtao mu ljubav, stvarnu ljubav između čoveka i žene, kao čedo iz carstva slobodnih osećaja i strasti, kao jednu naklonost bez veze i primese materijalnog života. On nije hteo da tu ljubav pridobije poklonima i umiljavanjem, obećanjem za brak i perspektivama položaja koji je želeo zadobiti u društvu. Pa čak, nije hteo da uspeh njegove ljubavi zavisi ni od čari njegove poezije, ni od razložnosti njegovih političkih članaka. Hteo je da ta ljubav i njemu dođe kao jednom običnom čoveku koji ima pravo na nju i koji ničim ne zaslužuje mržnju i hladnoću. Pri tom Kremić nije bio od onih ljudi čije je lice priroda obdarila neodoljivošću lepote, da se oko njega devojke otimaju, te je čekao vreme i slučaj da mu se pobere i ovo poslednje nerealno cveće prve mladosti.

Naviknutom tako na nesrećne ljubavi i sterilna obožavanja poluobećani randevu u Banatskoj ulici godio mu je neobično. U srcu je osećao čar jedne neispevane pesme i u krvi slatku toplinu nekog nepojamnog oduševljenja. Po prirodi ćutljiv i u najintimnijem društvu, on se bio sad raspričao i slatko smejao, sa svoja dva druga, za jednim stolom u *Moskvi*.

Njih trojica su bili iz jedne jake univerzitetske generacije koja se s uspehom ogledala u nauci, književnosti i politici. Pripadali su jednom klubu i u njemu bili najintimniji. Zabluda je misliti da intimni drugovi moraju biti u svemu jednaki. Izgleda naprotiv, da se mogu združiti samo ljudi sa raznim osobinama, a naročito nejednakim stepenima osećajnosti. Njima treba samo jedna mala veza potrebe ili čestih susreta, pa da se slože odričući se samo ekstrema svoje originalnosti. Ovu trojicu vezale su tri sentimentalne istorije, koje su se slučajno rasprostrle jedanput na teren jedne svečanosti koju je bila priredila njihova grupa na Univerzitetu. Nalazeći se u jednoj muci, oni su se približili za to vreme, za tih nekoliko časova, pa tako i ostali, srodivši se kao drugovi iz detinjstva, mada su u svemu bili različni.

Najstariji od njih, Bogdan Vasić, koji je bio reporter *Preporoda* i imao uzrečicu: „kako da kažem", bio je takođe pesnik, ali bez velikih nada na kakav sjajan uspeh. Stihom je umeo vladati vrlo dobro mada se nikad nije znao udubiti u predmet, i iz njega dati nešto novo i neposredno. Za njegovu poeziju — koju najzad ni on nije mnogo cenio — bila je fatalna njegova ljubav sa jednom učenicom Učiteljske škole, devojkom inače simpatičnom, ali bez ičega temeljnog, jasnog i urođenog. Ta ljubav je bila râna, počela je još dok je Bogdan bio u gimnaziji, te mu nije dala stvarnog dokumenta, i još više mu pojačala sklonost za površnu osećajnost. Kada je devojka svršila školu, otišla je iz Beograda u neko selo blizu Petrovca, daleko od svakog ugodnijeg saobraćajnog sredstva, te je poeta počeo neprestano tužiti u svojim pesmama: „Dođi, draga! Hodi, draga!" To mu je prešlo u naviku kao ono njegovo „kako da kažem", te i kad bi se trudio da izbegne ovaj fatalni motiv, ipak se kroz pesmu osećalo ono: „Dođi, draga!" Inače, Vasić se nije mnogo trudio. Bio je prirode nemarne. Živeo je za danas, i nije ga se ticalo šta će biti sutra. Što bi dobio novaca, brzo bi potrošio na duvan i dobar ručak, cveće i odelo, na kafu i žene, ne plativši nikome ni pare svoga duga, ma to bilo kod gostioničara, gazdarice ili nekog prijatelja. Jednog dana čovek ga je mogao videti obučenog kao ministra, s belim prslukom i ćilibarskom muštiklom u zubima, a posle nedelju dana išao je krajem ulice, pocepan kao da se s vucima klao. Čas se video u *Moskvi*, usred kakve otmene porodice, a čas se gurao u kakvoj zabačenoj kafanici sa nekakvim podnarednicima koji su pisali u *Uzdanici* i imali književnih ambicija. Zbog te nemarnosti nije svršio školu, i ako su njegovi drugovi već odslužili vojsku i dobili ukaz; niti je bilo izgleda da će je ikad svršiti.

Dragutin Ranković, student francuskog jezika i literature, bio je sušta protivnost Vasiću. Njegovo odelo, koje nije bilo od bogzna kako skupocene materije, bilo je modernog kroja i boje, uvek uglačano i bez jedne mrlje. Kad je sedeo, redovno je povlačio pantalone u kolenu, pažljivo maramom brisao sto gde će nasloniti ruku i žalio se na kelnere. Brada, koja mu je kao venac ivanjskog cveća okruživala celo lice, bila je kako treba potkresana; tanki brkovi opisivali su geometrijski tačne lukove iznad usana; kosa u dlaku razdeljena, a nokti uglađeni i odnegovani. Pored sve ove pažnje Ranković se bojao da mu što ružno ne stoji i, s časa na čas, pripitkivao je, usred najinteresantnije konverzacije, kako mu stoji kravata, zašto mu opada kosa i je li mu vrat odviše dugačak. Radio je gimnastiku, pušio dve cigarete dnevno, pio šerbet i čuvao se pokvarena ženskinja. Nikad se nije mogao naljutiti da zaboravi na drugog, niti se toliko oduševiti da zaboravi na sebe. Svoje slobodno vreme revnosno je trošio na rad kluba, ali kad je trebalo svršiti neku svoju stvar, niko ga nije mogao nagovoriti da to odloži, ma Beograd izgoreo. On je bio stoga jedan od malog broja studenata iz te generacije koji su mogli s pravom reći da nisu propustili nijedan čas na Univerzitetu. Školu nije bio svršio, jer je bio mlađi od Bogdana i Miloša, ali se već unapred držalo da će je svršiti na vreme i s najboljom ocenom. Sa izvesnom plašnjom koja mu je davala odmerenosti i ponosa u tonu, on je znao govoriti o svemu i zadobiti svakoga. Ni s kim se nije svađao. Čak i one, koje nije voleo, trpeo je i pozdravljao ih na čitavih deset koraka visokim dizanjem šešira i glasom prepunim radosti. Bio je i snob, ali samo donekle, do one granice dokle je slobodno i dopušteno: da podiže nove veličine koje se podižu, da obara autoritete mase koji se obaraju, da se izvlači iz opšteg nivoa i stvara sebi kvaziživotnu potrebu za naukom i umetnošću. Ovaj čovek, koji je bio obdaren nemilosrdnom voljom i od oca činovnika, izgledalo je da je sposoban za sve. Ipak, pesme nije pisao, jer se bojao da ispadne neozbiljan. Pisati rasprave nije se usuđivao. Sastavljati uvodne članke nije znao. Pored svega on je bio svuda tražen. Viđao se po svim uglednim književnim i političkim redakcijama. U njima je korigovao jezik primljenih rukopisa i davao po kakav prevod ili belešku. Njegov stil je imao nečeg licemernog, plašljivog i uzaludnog. Za pesnika Ranković je bio odličan filozof, za filozofa bogom obdareni pesnik; za profesora vešt diplomata, a za diplomatu izvrstan profesor; ljudi su ga smatrali za vrlo pogodnog u ženskom društvu, a žene su mislile da je vrlo zanimljiv u muškom društvu. Svi su se pak slagali da je Ranković vrlo učen i čovek od budućnosti.

Sredinu između ova dva antipoda držao je Miloš Kremić. Rodom iz jedne propale užičke trgovačke kuće, on je bio nasledio, od svega što mu je kuća nekad imala, ponos i ljubav prema solidnosti, te dve osobine klasične trgovine na putu Dubrovnik-Beograd. Svršio je školu na vreme, i ako ne sa glasom odličnog đaka. Pisao je pesme iz nasušne potrebe da olakša sebi od utisaka koje su mu prilike života tovarile na srce. Iz te bolesne sklonosti za olakšanjem poticale su mu mnoge mane: preterana poverljivost prema licima s kojima je već jednom postao intiman, slabost energije, volja za traženjem veselja i zanosa. U tome ipak nije preterivao, upravo doterivao je dotle dokle su mu dopuštala sredstva i preostatak novca od redovnih mesečnih izdataka za stan, hranu i otplatu krojaču za odelo. I ako nije umeo da čuva haljine, on je, pored svih mrlja i bora na njima, imao izvesne prirodne elegancije, koja je urođena mnogim brđanima i najteža za imitaciju. Prav i odrastao, sa nakomrštenim ponosom u očima i čistim slovenskim crtama, on je mogao biti još lep čovek da nije imao neujednačen ten na licu, crvene bubuljice, koje su ružno odskakale od bledolikih obraza, i grubu kožu, što mu je dolazila od rase koja je vodila iz dana u dan surovu borbu za opstanak. On je bio, dakle, od onih ljudi, koji nisu ružni i koji dobijaju u očima okoline ukoliko ih ova više poznaje. Ali Miloševa sklonost da ne niče onde gde se ne seje, da čeka u kutu dok ga događaji i sopstvena vrednost izvuku iz senke, činila je da ostane neprimećen, oduzimala je mogućnost ženskom svetu, da pozna njegove misaone oči i mek glas, koji je dolazio iz dubine duše, te je stoga ovaj čovek imao retko koji naklonjen ženski osmeh da sačuva u arhivi svoga srca. Tačnog pravca u životu nije imao. U njemu, koji je bio još u godinama kad se čovek stvara, otimali su se o prevlast suv razum i osetljivo srce. Obadvoje bilo je kod njega jako razvijeno, rânim stupanjem u život i borbu. On se lomio iz krajnosti u krajnost, iz razuzdanog veselja u istinski život, iz životinjske lenjivosti u očajnu radljivost. Nije se znalo još ko će odneti pobedu, razum ili srce, i dan pobede označavao je dan njegove tragedije, jer se razum bio toliko naoštrio, a srce tako naraslo, da je Miloš išao u kategoriju onih ljudi kod kojih podleganje jednog od ova dva jednaka stuba njihovog bića, znači brodolom od koga se čovek ne oporavlja. Od ovih se ljudi spasavaju samo oni kod kojih borba između srca i razuma traje do kraja života, vodeći ih jednom strašnom rezultantom: po urvinama, po uskom vencu planina, između dva ambisa, ali uvek visinom.

Miloš je pozivao oba druga da idu zajedno na *čuvanje mrtvaca*. Bogdan je bio pristao, ali Dragutin se nije dao osoliti. Kremić je voleo Dragutinovo društvo, jer je ovaj štedeo njegovu osetljivost, opraštao Milošu ako bi se zatrčao u kritici njegove pedanterije, voleo njegove stihove, bio mu intimni kritičar.

Ranković je govorio da je bolje otići kući i uraditi štogod pre spavanja.

— More, hajde, pa ćemo kod mene popiti čaj — govorio mu je Miloš. — Pazimo se kao braća, a još mi nisi bio u stanu otkako sam se preselio.

— Ta tvoja Banatska ulica je na kraju sveta! — primeti mu Dragutin.

— Začas ćemo se spustiti Skopljanskom ulicom. Šetnje radi...

— Pa šta će reći komšije? — primećivao je ponovo Ranković.

— Šta će reći? Biće im milo, što sam doveo svoje drugove. Dočekaće nas lepo. Mi smo *dole*, na Dorćolu, velike zverke!

— Da je bar ko koga poznajem, kakav zaslužan čovek! — čudio se Dragutin.

— Eh, nije nego da je... kako da kažem... rektor Univerziteta — preseče ga Bogdan, pa dohvati cigaretu iz Miloševe tabakere i stade je pušiti grickajući.

— A, šta veliš?... biće... kako da kažem... *nečeg* iz Oficirske zadruge? — okrete se Bogdan Milošu, pa će opet Dragutinu:

— Budi muško, Dragutine Rankoviću, kako da kažem... — i lupi ga rukom po ramenu.

Ranković se ne dade ubediti, već ode kući. Bogdan dođe do *Tri šešira*, ali ga tu podnarednici saletiše, da popije koju. I tako sam Miloš pođe u Banatsku ulicu, pitajući se šta će tamo biti.

Ali jednog dana...

Gomila mladih ljudi i žena, gruba lica i neukusne toalete, tiskala se po tremu, kujni i sobi. Više nije bilo one starice u crnoj šamiji, koja je kukala čelo glave pokojničine, akcentujući po niški; komšinke su je bile odvele nekud da se odmori, i san koji krepi pao je na njene uplakane trepavice. Anđino lice bilo je pokriveno jednom džepnom ženskom maramom, zeleno porubljenom. Tajanstvenu tišinu smrti zamenjivao je veseo žagor, a miris voštane sveće gubio se u mirisu od duvana i piva.

Miloš stupi u sobu s nelagodnim osećanjem čoveka koji s običnim raspoloženjem ulazi u gomilu nepoznatog i razveseljenog sveta. Jedva je čekao da se progura i nađe sa svojom novom poznanicom. Nešto u dubini duše govorilo mu je da je ona tu i da ga čeka. Doista, nije se prevario. Zorka je sedela uvrh sobe, između svoje majke i Kremićeve gazdarice.

Gospa Selena, Zorkina majka, bila je od onih starica, koje nose haljinu od kadife, na glavi imaju mali šešir od crnih šljokica i, na prvi pogled, nemaju nikakvih osobenosti. Čovek bi pomislio da ju je već negde video i ne bi bio siguran da će je drugi put poznati. Ali Miloš oseti duboku melanholiju kad uporedi lice majke i ćerke. Stara gospođa, sa sivom kosom, uvelim, izbrazdanim licem, isplakanim očima i pogurenim telom, kojem su godine i starost oduzeli svaku čar žene, predstavljala je, uprkos svemu tome, živu viziju starosti devojke koja je sedela pored nje. Jer su te oči naličile na one koje su mrke kao senke po vodi; te unakažene crte govorile su jasno da su to iste one crte koje na ćerkinom licu imaju bledoliku boju zadocnelog cveća, a to pogureno telo, na kojem više ništa nije dobro stajalo, začelo je i othranilo ono drugo, mlado i vitko žensko telo koje se izmiče pogledu posmatračevu. Da znaju majke koje tako jako opominju na svoje ćerke, kakvom gorčinom ispunjava njihova pojava čoveka, koji se sa ljubavnim željama približuje njihovom detetu, one bi se krile kao prokažene.

Zorka prikaza Miloša svojoj majci jednim plašljivim glasom, koji je sadržavao strah i poštovanje prema ovoj starici, i napomenu laskavo da je on pisac onog članka koji je izišao u *Preporodu* o Anđinoj smrti. Gospa Selena ga promeri jednim pogledom od glave do pete, reče nekoliko hladno ljubaznih reči, i produži razgovor sa babicom ne znam o kakvom skandalu u jednoj velikoj beogradskoj porodici. Da bi umanjila utisak uvredljivog ponosa svoje majke, ove stare palanačke veličine, koja se još i sada osećala gorda što je bila žena jednog sreskog *kapetana*, Zorka se ljubazno nasmeši i povede razgovor s Milošem o njegovoj poeziji. Ali se Kremiću nije iz pameti brisala gospa Selena, koja je i pod starost govorila izafektiranim glasom palanačkih gospođa i nije propuštala priliku a da ne spomene svoju *pen-ziju*, kako je ona izgovarala tu reč sekući je na dvoje radi jačeg akcenta. Mladi pesnik produžavao je, nesvesno u mislima, da upoređuje majku i ćerku, i došao do uverenja, suprotno onome koje je očekivao: da se ove dve žene, majka i ćerka, ne slažu ni u čemu drugom do u crtama na licu. Po licu sin liči na oca, ćerka na majku, ali se njihove duše kadgod razlikuju tako kao da nisu izišle jedna iz druge. Između jedne i druge generacije dube se nepremostivi jazovi. Mladi se privikavaju novinama, prave skokove koji su utoliko veći ukoliko je rasa svežija, povode se za duhom vremena, i, na putu usavršavanja, razvijaju jednu od urođenih osobina, dok ona ne postane glavna, i roditelji se upitaju sa zaprepašćenjem: je li to njihov sin, njihova ćerka, dete njihovo, koje je raslo pred njihovim očima i po njihovim savetima. Stari, pobunjeni protiv novog doba, koje korača brže nego oni, i nemilostivo ih ostavlja za sobom, povlače se u uspomene, sve što ne razumeju misle da je protivu njih upravljeno, mrzovoljno ćute i okorevaju u navikama. I jednog dana dve generacije, ocevi i sinovi, majke i ćerke, roditelji i deca, nalaze se na dva suprotna, često puta neprijateljska terena, ne razumeju se nikako i žive u miru samo tako, ako je kod dece toliko poštovanje prema roditelju, da im odobravaju sve staračke kaprice, ili kod roditelja tolika ljubav za decu, da im, protiv svoga mišljenja, daju sve, žrtvuju imanje i sebe same.

Kako se malo ima da kaže u prvom randevu. Čovek oseća kako gubi od svoje vrednosti sa svakim sekundom koji prolazi u mučnoj ćutnji; iznalazi samo banalne stvari za razgovor i kretenski se smeje bez ikakva povoda, a usta stoje srcu zatvorena, kao da čovek nije skidao zvezde s neba da bi spremio sebi jedan sat razgovora.

Jedan radnik, od onih radničkih tipova koji nose redengot, imaju velike brkove i aranžiraju kadril na zabavama, umeša se u razgovor između Zorke i Miloša i spase situaciju.

— Čitao sam vaš opis smrti drugarice Anđe — reče on. —

Dopada mi se neobično... čitava priča. Nije se mogla lepše ožaliti. Tome je kriva buržoazija... treba ukinuti stajaću vojsku. Mi proleteri... čast mi je predstaviti se, Pera Jagodić, saraćki majstor u Oficirskoj zadruzi, rodom iz Bežanije... znate, ovde preko.

— Milo mi je, milo mi je — zbunjeno se Kremić zahvaljivao i branio od daljih komplimenata.

I drugi radnici priđoše radoznalo. Jedan reče zvanično:

— E, da se ispredstavljamo!

I tada nasta jedno opšte rukovanje, pomešano sa nuđenjem piva i vizitkarti. Veselje još više poraste. Malo je trebalo, pa da neko zapeva.

— Slušaj, Zorka, već je vreme da se ide kući — oslovi je majka.

Devojka se naže bliže gospa-Seleni i stade joj nešto tiho govoriti. Svakako ju je molila da ostanu još malo. Za to vreme Miloš ju je ispitivački posmatrao.

Zorka je odskakala od svih devojaka koje su tu bile skupljene, kao ruža u polju kopriva. Kremić je osećao kako lepo stoji na Zorki njena crna suknja, koja se kao talas noći spuštala od njenog struka, i bela svilena bluza, što je ovlaš ocrtavala blago razvijenu bistu u devojke, i da njena uščešljana frizura dopušta svetlosti da padne na njeno inteligentno čelo i otkrije dubine senastih očiju. On upravo nije video da je Zorkina suknja crna, bluza svilena, a frizura uščešljana. On je sve to primećivao samo kao jedan zgodan okvir, koji je isticao svoju sliku, sliku Zorke proste, prirodne, gospodstvene i u isti mah vesele i oduševljene.

Iz tog posmatranja trže ga jedan piskav jevrejski glas, koji ga je zvanično pitao:

— Koja ste vi varoš?

— Zašto?

— Igramo pošte.

— Dorćol! — brzo odgovori Miloš i nasmehnu se.

— To nije varoš! — protivila se Jevrejka.

— Dobro, dobro, prima se! — vikali su radnici.

— A vi, go-spo-đi-ce? — zateže Jevrejka glasom i pređe na Zorku.

Zorka se zamisli, pa onda pršte u smeh i reče:

— Užice.

Niko ništa ne primeti; samo se Kremić ujede za usne i pocrvene. Užice i Užičani nemaju dobar glas u Beogradu. Ne jedanput, Miloš je imao prilike da vidi kako se lica iznenadno promene, kad pomene da je rodom iz ove varoši.

Igra nastade. Vikalo se: „Tru-tru!” — „Ko ide?”— „Pošta!” Grešilo se. Svađalo se kad se neko uhvatio u pogrešci. S časa na čas ostajalo je sve manje igrača koji nisu bili dali zalogu. Pukim slučajem ne pogrešiše samo ovo dvoje koji su ovde zakazali svoj prvi sastanak, te ostaše da sude. Povučeni u kujnu, Miloš i Zorka su sudili blago. Tu u zakutku, ostavljeni nasamo, oni su ćućorili, pitali su čija je koja fota i dogovarali se čime koga da kazne. Baratajući po raznolikim zalogama, njihovi su se prsti dodirivali. Lice im je podilazila neka topla rumen. Oči su im bile mokre i svetle. Stojeći jedno prema drugom, stidljivi i neodlučni, oni su naličili na dve ptice, koje stoje na dva razna žbuna, gledaju se, ćuteći i slatko, pre nego što pređu na pesmu i dalje nežnosti. Oni iz sobe opominjali su ih da pohitaju. I ova dva stvora već bliska jedno drugom, hitali su, ali se misao nije dala lako privezati za igru i produžavala je njihov tajni sastanak, na kojem ni reči nisu govorili o sebi.

Kad se svrši igra pošte, gospa Selena usta i reče Zorki da se ide kući. Ali onaj radnik u redengotu, Pera Jagodić, salete gospa-Selenu laskavim rečima i gotovo je natera da sedne, dok samo odigraju još jednu igru, igru pisama.

— Neka svako zadrži svoje ranije ime — vikao je Jagodić, kao da aranžira kadril. — Zatim dobiće onoliko hartijica koliko persona ima u igri. Svakoj od tih persona slobodno je napisati šta hoće u granicama učtivosti, adresujući samo ime varoši kako se zove dotična persona. Hartijicu treba, znate, posle previti tako da se adresa vidi, i baciti u moj šešir.

Miloš se dugo mislio šta će i kome će da piše. Niko ga od ovih radnika ni radnica nije interesovao. Najzad, on strpa neopaženo sve hartijice u džep i samo na jednoj napisa:

„*Užice*. Kako je prijatna ta varoš; ah, kako su bili slatki oni kratki trenuci koje sam maločas kraj nje proveo. Dolazi mi na srce jedna grešna misao: da još neko umre, da bih mogao provesti još nekoliko takvih trenutaka kraj Užica, kraj vas."

Pisanje je dugo trajalo, jer radnice nisu bile vične peru, a radnici su zaboravljali kako se ko zove. Najzad se to svrši, i radnik u redengotu poče deliti poštu.

Miloš je radoznalo očekivao šta će naći u tim pismima. Čitao ih je jedno za drugim. U prvom pismu stajalo je: „Skromnost je najveća vrlina." U drugom je bilo: „Ja vas volim, ja vas obožavam, kad ću vas ponovo videti?"... rukopis i interpunkcija bili su dozlaboga rđavi, i Miloš pređe na treće pismo. Tu je stajalo opet neizvežbanom ženskom rukom napisano: „Oj Dorćole, mali Carigrade!" Četvrto pismo nije bilo ništa interesantnije: „Pet i tri osam, pogodi ko sam. To te moli ona koja te voli." Peto pismo pisao je muškarac pravilnim praktikanskim rukopisom: „Ej, pobratime, otkud ti ovde zapade?!"... i još nekoliko znaka divljenja. Kad pređe na šesto pismo, Kremić zadrhta. Bio je to nežan ženski rukopis, koje je pisala jedna sigurna ruka i svako slovo mirno dovršavala. Nešto u Milošu reče:

— To je od *nje*.

Pismo je sadržavalo ovu kratku rečenicu: „*Dorćol*. Ja vas već volim donekle; ali osećam da ću jednog dana voleti vas mnogo."

On ne smede odmah pogledati u Zorku, već se zadubi u slova, kao da je iz njih hteo pročitati još nešto više. Da je Kremić bio grafolog, on bi iza toga rukopisa, jasnog i sigurnog, video jednu prirodu čiji se karakter naginje prema onome što je pravo i lepo, a mirne crte otkrile bi mu dušu žene s tihim licem koje bi se moglo uzeti za neosetljivo, žene koja je predodređena više za porodične naklonosti nego za smutnje strasti. Kremić to nije bio, i nije se time interesovao, već se trudio da uhvati tačan smisao reči, da bi video ima li tu šale i ironije. Kad se najzad usudio da digne oči i da na Zorkinom licu nađe potpore za svoje radosne slutnje, on se susrete sa jednim osmehom, najlepšim izrazom ženske duše, koji je lutao po njenim usnama, govorio sve i, u isti mah, ne značio ništa.

Dragana

Ima dva čudna tipa u beogradskoj mladeži. Ima devojaka koje su strogo sačuvale svoju telesnu čednost, a, u lovu na muževe, izgubile celokupno devičanstvo duše, i mladićâ koji su prestali biti čedni još pre nego što su dobili nausnice, pa ipak, uprkos plasiranja svoje nežnosti po najgorim mestima, uspeli su da u duši ostanu netaknuti, nevini kao jagnjad. Od ovih ljudi postaju najverniji muževi i ljubavnici koji najviše pate. Miloš Kremić je okušao zabranjenu jabuku još prvih godina kad je došao u Beograd, pa ju je i dalje kušao pored svih sentimentalnih kriza kroz koje je prolazio. Ali posle svakog ugriska, osećao je bljutav ukus kupljene ljubavi.

Kremić je nesvesno naslućivao da je ljubav koja se ne izražava u moneti sasvim nešto drugo. Sa zavrnutom jakom na kaputu i stideći se samog sebe, on se vraćao kroz prljave ulice s tržišta ljubavi, krio se u senku okolnih kuća i žudeo za ljubavlju jednog bića, koje će mu se predati bez računa.

Sad mu se na obzorju iznenadno javljala jedna simpatija.

— Evo jedne žene, za kojom sam žudeo — mislio je on, rastavši se od Zorke. — Istina je, da me ona već voli donekle. Od mene samo zavisi da me zavoli potpuno.

Miloš se brzo svuče, baci se u postelju i predade mislima. One su se čudno ukrštavale u njegovoj glavi.

On je čas bio uveren da ga Zorka već odavno voli, da mu je onim pismom otkrila svoju ljubav i da samo od jednog njegovog *da* zavisi ostvarenje svih zanosnih slika, punih ženske lepote. Čas bi opet jedan dah sumnje izbrisao, kao mokar sunđer crtež po tabli, sve te lepe misli.

— To je šala — mislio je tada. — Ona je to napisala lako, ne misleći ništa, kao one radnice koje su mi pisale: „Pet i tri osam..."

Ali bi Kremić brzo odbacio tu misao o šali, jer je čoveku prijatno da misli ono što mu se dopada. Zamišljao je ponovo da ga Zorka voli, crtao je dalje njihovo bliže poznanstvo, izjave ljubavi, njihov zajednički život. Bujna mašta osetljive prirode i dvadesetih godina išla je sve dalje i dalje. Mladi pesnik razgolišavao je svoju novu poznanicu, utirao joj tragove godina i života, oblačio je u skupocenene haljine, metao na nju ogrlice od bisera, zlatne grivne; izvlačio je iz Banatske ulice, prenosio je negde na Vračar, u one tihe ulice bez bakalnica, zidao za nju romantičnu vilu, oko koje rastu jele i pužu se ruže, stavljao na prozore teške zavese, što daju tajanstvenu polutamu, punio sobe raskošnim vazama cveća, zlatnim lusterima i mekim divanima, vaskrsavao čitave povorke slugu i sluškinja, i u mislima se opkoljavao svim onim za čim žudi mlado srce jednog čoveka koji je golih ruku došao u Beograd iz jedne sirote palanke i hteo da ima sve ono što je u njemu video.

Kad bi već sa maštanjem došao do nemogućnosti, Miloša bi lednula misao da bi to sve morao platiti svojom slobodom. Ta je misao obarala sve njegove kule od karata, jer on nije hteo da bude privezan ni za koga. On je bio čovek koga je život rano naučio šta je to *ja*. Iznad svega, uzdizalo se to *ja*. Kad je došao u Beograd, sve je bilo protiv njega i on se, u toj borbi za sebe, naviknuo da gleda, da zna samo za svoje *ja*. I on je voleo sebe i svoju slobodu, krvavo kupljenu sa deset sopstvenih nokata. Miloš Kremić nije bio rđav čovek, imao je visokih ideala i dobro srce, bio je gotov da od onoga što ima dade što i drugima, ali bi ustao ljuto kao vučica na onoga koji bi stavio ruku na njegovo *ja*, koji bi pokušao da mu oduzme slobodu da raspolaže sobom kako hoće.

— Neka ide dođavola! — rekao je tada u sebi Kremić. — Sve devojke traže da se udadu. Kod mene to neće naći... Treba spavati.

Miloš se okrenu na drugu stranu i pokuša da zaspi.

Ali san, kao kakvo nevaspitano derle, samo je dodirivao njegove trepavice, pa bežao dalje. Kremić se okretao čas na jednu čas na drugu stranu, pokušavao da broji ili da zamisli kako se žito talasa, ali nije mogao zaspati. Kratko Zorkino pismo zadalo mu je bilo jednu ranu. Mladi pesnik nalazio je ublaženja svojoj muci samo kad se ponovo predavao krilima svoje misli i leteo onoj bledolikoj devojci sa tamnim očima.

Već su se prozori beleli na sobi i nov dan se objavljivao, kad Milošu pade na um jedna misao koja mu se učini da nije rđava.

— Ona me već voli. Volim i ja nju — govorio je on u sebi. — Mi se ne možemo uzeti. Ali šta to mari. Mi ćemo se voleti i protiv toga. Ja ne tražim od nje ništa više nego da me voli i... pokoji poljubac u nedelju dana. Neka traži muža na drugoj strani. Ja joj ostavljam potpunu slobodu. I biću srećan ako se uda.

Kremić nije bio načisto sa slobodnom ljubavi; ipak mu se ovaj njen oblik dopade.

— Ništa nećemo žrtvovati ni ja ni ona. A ipak ćemo se voleti! — mislio je.

U njegovoj mašti, Zorka se pretvori u jednog dobrog anđela, koji mu dolazi da ga miluje, da ga diže kad padne, teši kad trpi, daje hrane njegovoj poeziji i odlazi od njega kad to zahte njegova sreća.

Kad se sutradan probudio, Miloš se čudio samom sebi, kako je mogao, na osnovu jednog pisma koje ne kaže ništa, na osnovu jedne igre, da misli da ga Zorka zaista voli.

Smela i slobodna mašta, koja je u mraku dizala lake kule po vazduhu, povukla se u svoje tajanstvene putove na prvu pojavu stvarnosti.

— Ja sam uobražena budala! — prebaci on sebi kad se seti svega šta je mislio, i ljutito diže zavese s prozora, da bi video da se obuče.

Ono žuto februarsko sunce koje je dan pre toga onako slobodno sijalo, obećavajući proleće, ovog jutra nije izašlo. Na Beograd se spustila sitna, crna i hladna kiša. Ona je izgledala da odvajkada pada i ne misli nikad prestati. Sivo nebo visilo je na ramenima. Sve je oko čoveka bilo mokro i kaljavo: bilo da priđe prozoru da ga otvori, bilo da se očeše o kakav direk na ulici ili da pritisne kvaku na vratima.

— Šta mi je bilo da to mislim? — govorio je Kremić u sebi. — Kako sam mogao... Kako sam mogao?... Da, ja sam direktno smešan, budala, glupak.

On je osećao sram pred samim sobom. Okretao se po sobi kao da je tražio da što nije ostalo od njegove sinoćne besmislenosti. Da nije morao ići u redakciju, on ne bi izlazio iz sobe i tu bi ostao skriven od stida i srama.

Kao lopov, izvukao se iz svog stana, i prešao preko dvorišta, sav srećan što ga Zorka nije videla.

— Ali ja je ipak volim! — mislio je on, hitajući u redakciju. — Da, već je i ja donekle volim i osećam da ću jednog dana voleti je mnogo... Samo da ne budem smešan, džaba mu sve ostalo!

Čovek koji poznaje jednu ženu i koji je odvaja od drugih, može donekle prikrivati svoje simpatije i odlagati tenutak dizanja zavese sa svog srca. Ali tome odlaganju ima granica. Život teče oko nas, privlači nas jedno drugom čak i protiv naše volje. I tada dolazi momenat, važan trenutak u odnosima između toga čoveka i te žene. On se oseća; oseća se toplina njegovog nastupanja i strah da će on proći. Tada se čovek i žena pogledaju oči u oči. Ne zna se šta će iskrsnuti. Sve zavisi od ma kakve sitnice. Jedna nesmišljena reč ili nespretan pokret kadri su da upropaste sve. I kad taj trenutak prođe osetiće se da je sve dobiveno ili izgubljeno.

Kremić se bojao toga trenutka. Mislio je na Zorku i dan i noć. Preturao po glavi spomene na ono nekoliko trenutaka koje je proveo zajedno sa njom. Osećao je kako mu zanimanje sa njom blaži bol koji je osetio od prvog trenutka kad se njoj približio. Ali nije imao hrabrosti da dalje pođe.

— Šta će biti? Kako da joj kažem što osećam? — mislio je on. — Kakav ću izgledati u njenim očima? Ah, samo da ne budem smešan!

Od one večeri kad su bili zajedno prošlo je bilo nekoliko dana, a između njega i Zorke ništa se naročito nije bilo dogodilo. Nesiguran u sebe, on ju je stalno izbegavao. Prekodan nije dolazio kući. Izjutra je prelazio preko dvorišta brzo kao da ga neko goni. Za to vreme, video ju je samo dvaput. Oba puta ju je pozdravio skidanjem šešira, i to je bilo sve.

Neiskusan u životu i imajući jednu bolesnu sklonost da sve preuveličava, Miloš je već verovao da je sve svršeno.

— Sve je svršeno, i ja sam jedan veliki magarac — prekoravao je on sebe, i u glavi tražio reči i stihove da opeva u jednoj kratkoj pesmi ovu ljubav koja je umrla pre nego što se rodila.

Čar te nove pesme o jednom kratkom i prolaznom ljubavnom raspoloženju, koje u sebi sadrži nepomućenu vasionu naših snova i želja, tešio ga je i pretvarao mu bol u mrtav književni model, kao što prirodnjaku špiritus umrtvljava i čuva male životinje. Reč po reč, stih po stih, Kremić je u svesci svojih pesama vajao jedan bledolik ženski profil, jedan od onih profila, koji sretnemo na šetalištu, u železničkom kupeu ili pri čaši piva, zagreje nas svojom lepotom, uzbudi nam blage romantične želje, i napusti nas pre nego što nam se dosadi, te u nama ostavi nečeg nežnog, maglovitog, lakog i bliskog suzama.

Ali srpska literatura ne dobi ovu pesmu. Događaji zaustaviše mladog pesnika u radu i pokazaše mu da špiritus nije ubio životinjicu i da još sve nije svršeno.

Jedno jutro kad je išao u redakciju, Kremić sustiže Zorku u onoj sporednoj ulici koja vodi od džamije na Veliku pijacu. Zorka je išla sa još jednom devojkom u društvu, te Milošu bi lako da je zaobiđe i produži put, javivši joj se samo. Ali ga ona zadrža.

— Gospodine Kremiću, imam nešto da vas upitam — reče mu ona, pa pogledavši u svoju drugaricu, produži: — Mislim da se poznajete: gospođica Ljubica Zaharić, studentkinja; gospodin Kremić, naš komšija... Znate, vi svakako idete često puta u pozorište, pa vas molimo da nas povedete jedanput. Gospođica Ljubica sedi kod nas... Ali, znate, kako je. Majka ne voli pozorište, a mi same, devojke, nema smisla da idemo.

— Drage volje, gospođice — odgovori Kremić učtivo i odrešito, diveći se sâm svome glasu. — U subotu se daje *Dragana*, pa ako hoćete?

— Ah, to je divno! — dočeka studentkinja. — Tako je žalostivo. Baš vam hvala.

— Vi ste gledali taj komad? Stvar je nežna i topla — odgovori Kremić Ljubici, i susrete se sa pogledom Zorkinim, jednim od onih ispitivačkih pogleda kojim žena hoće da u jednom trenutku sazna utisak koji je načinila pojava druge žene. Miloš ne izdrža taj pogled, jer je osećao da će naći u njemu samo svoju sliku, i produži razlaganje o ovoj francuskoj drami.

U subotu veče, kad su bili u pozorištu, između Zorke i Miloša nije se ništa naročito dogodilo, ali je mladi pesnik osetio, da se tada zbio onaj kritični momenat od koga je zavisilo sve. On je prošao i doneo Milošu pobedu. Da, ništa se naročito nije desilo: sedeli su u parteru; između drugog i trećeg čina Miloš je kupio damama bombone, posle ih je upoznao sa Dragutinom Rankovićem; kada se predstava svršila svratili su u poslastičarnicu, i najzad, otišli kući...

Ima stvari na koje se čovek uvek može osloniti. Jedna od

njih jeste i osećanje: ono je u izvesnim slučajevima mnogo sigurnije nego razum. Da, po razumu sudeći, te se večeri nije ništa naročito desilo, ali je Kremić, kad je dopratio svoje dame do njihovog stana i stupio sâm u svoju sobu, osetio da se te večeri desilo nešto što je približilo Zorku i njega tako blizu, nešto što se više nije moglo popraviti, nešto tajanstveno i silno koje mu nije više dalo da stukne nazad. Njihov veseo izlazak iz kuće, zajednička mesta u parteru, Zorkina torbica koju je Miloš držao u krilu, dolazak Dragutina Rankovića koji se Zorki nije toliko dopao koliko je Miloš očekivao, jedan ugušen krik koji je Zorka pustila kad *dragana* izvršuje samoubistvo, pretproletnja mračna noć, njihovo lagano otvaranje kapije, stupanje uza stepenice na prstima i obećanje da će opet zajedno otići u pozorište — sve je to punilo Miloša dobrom nadom i radošću od života.

Dunave, Dunave, tija vodo ladna

— Pazi da se ne izgubimo! — viknu Kremić Dragutinu Rankoviću i nežno povuče Zorku tamo gde se čuo glas: „Evo masaka!"

Polusrušene kuće Jevrejske mâle, nalik na varoš koju su Turci opljačkali, večeras su bile oživele i na sebe uzele izgled ljudskih stanova.

To je bilo veče, jedino veče u godini dana, kad beogradski Jevreji otvoreno pokazuju da su živi, da i oni imaju svoje praznike, običaje i pravo na život.

Po uglovima su nicale dotle nevidljive kafanice. Večitu tišinu krivudavih ulica zamenila je vreva vesele gomile. Prozori, bez zavesa, bili su osvetljeni. Kroz njih su se videle stare Jevrejke, sa širokom pantljikom oko glave, posedale po patosu i s cigarom u zubima. Sve su kapije bile otvorene. Svet je ulazio, izlazio i šetao se po ovim kućama kao po svom domu. Kroz tihu noć odjekivala je muzika raznovrsnih instrumenata. Pored ciganskog ćemaneta čule se šumadijske gajde, uz maćedonski goč tresla je rashodovana vojna banda.

Iz svih krajeva Beograda jurio je narod u ove tesne ulice i gušio se, radoznao da vidi jevrejske maske.

— Gle, gle, Moše! — vikao je neko pokazujući jednog Jevrejina, koji je uzeo kostim Kraljevića Marka iz Narodnog pozorišta i dostojanstveno se šetao rđavom kaldrmom. — Liči mu kô ždrebetu kašika!

Sarike i Rebeke, dotle plašljive i ćutljive kao kamen, bezbrižno su išle kroz narod, obučene u muško odelo i štipale se sa prvim koji im priđe.

— Čini mi se da nisam u Beogradu — reče Zorka Milošu poverljivo. — Stanimo dok prođu ove maske. Gle, crnci!

Talas gomile zapljuskivao je sve više ulice. Gomila se povijala kao njiva kukuruza na jesenjem vetru. Vazduh je odjekivao od pesme i psovke, smeha i vrištanja.

— A gde je Ljubica?

— Ostala je sa Dragutinom — reče Kremić Zorki. — A, evo ih.

Ljubica do sad nije videla jevrejske maske, te se sa Zorkom dogovorila da iziđu to veče u pratnji Miloševoj. Kremić je pozvao i Dragutina, da društvo bude što veće. Ovaj se dao dugo moliti. Najzad je pristao, jer mu se Ljubica dopadala.

Ranković je donekle poznavao ovu devojku sa Univerziteta. Ona je te godine došla iz jedne gimnazije u unutrašnjosti i upisala se na Univerzitet za francuski jezik i književnost. Svojom mladom pojavom unela je nečeg novog u celu grupu. U seminaru je zastrujao intimniji život. Studentkinje su osetile da će im ova palančanka, preplanulog lica i đavolastih očiju, postati opasan konkurent, te su se rešavale kojem od svojih obožavalaca da poklone svoje srce, i tim popuštanjem, privezivale za sebe izabranog mladića. Studenti, željni ljubavi i ljubakanja, primali su ove *avanse* kao ozebao sunce, predavali se celom dušom usamljenim šetnjama i avanturi.

Ljubica je bila žena rođena za ljubav, ljubav strasnu i promenljivu, žena razvijena i kapriciozna, kod koje ništa nije kadro da ugasi taj plamen strasti: hrišćanske pouke ni razočaranja u životu, materinski poziv ni starost. Njeno istočnjačko lice imalo je krupne crte; naročito su joj usta bila velika, te kad bi se čovek u nju zagledao, dobro i izbliza, ne bi mogao reći da je lepa. Ali se to ipak nije videlo iz mrke boje njenih obraza i pod vlažnom svetlošću živih, krupnih i crnih očiju. Njen pogled je privlačio čoveka toplim milovanjem; usne su joj se crvenele, sočne i nasmejane, kao raspolovljena jagoda, a kosa, obilata i gusta, okruživala joj je glavu kao noć u šumi. Ramena su joj bila jaka, grudi kao brdo i cela struktura snažna i uhranjena kao da je bila ćerka jedne od onih naših seoskih popadija, koje ostaju večito mlade i ispijaju poliće pred mehanom.

— Ne gubite se! — pripreti Zorka prstom Dragutinu i Ljubici, i pođe za Milošem da vidi crnce.

Njih četvoro probijali su se kroz gomilu koja je plavila ulicu, kao nadošla reka; nestašno dirali maske, gurali se i smejali, na najmanji povod, kao i ceo svet oko njih. Kako su ove ulice srednjevekovnog Beograda bile odviše uzane za toliki narod, ova dva para mladih ljudi gubila se često i dovikivala. U tome bi se nekome od njih omaklo da pri zivkanju ne pomene i uobičajenu titulu: gospodine ili gospođice, ili da narodske uzvike: pogle! pazi! pretvori na *vi*. To bi im ponovo izmamilo buran smeh i približilo ih još više jedno drugom. Oni bi se uzeli za ruke, kao da su maske ili prijatelji od detinjstva, gurali se kroz svet, mešali se u govor gomile, veselo stupali po tuđim kućama, izigravali brata i sestru, igrali okretne igre u nekom dvorištu, popločanom ciglama, otkrivali lica maskama, disali duboko i gubili se u svet i u noć.

Oko njih je ključalo veselje, koje je izviralo iz pesme, muzike, vina, gomile naroda i mlake proletnje noći. Bilo je nečega opojnog u dahu te noći, početkom marta, kad duvaju južni vetrovi, koji donose pozdrav poslednjeg snega sa planina; kad je nebo pokriveno toplim oblacima, koji se polagano kreću i seju mrak i zaborav; kad se priroda budi, potoci žubore, trava niče, drveće pupi, a ptice savijaju gnezda i pevaju. Miloš je duboko osećao ovu beogradsku noć i svu slast što ju je delio sa bliskim ženskim bićem, sa devojkom koja ga je držala za ruku i poverljivo mu šaputala:

— Hajdemo dalje, dalje... Čini mi se da ovo nije Beograd.

Kad je došao na kraj Jevrejske mâle, Kremić se nije zaustavio, nego je produžio ići dalje nekim prašljivim putem oko koga nije više bilo kuća. On nije mario što je izgubio ostalo društvo. Dovoljna mu je bila ova prijateljica, laka kao ptica, i ova noć široka, i mlaka, mila i naklonjena, što se izlivala na njih dvoje kao balzam života, pretvarala Beograd u Vitlejem, i pevala mladom čoveku da je na zemlji sreća, a na nebu radost.

Zorka je išla, poslušna kao jagnje, pored njega, naslonjena na njegovu desnu ruku. Put je bio prav i usamljen. Oko njih je bila noć crna i tišina duboka. Tek kad dođoše na samu dunavsku obalu, primetiše jednu široku ugašenu masu, iz koje su izbijali plameni jezičci. To su se dunavski talasi dizali i spuštali, ozareni nekim sakrivenim svetlilom. Pod njihovim nogama škripao je šljunak.

Kad stigoše na obalu, oni se pustiše bez reči i sedoše na jedan izvrnut čamac. Južni vetar mlako ih je milovao po licu. Odnekud je dolazio miris na smolu i pupoljke od vrbe. Daleko s druge strane Dunava, svetlucala je vatra u nekoj carinskoj stražari. Još dalje, ulevo, drhtali su električni lampioni na zemunskom keju.

Zorka je bila spustila ruke u krilo i posmatrala jedan oblak, koji je rubila sve više jedna srebrna vrpca. Crne dunavske vode videle se sve više. Miloš pak bio se podnimio na desnu ruku i, gledajući u kraj obale, predavao se sav svome neodređenom osećanju, pomešanom od sreće i bola.

— Na šta mislite, gospodine Miloše? — upita ga Zorka tihim glasom kao da se bojala da ne otera ovaj laki noćni čar koji ih je okruživao.

— To je teško reći — odgovori Kremić zamišljeno. — Gledam ovu obalu i pada mi na um jedno upoređenje. Reka roni zemlju na jednom mestu, a na drugom se povlači; obala se menja neprestano i krivuda na svakom koraku. Ipak, ljudi crtaju ove obale i veruju da one izgledaju tako. Naši osećaji mi liče na ove obale, krivudave i iskidane. Oni rastu i smanjuju se, dižu se i padaju; ničega jasnog, a čovek ih ipak izražava i saopštava drugom, ne mareći da li je to tačno i ispravno.

Sakriveni mesec je rubio oblak, iza koga je stajao, sve više. Njegova bela svetlost se širila postepeno, te se nebo ukazivalo kao neki daleki proplanak, po kome se prosulo stado sitnih oblaka. Svetla srma se spuštala na zemlju, budila noćni vazduh i osvetljavala vodu, koja je ličila na pocrneli nikl. Šljunak se belasao. Jedna grupa zbijenih vrba ukazivala se pored njih i izgledala kao da se propinje da ih vidi.

Zorka je sedela blizu Miloša. Sa plašljivim i dirljivim divljenjem, ona je slušala mladog pesnika kao da je htela popiti njegove reči još dok su mu drhtale na usnama.

Noć je bila izazvala sveže rumenilo na bledolikim obrazima mlade žene, a južni vetar je zavlačio svoje mlade pipke u njenu kosu i od kestenjavih pramenova pravio romantičan okvir njenim rumenim jagodicama.

Miloš je uze za ruku.

Ona je ne povuče nego se zarumeni još više, podiže glavu ka nebu, gde se srebrn mesec krio iza oblaka, i ostade tako, izgubljena, izvan sveta, kao da je slušala neku ariju koja joj se dopada.

— A na šta mislite vi? — upita je Kremić.

Zorka se blago trže i Miloša pogleda sa osmehom na usnama.

U ovom ukrštanju njihovih pogleda, bržem od pucnja, njene crne zenice, kao voda u Dunava, bile su se osvetlile isto tako od nekog sakrivenog izvora svetlosti, i prelivale se u metal, dok se njeno lice rumenilo sve do slepih očiju i grguravih pramenova kose.

Miloš je tada bio najbliže do onog ideala ljubavi koji je stvarao u svom usamljenom životu. Jasno je video traženu sreću kako mu se približuje i dodiruje ga svojim tajanstvenim krilima. Ali, zašto je on oklevao toga trenutka, zašto se uzdržavao, čega se bojao? On je ispustio Zorkinu ruku koju je držao, ponovo se podnimio i gledao u izreckanu obalu Dunava. Sreća dolazi iznenadno; ona se rđavo podudara sa običnim životom; ona pritiskom zbunjuje čoveka.

Oni ostaše tako ćutljivi, nepokretni i strepeći od onoga

što će im doneti idući minut. Oba mlada stvora behu obustavili svoju volju i napregli sva svoja čula kao da je njihova sudbina zavisila od nekoga trećeg. Mesec je i dalje marljivo rubio oblake, Dunav se presijavao, južni vetrovi pirkali, talasi ljubakali obalu, a iz dna zemljinih grudi dopirao je ritam jednog velikog i spokojnog disanja.

Najedanput tu čarobnu tišinu narušiše ljudski koraci. Miloš i Zorka skočiše u isti mah kao da ih je neko hteo da zateče na rđavom delu.

Šum se približavao iz velike daljine. U tihoj noći odjekivao je bât čovečjih nogu.

— Ne boj se! — prvi se oslobodi Miloš i nesvesno pređe na *ti*. — Ima ih više. To su svakako finansi.

— Hajdemo kući! — promuca Zorka, prebledela od iznenadnog straha.

Tek tada Kremić vide kako je bio blizu sreće. Sad mu se ona izmicala brzo kao što je i došla. I kao da htede uhvatiti tu sreću, on pruži ruke, uhvati se oko Zorkinog pasa i naže se da joj pritisne poljubac na njene pobledele usne.

Ona se trže, i, onom instiktivnom okretnošću koju je priroda dala ženi radi odbrane, istavi oba dlana pred svoje lice. Poljubac pade ne meke zavojice šake, na one tajanstvene šare po dlanu, iz kojih se čita sudbina. Taj je poljubac bio gorak i sladak, nešto što zanosi, što opija i boli, kao čaša napunjena šampanjem i suzama.

— Ne, nemoj!... Hajdemo kući!... Evo, ide neko! — reče mu Zorka blago, kao da se htela izviniti za sreću koju mu krati, i izvi se iz njegovog zagrljaja.

Šum se približavao sve više. Već se jasno poznavale dve

ljudske prilike. To nisu bili finansi. To je bio još jedan zaljubljen par, koji je bio pošao njihovim putem. Na zaprepašćenje sviju četvoro, oni se poznadoše.

Prvi se osvesti Ranković, i reče Milošu i Zorki, da bi zabašurio svoj trag:

— A gde ste vi? Tražili smo vas po celoj mâli. Još nam je samo ostalo ovde da vas potražimo.

Ali zlovolja i žalba za propalom samoćom, koja je jasno bila ispisana po Ljubičinom licu, svedočila je protivno.

Dug poljubac

Oni nisu zakazivali sastanke, pa ipak su se sastajali sve četvoro, gotovo svaki dan. To je bilo obično predveče. Ljubica je posle škole silazila kući i uzimala sa sobom Zorku pod ma kakvim izgovorom. Onda bi izišle na Mali Kalemegdan i sele na jednu klupu, na onom veštačkom bregu, koji je podignut u dnu parka prema Knez Mihailovom vencu. Dotle bi se našli Miloš i Dragutin, prošli bi jedanput Knez Mihailovu ulicu i Veliki Kalemegdan, pa bi se onda spustili na Mali Kalemegdan onom stazom koja vodi pored gradskog platna, posmatrali neko vreme ljuljaške i ostale zabave za decu, kuvarice i vojnike, uzeli jednu stazu, koja se od glavne odvaja udesno, spustili se niz male stepenice, načinjene od trošnog tašmajdanskog kamena, koje vode u dubinu parka, tek jedva pošumljenu, i po tim uskim, neugaženim stazama došli do klupe, gde su ih već očekivale dve njihove poznanice.

Između ova dva druga, koji su dotle poveravali jedan drugom svoje najtananije osećaje, nikad se sad nije zapodevalo pitanje o mislima koje su gajili prema ovim dvema devojkama što su ih čekale. Oni su osećali da je to mesto najbolnije kod čoveka, i, bojeći se nesporazuma i nehotičnih uvreda, izbegavali su pažljivo svaki razgovor o Zorki ili Ljubici, mada je, jednom i drugom, bilo najslađe govoriti o ovim dvema drugaricama. Kad se baš nije mogao izbeći ovaj razgovor, mladi prijatelji govorili su polako, odmereno, sa najvećim taktom, i uz imena ovih svojih poznanica dodavali titulu gospođice. Kremiću se Ljubica nije u svemu dopadala, ali ipak nikad ne bi spomenuo Dragutinu o njenom palanačkom ukusu da šta crveno prikači na svoju toaletu, niti je Dragutin pravio ni najmanju aluziju na Zorkine godine. Čak su išli dotle, da je Miloš uznosio Ljubicu na račun Zorke, a Ranković mu se protivio i hvalio Zorku na račun Ljubice.

Ma kako da se nisu zakazivali, sastanci na Malom Kalemegdanu bili su potajni. To se videlo po mestu koje su bili izabrali: u dnu parka, koje ne posećuje niko drugi do kakva guvernanta Nemica ili kratkovid penzioner. Taj deo Knez Mihailovog venca bio je tako isto pust, ostavljen korovu i samom sebi od saobraćaja i opštine. Ulica je bila neregulisana, bez kaldrme; trava je po njoj rasla u izobilju. Pa i same kuće, koje su bile podignute samo s jedne strane ulice, izgledale su kao napuštene i bez ljudi. Roletne su bile gotovo uvek spuštene na njihovim prozorima. Tamo, gde je kojim čudom prozor bio otvoren, rogušio se luksuzan nameštaj, čamotan i prazan. Tek iz jedne novosazidane kuće, u secesionističkom stilu i sa pozlaćenim ornamentima sunca koje se rađa, čuli su se nesigurni tonovi glasovira, na kojem je jedna mlada žena razbijala svoju dosadu.

Zorka i Ljubica ustajale su, čim su im se približavala dva prijatelja, progovorili bi koju reč, smejući se bez povoda, a svi zajedno spuštali su se pored Opštinske bašte ka Dunavu. Ta ogromna i sjajna masa vode, koja se dostojanstveno širila između dve obale i države, imala je naročitu privlačnu moć na ova dva zaljubljena para.

Visok horizont koji je počinjao da se širi od beogradskog grebena i višnjičkih brda hitao je u beskraj banatske ravnice, pune ozelenele šume i ritova, čija je zatvorenozelena i bujna boja prijatno odskakala od naše obale, hrapave i goletne. Po bistrom vazduhu iznad vode gubili se sivi pramenovi dima, zaostali iza jednog parobroda koji se već izgubio na horizontu. U ogromni vidik štrčali su mnogobrojni fabrički dimnjaci na našoj strani, kao neke crne i vitke šimere, koje su jogunasto išle u nebo i ponosno visile iznad svoje zemlje. Nešto natčovečansko i materijalno, a u isti mah vidljivo i jako, lelujalo se između ovih crnih dimnjaka, širilo se po našem horizontu, smejalo se svemu što je ljudsko i izveštačeno, i oduševljavalo na borbu i krv, na ljubav i žrtve.

Nehotimičnim pokretom, Miloš bi stao pored Zorke, a Dragutin do Ljubice. I tada bi silazili, ne mareći što su se spoticali po jendecima i rupama od otvrdlog blata, i smejući se kad bi se ko od njih zakačio za živu ogradu Opštinske bašte. Pred njima je bila široka poljana, Dunav, pučina od vazduha, ljubav i večnost. I ukoliko su više silazili, sve je jedan par više izmicao, a drugi zastajkivao, sve se mladić više primicao devojci, glas bio drhtaviji, smeh nervozniji a pogled svetliji. Kad bi već daleko odmakli od varoši i tuđih radoznalih pogleda, mladići bi jednim nežnim pokretom, koji se može izvesti samo u dvadesetim godinama, uzimali svoje dame ispod ruke, onako... bez pitanja, usred razgovora o beznačajnim pitanjima, i slatko nagnuti na desnu stranu, produžili ići, sve napred, bez cilja, bez svesti.

Tek bi se zaustavili na dunavskoj obali. Tu su se sastajali, sve četvoro, terali detinjaste šale, prskali se vodom, gurali jedno drugo u reku, pretili samoubistvom, i šegačili se na račun smrti. Ali su dani bili još kratki, oni mlaki dani polovinom marta kad sunce već zalazi oko šest sati, i mrak ih je iznenađivao, brz mrak koji se javljao sa torlačkih visova. Oni su se tada nevoljno okretali Beogradu, koji se već, sa Opštom državnom bolnicom i Univerzitetom, zavijao u tamu i noć. Oni bi tada udarili preko baštovandžinica i zaobilazili što više samo da duže ostanu nasamo. Tada bi se ponavljala stara igra: mladić je uzimao svoju devojku ispod ruke, nežno bi se naginjao na njenu stranu i govorio joj o beznačajnim stvarima.

* * *

Ove naivne šetnje, u znaku idile, ponovile su se nekoliko puta ne menjajući ništa u odnosima između Zorke i Miloša. Ipak se ne može reći: baš ništa. Strog posmatrač mogao je primetiti da Miloševa ruka privlači sve više ruku mlade žene, i da je pesnikovo srce sve toplije od ovog dodira.

Kremić nije više ništa želeo. Taj laki dodir ženskog bića ispunjavao mu je sve negdašnje fantastičke snove i puste želje. On mu je nadoknađivao sve muke koje bi preturio toga dana. Posle te šetnje, osećao se veseo i oduševljen, kao posle dobrog ručka.

— Neka ovo potraje uvek — govorio je on sebi, kad se vraćao sa Zorkom u varoš. — Ja joj ništa više ne tražim.

Ali iz polutamnog Beograda, po kome se palile električne sijalice, rugalo se ovim njegovim mislima nešto sebično, pakosno i ružno, a jasno kao zemlja, ubedljivo kao sudbina, i šaptalo mu:

— Poljubi je... poljubi je!

Jedne večeri pri povratku, kad je Dragutin već bio daleko odmakao sa Ljubicom i kad je iz svih krajeva Beograda zvonio taj dosadni šapat: „Poljubi je... poljubi je!..." Miloš se obrati Zorki, kao da je hteo suzbiti taj šapat.

— Šteta... — reče joj — šteta što prekidamo šetnju sad kad je najlepša.

— Majka jedva i ovoliko dopušta, jer misli da sam s Ljubicom u Knez Mihailovoj ulici. A da do mene stoji... — odgovori Zorka sa jednom nehotimičnom blagošću u glasu i zamisli se.

— Šta biste radili? — zapita je Miloš, a šapat se ponovi: „Poljubi je... poljubi je!"

— Da, šta bi radila? — ponovo je upita Miloš i pogleda je jednim upitnim pogledom.

U tom pogledu bilo je nečeg naivnog, neodlučnog, dečjeg i onoga što postoji u fizionomijama izvesnih ljudi za koje se kaže, čak i kad su preturili tridesetu: „Kako je mlad!"

Zorka zastade pred tim pogledom i ne mogade zadržati dubok uzdah koji joj se pretvori u reči:

— Zašto nisi stariji još koju godinu!

Miloša iznenadi ovakav odgovor.

Zorka je bila uvek donekle predana u sebe samu. U celoj njenoj vitkoj osobi bilo je nečeg ozbiljnog, ponositog, nečega što se nasleđuje, ostatak neke jake i energične rase. Sad se pak ona prikaza Kremiću skrušena, puna jedne bolne rezignacije i tako lepa u svojoj skrušenosti, kao ptica koja se mrzne. On oseti u njoj jednu prirodu tako sličnu svojoj, prirodu duboku i osetljivu, predodređenu za patnju.

On je uze i za drugu ruku.

Pred njih se spuštala noć, tišina, bezdan. Bledi plamenovi jedne partije Dunava, koja se svetlucala negde oko Karaburme, izumirali su kao sfera jedne mrtve zvezde. Prolistale grane od vrba i nejednaki plotovi pružali su se u vazduh kao crne utvare. Njihova uzbuđena lica osvežavao je jedan povetarac. Jedno jato žaba kreštalo je u nekoj bari.

Zorka ne trže svoju ruku. Lagano, neosetno, ona je sledovala jednom opštem pokretu Miloševe snage. Njena srazmerna devojačka bista, sa puno one bolne rezignacije, naginjala se u zagrljaj i njene usne, rumene od groznice, otvoriše se, kao ljubičica, pod mlakim pritiskom jednog poljupca.

Njihove usne bile su se srele. Uzbuđenje je bilo toliko jako, da su se one prilepile, ostale tako priljubljene jedne uz druge. Očiju izgubljenih u beskonačnost, ruku raširenih, i gotovi da se ponovo stegnu, Miloš i Zorka ostajali su tu, nemi, u ekstazi jednog poljupca koji se nije svršavao. Oni su mešali svoj dah, nešto ubrzan, i drhtali kao u groznici. Oni su osećali da su bez snage da prekinu svoj zagrljaj, i nisu želeli ništa više od ovog dugog poljupca.

Pisak jedne fabrike opomenu ih da je vreme da idu kući. Oni pođoše, nesvesno, ne odvajajući još usnu od usne. Na svakom koraku su zastajali i ponavljali ovaj dugi, duboki i ustreptali poljubac, prekidajući ga samo kad im je nestajalo vazduha.

Pad

Kad bi neki dokon Nemac hteo da od ljubavi načini nauku, Miloš i Zorka bi mu mogli otkriti čitavu skalu poljubaca. Jer ima poljubaca i poljubaca. Oni zavise od volje s kojom se daju, od osetljivosti mesta na koje padaju i načina na koji se čine ili primaju. Ta skala počinje od blagog grljenja stasa i lakog dodira usana, pa se svršava poljupcem gde se telo u telo upija, gde jedne grudi dišu vazduhom drugih, usne blede od grčevitog pritiska, glava tone u nesvest, misao se gubi i celo biće obamire od nekog užasnog i slatkog umora.

Ovi poljupci su postali ubrzo nasušna potreba Miloševa, koje se više nije mogao odreći. On je vrebao svaku zgodnu priliku gde je mogao zagrliti svoju draganu; čak i pod najvećom opasnošću da ih ko ne ugleda.

— I ja volim ove poljupce kao da sam devojčica — govorila je Zorka, kao da se htela opravdati pred Milošem, privijala se uz njega celim svojim telom i podnosila mu svoje otvorene usne kao putir, pun opojnog ljubavnog pića.

Ova dva velika deteta srkala su ovo piće oblaporno kao alkoholik, koji hoće da nadoknadi dane provedene u azilu. Ne vodeći računa kud ih može odvesti njihova nesmišljena ljubav, oni su naseljavali svojim poljupcima sva mesta gde su mogli ostati nasamo. Ljubili su se po onim ulicama, koje su nikle same, između Doma svetog Save i dunavske obale, pustim, kao sokaci po palankama, gde po kapijama spavaju mačke i po kaldrmi se zabavljaju golubovi. Za njihove poljupce znalo je drveće, zasađeno po Dušanovoj ulici, koje je bacalo mršavu senku po peskovitom trotoaru. Oni su se grlili i u svojoj ulici, sakriveni iza jedne kolibe za električnu instalaciju. Pa i na svojoj kapiji, stepenicama i u tremu, oni su grabili one kratke momente, kad niko ne ide, i približavali svoje usne, drhteći od straha da ih ko ne iznenadi i topeći se od miline ovih otetih poljubaca.

Od tih dugih, produžavanih i ponavljanih poljubaca, pa do u greh, samo je jedan korak. Miloš je to osećao dobro, ali nije imao dovoljno volje da se odreče slasti koju su mu poljupci davali, i da potpomogne plemenite napore koje je Zorka katkad činila da se otrese ovog pijanstva.

Kad je ostajao sam, Kremić se osećao jak.

— Šta ja ovo radim! — prekoravao je on sebe u tim trenucima i zaricao se da će se popraviti.

Ali, jedna tajanstvena sila instalisana je u duši pored volje i ratuje sa ovom. I Miloš, čim bi video Zorku, njene vlažne i duboke oči, koje su ga gledale sa mnogo slatke i setne ljubavi; njene rumene usne, koje su pevale pesmu želji i zanosu; njen vitki stas, koji se izmicao posmatračevom pogledu, i tanani struk, pun mekote i ženskosti, gubio je glavu i predavao se sudbini, koja mu je tada izgledala lepa i velikodušna.

Nedelje, meseci, godine prolaze, za koje vreme dva ljudska bića idu svako svojim putem. Logika slučaja dovodi ih jedno pred drugo. Oni se pogledaju oči u oči. Njihovi se putevi sjedinjuju. Svaki trenutak i svaka sitnica približuju srce srcu dok ne nastupi veliki momenat ljubavi kad se golotinja otkriva i drugarica postaje metresa.

To se dogodilo krajem marta, jednog popodneva, kad je vazduh bio žut kao bakar, a priroda tiha i svečana, da se čoveku neprestano činilo da je praznik mada je bio radni dan.

Miloš je bio došao kući, kao obično, posle ručka, jer po podne nije radio u redakciji, i legao da se odmori. Zavaljen na jedan otoman od starinskog turskog cica, sa šarama koje nisu ličile ni na šta, on je čitao jednog od naših pokrajinskih pripovedača u modi i ne nalazeći u njemu što su kritičari pronalazili, ostajao je hladan i produžavao čitati te redove, napisane u dijalektu, tek kao zabavu za oči. Očekivao je da mu san padne na trepavice. I san je dolazio, ali od onih lakih snova, kao u železnici, gde čovek ne zna da li spava ili je budan.

S časa na čas otvarao je oči i besmisleno gledao u tavanicu, po kojoj su ljuske od kreča i pukotine pravile čudne konture nekih krilatih životinja. Dolazila mu je volja da puši, ali je u žilama osećao malaksalost i umor, prve darove proleća, te ga je mrzelo da spusti ruku na pod i napipa tabakeru. Najzad, kad se na to rešio, san je bio već sasvim odbegao, te se Kremić leno diže i posadi na otoman, kose razbarušene i leđa naslonjenih na duvar.

Osećao je strašnu dosadu. Čak mu i cigareta nije prijala. U kući je bilo sve mirno, kao u crkvi. Babica, njegova gazdarica, bila je još jutros izišla, i ko zna da li će se i noćas vratiti. Za šetnju sa Zorkom bilo je još rano. Da iziđe u varoš, znao je da je ceo svet zauzet i u kafani bi još više zevao.

Bacio je cigaretu na pleh pored peći i digao se da otvori prozor.

Spolja ga je zapahnuo vlažan vazduh koji je mirisao na novu travu. Pred njegovim očima gurilo se nekoliko radničkih stanova i zjapio jedan zagrađen plac, pun stare gvožđurije. Iza te čovečje bede i prljavštine, širila se Jalija, sva zelena. Od nje se puštao beskrajan vidik, kao nad okeanom, koji je gutao široku traku Dunava, njegova pošumljena ostrva, mirne belucave rukave i ritove, obrasle u bledu trsku. Na samoj ivici horizonta, daleko tamo na severu, smešilo se jedno čisto banatsko selo, a dole u dnu, kamo je tekla sva dunavska voda, nazirala se u sivini daljine dva gotska tornja nekakve crkve u Pančevu.

Obuhvativši jednim pogledom ceo taj vidik, Miloš spusti oči na ulicu i primeti jednu staricu u bluzi od kadife sa šeširom od crnih šljokica kako zamače za ugao ka Šondinoj fabrici. On pozna gospa-Selenu. Misleći na nju, lagano mu dođe misao da je Zorka sama i da mogu provesti koji trenutak zajedno. Ukoliko mu je ta misao sazrevala u glavi, utoliko se on brzo oblačio i hitao da iziđe na trem.

Kad iziđe napolje, neodlučno zastade na kućnom pragu. Dvorište je bilo mirno. Na prozorima se nije videlo žive duše. Sva su vrata bila zatvorena. Samo jedan pas sunčao se na kaldrmi, opruživši rep i noge, kao da je crkao. Neka zagonetna tišina izlazila je iz ovih zatvorenih stanova i u vazduhu se čulo neko natprirodno zujanje.

Kremić ne smede poći ka Zorkinim vratima. Bojao se da joj nije tamo Ljubica ili koja besposlena susetka. Tome strahu pridruživala se ova tišina, a ono natprirodno zujanje obavijalo se oko njega, kao leteće paučine u polju, i šaptalo mu:

— Kuda ćeš, nesrećniče?

U tom trenutku otvoriše se vrata na Zorkinom stanu, i na svoje iznenađenje, Miloš ugleda bledu devojku, sa očima crnim kao voda u senci od vrba.

Kakva li je čudna ruka izvela oba ova stvora i sama im priredila sastanak usred potpune napuštenosti ove velike kuće? Kakva li je to fatalna sila, što stanuje pored naše volje, pobeđuje je, i gura nas na nepoznati put sudbine, sila što nam priređuje smrtonosne katastrofe, da nam posle prinese kondir sa životnim napitkom, blagi melem našim ranama?

Okrećući se da je niko ne vidi, i tako stavljajući celo svoje vitko žensko telo u pokret, ona pritrča Milošu i obesi mu se o vrat. Mladi čovek je obuhvati oko pasa, i, osećajući pod svojim pazuhom ustreptale ženske grudi, on je privuče svom snagom uza se, i glasom, koji je drhtao od uzbuđenja, isprekidano joj prošapta:

— Hajdemo kod mene.

— Ne, nikada! — trže se Zorka uplašeno.

Ali se Miloš savlada donekle, posta smiren kao jagnje, pogleda je pravo u oči i, ne misleći ništa rđavo, iskreno reče:

— Hajde da mi vidiš sobu. Veruj mi, neću ti ništa učiniti; ja sam bolji nego što ti misliš.

Da, mladi pesnik bio je tada pravednički iskren, ali je njegov glas, uprkos njegovoj volji, drhtao i odavao unutarnju smutnju.

— Ako nas ko vidi? — upita ona poverljivo.

— Niko nas neće videti — tvrdio je Kremić. — Svi su na radu. Moja gazdarica ne dolazi preko dana. A gospa Selena je izišla u varoš, video sam je... Hajde!

I on je blago povuče ka vratima.

Zorka korači dva koraka, ali se trže opomenuta jednim od onih tamnih unutarnjih predosećaja, što nas bocnu u izvesnim trenucima.

Jedna muva prozuja pored njih. Pas u dvorištu mrdnu repom. Negde u daljini zalupiše vrata. Zorka pokuša da istrgne ruku iz Miloševa zagrljaja i da pobegne.

— Ne, neću... ne mogu, ne smem — branila se ona. — Ja osećam između nas nešto mračno što me plaši. Ah, pusti me, molim te.

— Ne, ludice moja — tepao joj je Miloš, i ljubio ju je u vrat i u lice. — Šta ti je danas? Što se bojiš?

On najzad uspe da je prevuče preko praga, pa je onda pusti slobodnu.

Učinivši ovaj prvi korak, Zorka se predade volji Miloševoj i pođe za njim, ruku ispruženih i očiju otvorenih, kao mesečarka.

Kad dođe u sobu i vide da joj Miloš ništa neće, ona se oslobodi. Ona nije nikad bila u toj sobi, te se interesovala za svaku stvarčicu koja je ispunjavala stan njenog dragana. Zagledala je u knjige, nabacane na jednom ormanu. Posmatrala je fotografije po zidu. Pogađala koja je to žena, što je ličila na Miloša, obučena u srpsku nošnju, sa tepelukom i libadetom, i, nenavikla na pozu, unezvereno gledala sa svoje male fotografije, te se njene blage materinske crte još jače ispoljavale. Zorka je otkrivala razne karte sa slikama, posetnice s nepoznatim imenima i zabačene brojeve *Preporoda*, u kojima su izišle Miloševe pesme. Pitala ga je za njegovu majku, za kuću, i tu daleku palanku, omrznutu od Beograđana. Miloš joj je odgovarao kratko, vukao je blago na divan pored sebe, i svojim usnama pokrivao njena malena usta koja su čavrljala koješta.

Poljupci su padali, najpre laki i suvi, a posle sve teži, duži i vlažniji, praćeni s Miloševe strane milovanjem sve strasnijim i slobodnijim. Zorka se branila u pola snage, i polako se podavala tom slatkom milovanju usne i prstiju, koje ju je opijalo kao neko zaslađeno piće, dovodilo je u ushićenje, punilo je hrabrošću i vuklo njenu malu glavu u neki dim i maglu. I ova dva velika deteta, uverena u svoju jaku volju i dobre namere, klizala su se sve više ka granici, sa koje se dalje ne može trgnuti.

U jednom trenutku, Miloš je bio obavio jednim pogledom celu svoju saučesnicu. Ako je civilizovan čovek oklevao pred skrupulom, ovo oklevanje nije sprečavalo divljaka, koji drema u nama svima. Kad je sve bilo dockan, svest se najedared vratila. Zorka je skočila kao ranjena, jednim pokretom se bacila na stolicu i, naslonivši laktove na sto, zaronila je glavu ćuteći. Nekoliko trenutaka, dugih, mučnih i svirepih, prođoše, a ona je sedela neprestano tako, ukočena, skamenjena i ne puštajući glasa od sebe.

— Zoro, Zoro — plašljivo ju je zvao Miloš.

Ali ona je i dalje ostajala tako nema i nepokretna. Tek posle dugog vremena, pokretoše se prvo njena ramena, pa onda grudi, a za njima glava. Jedan jecaj, koji je dolazio iz najdublje šupljine grudi, zatrese celo ovo žensko telo, mršavo kao u ptice, i krupne suze minuše niz ukočene ruke.

Ah, te suze, one se nikad ne zaboravljaju u životu. Miloš kleče pored svoje dragane, i, u jednoj bolnoj ekstazi, progovori:

— Ja nisam hteo... Ja to sebi neću nikad oprostiti. Kako

se to desilo? Ah, život je svirep, varljiv, mučitelj... Jadna moja Zorko...

— Idite, bežite — odgovori mu ona promenjenim i promuklim glasom.

Miloš je posluša, pogružen i postiđen. Dočepa šešir i zaboravivši čak da poljubi svoju draganu, reče joj jedno zbogom koje se jedva čulo i istrča na ulicu.

Kad je izišao na ulicu, okretao se kao da je gledao gde će se najbolje sakriti. Nešto hladno duvalo mu je za vrat, i, činilo mu se kao da će nečija teška ruka pasti mu na rame. Ali kad je izišao iz dunavskog kraja, i prilazio Terazijama gde ga više ništa nije opominjalo na Zorku, već se počeo da interesuje onim što se napolju događalo. Niko nije ni slutio šta je on uradio. Kremić je već s puno pažnje posmatrao kako jedan čovek trči za šeširom koji mu je vetar bio odneo. Tek s vremena na vreme, jedna iznenadna misao, brza kao grom, izbrisala bi mu sve ono što se dešavalo oko njega i prenosila ga tamo u onu veliku kuću, gde je jedna žena mršava kao ptica, plakala krupnim suzama.

Dva ranjenika

Miloš i Zorka prećutno su se izbegavali. Mladi pesnik je ređe dolazio kući preko dana, a Zorka nije izlazila u dvorište kad je znala da je on tu. Kad bi se pak slučajno sreli, brzo bi izmenjali pozdrav, tek da ko šta ne primeti, i trudili se da se što pre uklone.

Sreća je za njih bila što se vreme promenilo, te su mogli neopaženo da izbegnu svoje sastanke na Malom Kalemegdanu. Ona iznenadna toplota martovskog sunca pretvorila se u sitnu kišu, koja je padala s časa na čas, cedeći se sa visine. Pokatkad se nebo razvedravalo, kiša prestajala, atmosfera postajala svetlija, ali su se oblaci ponovo skupljali, kiša počinjala ponovo, padala, lagano i dosadno, i napolju bilo tako hladno da su se peći ponovo ložile i zimski kaputi oblačili.

Tako je trajalo čitavu nedelju dana.

Najzad kiša presta. Blistavo, pravo proletnje sunce zasja kroz kaljavi Beograd. Ljubica i Dragutin počeše da navaljuju, ona na Zorku, a ovaj na Miloša, da obnove svoje šetnje po obali Dunava.

— Blato je i po čaršiji, a kamoli u polju — branila se Zorka.

Sunce je sijalo. Prolistalo drveće, koje se u ranijoj kiši i zimi, nije ni primećivalo, mamilo je mladost u polje, u slobodu.

Zorka i Miloš pristadoše najzad da iziđu zajedno tek iz bojazni da što Ljubica i Dragutin ne primete.

— Ali ne na Dunav — odupirala se Zorka.

Ova velika reka, koja joj je do pre mesec dana bila indiferentna, sad je opominjala nesrećnu devojku na prve šetnje i prvi pad.

— Blizu je kuće. Može nas videti koji od komšija — iznalazila je ona drugi razlog i rumenila od stida.

Posle dugog pregovaranja, rešiše se da udare Vidinskom ulicom i prošetaju u pravcu Sedam kuća.

Dok su išli zajedno — sve četvoro — ćeretali su te o ovome, te o onome, i zadirkivali se kao ranije. Ali već na Trkalištu Ljubica uze pod ruku Dragutina i izmače s njim. Miloš, obuzet jednim osećajem više dužnosti nego naklonosti, ponudi takođe ruku Zorki.

— Ne! — odbi ga ona prigušenim glasom.

Njih dvoje produžiše ići ćuteći, oborene glave i za čitava dva koraka razdvojeni jedno od drugoga.

Put je bio očajno prav i dugačak. S leve strane prostirala se ogromna pusta poljana, izbrazdana pešačkim stazama. U vrhu nje belelo se Novo groblje. S desne strane, kuda je prolazio tramvaj, dizale se nove, dvospratne i lepo ozidane kuće, ali već zapuštene i pokazujući da u njima sedi prost svet. I dug red bakalnica i mehana za seljake, proređen kojom berbernicom, pružao se do horizonta, preko Đerma, čak u Mirijevo.

Milošu je bilo vrlo teško ovo ćutanje, koje je unosilo između njih jedno osećanje mržnje. Stoga je on obraćao pažnju svojoj dragani na ovu ili onu interesantnost ovog beogradskog predgrađa. Ali bi Zorka samo začas skrenula oči na tu stranu, na koju ju je Miloš upućivao, pa bi gotovo produžila uporno ćutati.

Najzad Kremiću dosadi to, te je upita:

— Zašto ste danas takvi?

Zorka podiže svoje duge trepavice koje su bacale tamnu senku na njene duboke oči, i, savlađujući jedan uzdah, promuca jedva čujno:

— Vi sami znate.

Ovo *vi* koje se odavno nije čulo između njih kad su sami, zvonilo je sad gorko i zlokobno, i sve više ih udaljavalo jedno od drugog.

— Zaklinjem vam se da sve što se zbilo, nisam namerno izveo – odgovori Miloš, i glas mu zadrhta kao pred plač.

— Verujem vam. Ali kakva vajda!... Ja sam za vreme ovih kišnih dana mnogo mislila o svemu ovom što se između nas desilo, i videla sam, da ovako ne možemo produžiti.

— Pa šta treba da radim?

Zorka se gorko osmehnu kao da je očekivala ovaj odgovor.

— Kad me već tako pitate, onda ima samo jedan odgovor... Idite! — i njen glas posta snažan kao vetar koji je pirio kroz mlado kestenje, zasađeno oko puta. — Ostavite me što pre. Idite, dok se još što gore nije desilo. Vama je lako. Vi ste čovek. Sami ste. Nije vam ništa otkazati stan i iseliti se u drugi kraj, daleko od mene... što dalje, da se više nikad ne vidimo. Bar ćemo sačuvati lepo mišljenje jedno o drugom.

— A vi? — upita je Miloš nehotice.

— Ja ću ispaštati svoju pogrešku, boriću se i dalje sa svojom sudbinom...

— Tako sama, samohrana?

— Kao i do sad.

Miloš se nadao svemu od Zorke, samo ne ovom potpunom samopregorevanju. Bojao se bio da Zorka neće izići sa predlogom za brak, i već su mu se svi dosadanji događaji prekrivali prljavom bojom računa, i na se uzimali gotovo vid plaćene ljubavi. Ali ova bolna gotovost njegove dragane da sve prekine, da svojim poniženjem i odricanjem iskupi greh koji su zajedno učinili, oterala mu je, kao blago martovsko sunce, one misli crne sumnje i obasjala mu je Zorku još lepšu, još uzvišeniju.

— Ja sam gotov da učinim sve čim bih izbegao da vas kompromitujem — odgovori Miloš glasom punim muškog poštovanja. — Gotov sam, ma šta o meni mislili, da odem ne samo iz vašega kvarta, nego i iz Beograda, ako hoćete...

— O, toliko nije potrebno! — prekinu ga mlada žena gorko.

— Da zaboravim sve što se desilo između nas; da vam ostanem iskren prijatelj i brat...

— I da vas se do groba sećam! — dopuni ga Zorka glasom koji je prelazio u jetkost.

To ne smete Miloša. On osta učtiv do kraja.

Zorka se brzo pokaja za svoju jetkost, koja nije bila crta u njenom karakteru.

— Pravo da vam kažem — reče ona — ja nisam naučila u životu ni na toliko plemenitosti koliko mi vi ukazujete. Od mene su tražili samo obaveze. Niko nije pomišljao da i ja imam neko pravo, pravo da živim kao i drugi svet. Zbog toga sam ostala devojka. Zar se i ja nisam mogla udati kao što su uradile mnoge druge, čak i one gore od mene?

Kremić se trže i od same reči koja je spominjala brak, i reče posle dužeg razmišljanja:

— I vi ćete se udati, Zorka; nema sumnje.

— Ne, gospodine Kremiću. Kad to nisam do sad uradila, neću ni od sad kad mi je trideset godina, to je sigurno. Ja ću ostati pored majke, da je negujem, da joj zaslađujem stare dane, i da jednog dana zaklopim njene oči.

— A tada?

— Bože moj, ima toliko stvari na svetu, gde čovek ima utrošiti svoje slobodno vreme na dobro!

— I vi ne dopuštate nikako pretpostavku kakvog događaja koji će izmeniti vašu sudbinu?

— Nabolje?... Ne.

Tu nasta jedna mučna pauza.

U daljini se videlo kako se grle Ljubica i Dragutin.

Jedna patka brljala se u jarku kraj puta.

Kremić htede nešto reći, ali sve njegovo biće beše zauzeto iznenadnim priviđenjem osnovne razlike između njegovog i Zorkinog bića. Dok je on u svom dobru video dobro celog sveta i govorio: „Neka se svako trudi da mu bude dobro, pa će biti dobro celom svetu!” dotle se Zorka odricala sveta, davala drugome sve, svoje uživanje, svoje pravo i mladost, sadašnjicu i budućnost, ne pitajući se kako će njoj biti.

I, da bi učinio ma šta za nju, da bi joj dao koliko-toliko zadovoljstva, da se ne bi izvukao tako kukavički i samoživo, gazeći preko srca jedne slabe žene, Kremić učini večitu pogrešku, koja se čini u njegovim godinama, pokušavajući da između sebe i svoje dragane postavi odnos jednog golog zadovoljstva. On je bio još u dobu života kad se bez velikog predomišljanja odricalo postojanje Boga, dizao kult prirodnim naukama, verovalo u slobodnu ljubav i kad se zamišljalo da je i kod svakog drugog bića senzualna potreba preka i primamljiva.

— Ja ne osećam nikakvu potrebu — odgovorila mu je Zorka, prosto i kratko. — Za mene samu, spomen na moj pad je jedna zagonetka.

Ali te iskrene i proste reči ne ubediše neiskusnog pesnika, i on je navaljivao sve dalje:

— Pa dobro, neka tako bude. Mi ćemo zaboraviti šta se između nas desilo... Ali šta nam smeta da se poznajemo, da izlazimo ovako u šetnju...

— Ne, ne, Miloše. Ove šetnje su nas i navele na zlo. Ne vodite me više krivim putevima. Ja nisam rođena za njih. Ja to osećam. Na njima se treba kriti, varati, lagati. Ja to ne umem i ne mogu. Već sam nekoliko puta htela da sve priznam majci.

— Ali, Zorka, imajte milosti prema meni... Dobro, uskratite mi poljupce. Ah, ti dugi, duboki i slatki poljupci!... Ja ih se odričem. Ali mi ne zabranjujte da sam blizu vas. Ja sam se navikao da mislim na vas. Ima nekoliko nedelja kako sam vaš. Vi ste prva žena kojoj sam ja dao celo svoje srce.

Zorka uzdahnu, a Miloš produži bolno i poverljivo:

— Vi me uveravate da ovaj život vredi onih muka koje se za njega podnose. Bez vas, on će biti pust, očajno prazan kao što je ranije bio. Vi mi otkrivate u svetu ono što sam samo u svojim stihovima zamišljao. Ja ponavljam vaše ime kad sam sâm, i govorim vašem spektru kad se s vama ne mogu da sastanem.

— Oh, ne govorite mi tako... Ružite me, nazovite me poslednjom ženom, prezirite me i mrzite, ali mi pomognite da se vratim tamo gde sam bila pre nego što ste me poznali.

I njih dvoje približiše se jedno drugom, jednim svetiteljskim pokretom, i nastaviše svoj put, ruku pod ruku, kao dva ranjenika, koji se oslanjaju jedan na drugog i vuku se preko polja punog smrti, rana i krvi.

Stari put

Između Zorke i Miloša bio se utvrdio prećutan ugovor da izlaze u šetnju, zajedno sa Dragutinom i Ljubicom, ali da ne idu na Dunav i ne govore o ljubavi.

Od svega onoga što je bilo između njih, vratilo se samo nežno držanje ispod ruke i tikanje u govoru kad su nasamo. Milošu je to bilo dovoljno. Gotovo fizička prijatnost obuzimala bi ga kad bi osetio laki dodir njene bluze. On se gubio u toj slasti, gledajući tako izbliza njene mirne i duboke oči, i o najbanalnijim stvarima govorio u ekstazi, u pijanstvu, gde se misli ne dovršavaju, a reči ne umeju da se nađu. Nije bio naviknuo ni na tolike nežnosti od strane devojaka koje je poznavao i voleo. Odrastao u kući bez sestara, u gimnaziji bez drugarica, na pravnom fakultetu takođe bez drugarica, u jeftinim samačkim sobicama gde su gazdarice matore i ružne, bez dovoljno novaca da se baci u svet mode, cveća i poklona, on je bio proveo mladost izbegavajući žensko društvo i voleći devojku koja ga ne poznaje ili je van Beograda.

Okrećući se i gledajući za sobom, njemu je sadašnja sreća izgledala vrlo velika, a devojka koja ju je činila: ona zamišljena žena koju je tražio. Stoga se on i predavao sav ovoj bledolikoj devojci, na kojoj je već vreme ostavljalo svoj trag, i trudio se da je ničim ne uvredi.

Jednog aprilskog popodneva, blagog kao kupatilo, ne znajući ni sami kako, oni popustiše bez reči Ljubici i spustiše se starim poznatim putem, koji je vodio pored Opštinske bašte na Jaliju.

Sniske jevrejske kuće koje su s istočne strane rubile ovo gradsko polje izgledale su još niže u svetlosti sunca koje se klonilo zapadu. Crna gradska platna, koja su se, i u ruševinama, rugala tim stanovima sitnog pokolenja, padala su i u senku, tupu i vlažnu. Tri vojnika su jurila jednog konja da ga uteraju u grad.

Miloš i Zorka bili su ostavili za sobom Dragutina i Ljubicu, i posmatrali kako se konj uzinatio: taman dođe do kapije, i vojnici se zaustave srećni što mogu da predahnu, a konj klisne pored njih i razigra se po poljani. Zorka se uplaši da konj ne udari na njih dvoje te zasta, ali ovaj ode daleko, načini jedan polukrug, kao da je u manježu, preskoči železničku prugu, u galopu zaobiđe prvi gradski bedem, pa onda udari sve obalom, i zamače u Donji grad na sasvim drugu kapiju.

Kad se konj izgubi, ovo dvoje se pogledaše i nasmejaše.

Oni su bili ustrčali na jedan šanac, u kome se bilo zadržalo nešto vode od poslednje kiše. Nekoliko vodenih buba jurilo se iznad ove bare. Sunčevi zraci padali su koso na vodu, te je pretvarali u veliko, masivno ogledalo. Na bari se ogledalo celo visoko nebo sa svim svojim oblačićima, te se činilo kao da se ceo jedan svet krije ispod vode.

Zorka je posmatrala ove tajanstevene oblake, koji su plivali dole u dubini vode. Utom i Miloš obrati pažnju na baru, i ugleda u njoj Zorkin lik. Njihovi pogledi ukrstiše se, tako kroz vodu, i oboje se nasmešiše detinjski, gledajući jedno drugo položeno u vodi.

— Šta ti misliš o sebi, Miloše? — upita Zorka, posmatrajući ga neprestano tako u vodi. — Jesi li lep?

— Ne! — odgovori Miloš.

— Lepuškast?

— Ne... ne, ni to!

— Malo si se porazmislio dok si to rekao — zajedljivo mu odvrati Zorka. — A ružan?

— Pravo da ti kažem... to zavisi...

— Kako?

— Istinu ti kažem... Ima trenutaka kad mi se čini da sam vrlo ružan. Tada mi je donekle krivo na sebe, ali brzo odmahnem rukom i reknem: „Šta ja tu mogu! Nisam žena!" Ali ponekad, kad je lepo vreme i kad sam ispavan, učini mi se u ogledalu... kratko rečeno, ja se tada sebi dopadam!

Zorka pršte u smeh, i, još se smejući, zapita:

— A jesi li voleo?

— To je teško reći... Strogo uzevši: nisam nikako; inače: mnogo. Ali je sve to bila samo poezija, magla, dim. I meni se čini da prvi put sad kad...

— Šta ste zastali?... Hajdete napred! — čuše se glasovi drugog para, i Dragutin se približi sa Ljubicom.

Ljubica se bila sva zajapurila, da je vatra bila iz njenih punih obraza, kao jabuka, i crnih očiju koje su sijale. Dragutin je, naprotiv, bio bled kao zemlja; nijedne kapi nije bilo u njegovom licu, a pogled mu je lutao, unezvereno i uplašeno.

— Nama je dobro i ovde — odgovori im Zorka, i propusti ih.

Miloš je uze ispod ruke i nesvesno povede za Ljubicom, koja je bila obuhvatila Dragutina oko pasa i trčala s njim kroz polje.

— A sad kad?... upita Zorka svoga dragana rumeneći od radoznalosti i nestrpljenja.

— Dragutin me prekinu — odgovori Kremić. — Bio sam našao jedan tačan izraz... Hajdemo na *naš* čamac, pa ću ti reći.

Izvrnuti čamac trulio je na svom mestu, zariven celim kljunom u pesak.

Oni sedoše jedno do drugog. Miloš uze Zorkinu ruku u svoju, i, igrajući se njome, tražio je po mislima šta je hteo reći.

Posle onog teškog utiska koji je Zorkin pad ostavio na nju, Kremić se bio zakleo da ničim ne zloupotrebi njeno poverenje. Ali je Miloš bio čista slovenska priroda, kod koje se utisci primaju lako, i gde novi utisak potiskuje stare. On je i sad ponavljao reči:

— Ne, ne, ja je neću zloupotrebiti.

Ali je njegova duša, umiljata i pokretljiva, već drhtala pred nečim novim, i protivila se da se pokori njegovoj volji.

Sedeći tako na čamcu i okrenuti zapadu, Miloš i Zorka biše obuzeti veličanstvenim prizorom sunca, koje je, u iluminaciji cele prirode, teatralno zalazilo za zemunsko brdo.

Istok je bio utopljen u jezero plavetne boje, koja se razlivala ka zapadu i postajala sve otvorenija dok se nije pretvorila u mleko od rastopljenog nikla. Zapad se bio zapalio na celoj svojoj dužini i uvis puštao crveno pramenje, koje se razletalo do polovine neba. Ova crvena svetlost sunčevih zrakova pravila je

u belini, što je sa istoka dolazila, čarobne obale, predgorja i os-
trva. Blistav i snažan stub dijamantske svetlosti spuštao se od
sunca, koje je sedalo, u Dunav i brčkalo se po zelenoj vodi.

Sunce je izgledalo kao da se za trenutak zaustavilo u hodu
i toplim pozdravom grlilo celu zemlju. I sve na zemlji zaćutalo
je osluškujući ovaj pozdrav, da se najedanput prene, kad sunce
ponovo počne da tone i zalazi.

Belina, koja se nasred neba grlila sa crvenom vatrom
sunčevih zrakova, otimala se od nje i hitala zapadu. Za njom
je hitao istok, pun plavetnila i noći. Dunav se otresao od igre
boja i, razbacujući se, gledao je čežnjivo za suncem. Ptice su
ponovo pevale, žabe kreštale, drveće se kretalo i cela priroda
pozdravljala svečan odlazak cara neba, zemlje i mora.

— A sad kad?... — pitala je uporno Zorka.

Zasenjenih očiju od sunca, Miloš je pogleda. Njeno lice
sijalo je u rumenilu poslednjih zrakova dnevne svetlosti. Vetar
je pirkao s Dunava, igrao se njenom kosom i ukrasima na
njenoj bluzi. Njena noga prelazila je njenu suknju, i u plitkoj
cipelici, naslonjenoj na jedan kamen, videlo se parče jedne
crne čarape.

Kremić je uzalud obraćao svoj pogled u stranu i po pameti
tražio šta je hteo da kaže, ali se njegov pogled prikovao za
bledoliku devojku. On ju je video, nju i njenu čarapu od svile,
pred sobom, na Dunavu, u vazduhu, u onim crvenim pegama
koje sunce ostavlja kad se dugo u njega gleda.

— Da, ja sam voleo mnogo — odgovori Miloš. — Ali si ti
izbrisala sve te spomene. Ja mogu samo tebe voleti. I sad mi se
čini da sve što se desilo pre tebe bio je samo jedan san. Ti si
ubila sve one koje sam ja voleo... One su bile samo sunce koje

se jedanput pojavi, a posle zađe zanavek. A ti si ovo sunce... evo ovo koje ovako lepo zalazi, koje će se sutra roditi i koje će tako večito sijati...

Mladi pesnik htede još nešto reći, ali mu misao opet izmače. On se, bez reči, naže na ljubljeno stvorenje i pritište joj najpre jedan, pa onda drugi, i zatim treći i... bezbroj poljubaca. Zorka se otimala i pravila ih još slađim, te poljupce... tako prekinute, nedovršene i pomešane sa mirisom vrba. Ali je njena čar prevazilazila njenu snagu. Oko nje je bilo sve lepo, te je pravilo još lepšom. Dunav je bio tajanstven kao njene oči, priroda mlaka kao njena duša a talasi uzburkani kao njene grudi. Miloš je bio naizmence: snažan i mek, junačan i nežan. Ta tajanstvena priroda prilazila mu u pomoć i pravila ga nepobednim.

— Miloše... ostavi me, ne večeras, ne na ovom mestu...

Sunce je bilo zašlo za brdo. Još je samo, sa velikim naporom, isterivalo poslednje zrake, dajući nebu, više sebe, koralnu boju. U prirodi je nastajao dubok mir. Siluete vrba povijale se prema vetru i rasle sve više. Sa istoka je dolazila noć, brza kao kiša, i mrak padao naglo kao u svim predelima sa prostranim vidikom.

Dva zaljubljena stvora gledala su se oči u oči. Njihove duše, koje su drhtale pod jednim dubokim osećajem, i njihova srca, koja su kucala nekom neiskazanom nežnošću, zgrabi, uhvati, podjarmi ova veličina noći koja je nastupala, ovaj duboki mir, kojim su disale sve stvari oko njih, na obali pored koje je tekla ogromna voda, crna kao ta noć, i u hladu gradskih zidina, koje su videle tolika stoleća. Gledajući se oči u oči, pod ustiskom sve ove lepote, ove veličine stvari i plemenite mirnoće u svoj ovoj prirodi, tako velikoj i tako vidljivoj, oni osetiše da se njihove duše oslobođavaju okova ljudske prolaznosti; oni osetiše da njihova srca prekidaju sve veštačke veze i da se u dubini njihovih bića razvija, navaljuje i osvaja nešto novo, što se izmiče njihovoj vlasti; oni osetiše da im je od sad nemogućno lagati i braniti se. Neka neodređena nežnost privlačila ih je jedno drugom. Iznenadna bliskost uklanjala je između njih osećaj stida. I u njima je bujala tajanstvena sila, mračna i nemirna, nalik na talase ove prostrane reke, koji su zapljuskivali obalu i pucali kao poljubac.

Svaki napor postajao je uzaludan, svaka reč izlišna. Dva uzdrhtala tela pribiše se jedno uz drugo i onesvestiše se u zagrljaju.

Kad je Zorka otvorila oči, više nje je stajalo visoko i beskrajno nebo, po kojem se palile zvezde, jedna po jedna, i u prirodi je šumila tajanstvena heruvika noći.

DEO DRUGI

Ljubav ima zlatna pera,
zlatan je i plam, kim sve užiže,
zlatnim krilim ona tjera
i bjeguća srca stiže.

Zlatni puti, zlatna vrata,
zlatni ključi nje su dvora,
platnom veže ona od zlata
sebi i drugom oči ozgora.

Ivan Gundulić

Bankroti

Naš Univerzitet, širom otvoren svima redovima naroda, bio je uvek verna slika našeg društva. U njegovim uskim skamijama sedeo je sin prostog seljaka do sina državnog savetnika; na njegovim katedrama držao je predavanje sin kakve švalje posle čoveka čija je porodica zauzimala najuglednije mesto u beogradskom društvu; želje i ideali prostog puka i namere obazrivih državnika nalazile su punog odjeka u ovoj trospratnoj starinskoj zgradi. Naša oduševljenja i naše malaksalosti, ljubavi i mržnje, velikodušnosti i pakosti, preduzimljivost i sitničarenje, sve naše dobre i rđave strane ogledale su se na Univerzitetu, u studentskim društvima, u njihovom javnom i privatnom radu.

Generacija kojoj je pripadao Miloš Kremić bila je jaka i radila mnogo. Pocepana na više klubova, mladi članovi toga naraštaja trudili su se da ispadnu što bolji, što jači i svetliji. Stoga su njihovi sastanci u *Pobratimstvu* bili česti, dugi i burni. Svako je hteo da odbrani svoje mišljenje i naturi ga drugom. Držane su duge besede, pozivani su u pomoć Karl Marks i knez Mihailo, upadano je u reč, proturala se sumnjičenja, i često puta pravili se ispadi žučni, neopravdani i uvredljivi.

Ali pri kraju studija, ovi mladići počeše da više otvaraju

oči, da podvrgavaju kritici i svoje sopstvene ideale, da se hlade i hitaju da što pre svrše školu i dobiju svoje parče hleba. I pre nego što dobiše diplome, ovi mladići, jedan po jedan, zbog ovoga ili onoga razloga, u ovoj ili onoj prilici, odrekoše se svojih ubeđenja, izvršiše bankrotstvo svojih ideala. Ove raznolike grupe ovih ljudi, tako ljuto zavađene između sebe, propadoše kao da nisu ni postojale, a mladići, koji ostaše u Beogradu posle ovih intimnih katastrofa, tražahu jedan drugog kao brodolomnici. Tu, na prekretu, pre nego što su izgubili svaku vezu sa školom, a još sasvim ne stupivši u kolosek službe i građanskog života, oni su svi osećali jedan isti bol, bol što su se odrekli onoga za što bi juče glavu položili. Neprimećeno, oni su dobivali iste prohteve: za finiju cigaru, bolji ručak i otmeniji lokal. I kao ljudi koji pate jednu istu bolest, oni su se tražili, zaboravljali na ranije uvrede i voleli se.

Nekoliko od ovih mladih bankrota, koji su se još zadržavali u Beogradu i žudeli za kakvim udobnim činovničkim mestom, dolazili su stalno u *Moskvu* posle večere. Njihov sto se nalazio za samim vratima, kako se uđe u kafanu na glavni ulaz. Ovo mesto izabrao je Stojan Burmaz, advokatski pripravnik, čovek koji je nosio dugu bradu i nekad mislio za sebe da je drugi Robespjer. Kad je prvi put ušao u ovu veliku beogradsku kafanu, imao je pocepane cipele, te je seo u budžak, bojeći se da ga kelneri ne izbace napolje. Ostalo društvo sedelo je za ovim stolom, u početku za ljubav Stojana, a posle što ih je mrzelo menjati i tražiti šta drugo. Oni su se navikli na kelnera koji ih je služio, a ovaj na njih. Kelner, ufitiljenih brkova i neispavanih očiju, mešao se u njihov razgovor, pitao ih za objašnjenje kakve novosti koju su novine krile, bio zadovoljan sa malo bakšiša i donosio im uvek vode.

Iako im nije bilo ostalo gotovo ništa od ranijih ubeđenja, te su tako bili svi izjednačeni u pogledima na svet, život, društvo, državu i narod, ovi mladi ljudi nisu to jedan drugom priznavali, te su i dalje ostajali jedan za drugog: radikal ili konzervativac, nacional ili Jugosloven, socijalista ili anarhista. Da bi se složili, retko su kad ozbiljno govorili o kakvom predmetu, već su sve obrtali na šalu.

Nikome se nije gledalo na obraz. Dobroj pošalici se opraštalo sve. Svirepo se ismevale urođene ili stečene osobine, crte na licu, telesni nedostaci, ponašanje, sprema, pamet, svojta i ljubav. Svaki član je imao svoj nadimak: Kremića su zvali Vitezom tužna lica, Rankovića Krenkebilom prema junaku jedne priče, koju je ovaj preveo, Vasića Kako-Da-Kažem, a Burmaza Kako-Si-Gospoja, kako je ovaj oslovio jednu visoku beogradsku damu pružajući joj svoju ruku razapetu kao ripidu.

Preko dana, svaki napose, lupao je glavom da izmisli šta novo čemu bi se doveče smejali. Tako je Vasić pronašao, da ventilator u *Moskvi* liči na veslo. Stojan Burmaz je izneo čikarmu naprednjaku, da je kuvarica njegovog oca, kad je pročitala devizu anarhistovog lista: Ni Boga ni gospodara, ni republiku ni monarhiju, uzviknula:

— Ju, odneo ga šinter, i to policija još trpi!

Ovi ljudi, koji su u *Moskvi* pili bečki melanž, silazili su oko ponoći u Maćedonsku ulicu na burek, a ako su bili pri novcu, posle bureka prelazili su u jednu od onih noćnih kafanica u istoj ulici, kojih nestaje sve više pod nemilosrdnom rukom regulacije. Tu se započinjalo sa deset ćevapčića i litrom belog smederevskog vina, pa se posle završavalo pevanjem Cigana, razbijanjem čaša i vožnjom na fijakeru, kako se završavaju sva naša veselja.

Kremić je bio redovan član ovog stola. Pio je melanže, jeo burek, izmišljao svirepe pošalice i zaboravljao na krvava razočaranja koja je doživeo u politici na Univerzitetu. Ali otkako se upoznao sa Zorkom, osećao je sve više prazninu ovih sedeljki, surovost šala i ludo traćenje vremena. Već su se inače duhovi iscrpljivali i postajali dosadni. Tako jedne večeri, niko nije bio ništa novo doneo. Svi su ćutali očiju uprtih u unutrašnjost kafane. Na visokom plafonu obrtalo se veslo. Za ostalim stolovima sedelo je raznoliko društvo: jedna otmena beogradska familija cincarskog porekla, nekoliko novinara, gimnazijski profesori, dva oficira koji su imali strast da se mešaju u građanske stvari, i jedan katiheta, taze iz Rusije. Krivonog cal-kelner, sa zavučenom rukom u jandžik na leđima, posmatrao se u velikom kafanskom ogledalu i divio se sâm sebi.

— Pogledajte za ovaj sto do prvog stuba — obrati pažnju društva anarhista, dugačak čovek, suva lica i sa zlatnim cvikerom na čelu, slavan u društvu što je jedanput postavio tačnu razliku između pekmeza i sulca. — Vidite, majka i ćerka, ne zna se koja je od koje lepše obučena, a imaju samo jednu džepnu maramu.

— Eno — dodade drugi — majka se ubrisala pa maramu dodaje ćerci ispod stola!

Vicevi počeše padati na ove dve žene, koje su bile iz jedne od onih beogradskih činovničkih kuća, gde se pominju samo nepoznata imena, pričaju se beznačajni događaji sa važnošću, potcenjuje se sve što je za jednu periodsku povišicu niže i čiji članovi smatraju sebe za centar sveta.

— Šta li tek čeka onog blesana što sedi pored njih, ako ga ulove za muža! — progunđa Stojan Burmaz u svoju bradu, jedino što mu je još ostalo od stare demagogije.

— A što? Možda je žena zaboravila da ponese maramu od kuće — primeti Ranković, kao uvek, presecajući svojom primedbom svako oduševljenje.

— Valjda oni imaju da misle... kako da kažem... na diplomski ispit — odgovori Vasić Dragutinu.

— Karakteristično je to dodavanje ispod stola, to računanje na prevaru.

— Baš i da je zaboravila... šta mari izviniti se i zatražiti maramu slobodno i otvoreno? Zaborav se daje oprostiti, ali prevara...

— Samo neka svet ne vidi, pa je onda slobodno sve.

— Naše žene su takve...

— Ne baš sve — upade opet Ranković.

— Razume se, ne sve, ima izuzetaka, ali je većina takva. Svet je njihov moral, njihova savest, njihov raj i pakao.

— Pogledajte samo naše drugarice!... Kaži im samo da hoćeš da se ženiš, pa će skidati zvezde da te uvere u svoju ljubav.

Razgovor pređe na žene.

Većina ovih ljudi, tako mladih, tek stupili u život, napadali su na žene, na ženu uopšte, čak i na ideal žene, i govorili da se nikad neće oženiti. Jedan mali broj od njih, mahom pesnici, branili su ženu i smatrali život bez voljene žene za uzaludan.

— Mi smo krivi — govorio je Bogdan. — Mi nemamo... kako da kažem... kuraži. Mi smo egoisti. Don Žuan je stvorio žalostan presedan. Treba ženu zaslužiti... kako da kažem, treba je usrećiti. A mi smo kukavice. Mi se bojimo da usrećimo... kako da kažem, jednu ženu, a nije nas stid da unesrećimo pedeset...

— More, kakvih pedeset! — podsmehnu se neko.

— Ja ih toliko i ne poznajem — progunđa Burmaz u svoju bradu. — Ljudi našeg sveta su gotovo svi svirepo sami. Kaži mi jednog od nas, jednog od javnih radnika... Ljubav, poverenje, solidarnost su privilegije prostog sveta.

Vasić ne smede produžiti polemiku sa Stojanom, dobrim besednikom i dosetljivim duhom, nego ga zapita:

— Imaš jednu cigaretu... kako da kažem?

— Kad ćeš ti to *š* pretvoriti u *m*? — odgovori mu Burmaz i pruži mu tabakeru.

Vasić nije bio još dobro ni izvadio cigaretu, kad se anarhista prope, čak sa drugog kraja:

— Cigaretu našu nasušnu daj nam dnes — reče on svojim promuklim tenorom i takoreći istrže tabakeru iz Vasićevih ruku.

— Pravo da vam kažem, zavlačeći se ovako po hotelima od *Slavije* do *Nacionala*, ja sam izgubio svako osećanje za poštenu ženu — reče naprednjak i zasmeja se tako da mu donja vilica ispade, i ćosavo lice dobi oblik pozorišne maske.

— To je cela istina što si rekao — umeša se Miloš koji je dotle ćutao. — Ono što se dobiva za novac i ne naliči na ljubav. Prava ljubav je sasvim nešto drugo. To nisu isti poljupci, to nisu isti zagrljaji, to nije čak ista ni ona fizička draž; to je sasvim *druga stvar*. Moje je mišljenje da to dvoje treba krstiti različitim imenima, ne samo zbog morala, već zaista što su to dva razna pojma, dve razne stvari, kao jesti i piti. Ja sam...

Miloš se iznenada zaustavi ovde, zadržan jednom tamnom unutrašnjom opomenom, jednim od onih urođenih obzira za čuvanje sebe samog, koji ne varaju nikad.

Mladi pesnik se uveri odmah, da je ovoliko što je rekao u korist čistog zagrljaja između čoveka i žene, bilo suviše, jer na njega počeše padati primedbe kao osice:

— Gde ti nađe tu nevinost?

— Kod koje to prepredene gazdarice sediš?

— Je li udovica ili raspuštenica?

— Čuvaj se da ne dobiješ šta u miraz.

— Jesi li joj pregledao kufer? Da ne ispadne otkud kakva sanitetska knjižica?

Kremić je nekad trpeo i veće uvrede, ali sad nije mogao. Hteo im je baciti u oči da su neznalice, neosetljivi, svirepi. Ali se bojao od svake reči, da njom nehotično ne otkrije svoju ljubav.

On se diže i pođe kući.

Sa njim pođe i Dragutin.

Obojica su ćutali, obuzeti mislima, i progovorivši tek kad Dragutin nađe jedan drugi predmet za razgovor.

Dorćolska četvorka

— Dugo sam te čekao, ali mi nije bilo dosadno — govorio je Miloš kad se sastao sa Zorkom sutradan po onom razgovoru u *Moskvi*, gde se zamalo nije izrekao o svojoj ljubavi. — Posmatrao sam ovo drveće po ulici, intezivnu boju njegovog lišća što se pod zracima proletnjeg sunca pretvara u mrku, i ovo nebo tako plavo i prostrano. Ukoliko sam više gledao u ovu nebesku pučinu, ona mi se sve više otkrivala, postajala bliža i toplija. Ja sam se osećao manje usamljen pred ogromnošću ovog prostora i svetlosti, nego sinoć u društvu svojih drugova...

— Ti si pesnik!

— Ne, ja sam srećan... Ovako kad sam s tobom nasamo, daleko od poznatog sveta, u prirodi, ja se osećam potpun i zadovoljan. Priroda je gostoprimljiva. Ona je široka i puna nezauzetih mesta. Ona nas materinski prima u svoja široka nedra, ne dodirujući čirove naše osetljivosti. Dok u društvu, sve je već zauzeto, treba se uvek boriti, biti na oprezu, na mrtvoj straži; na svakom koraku čovek sreće zavist, bojazan od konkurencije, pakost, tesne misli, oštre reči i suprotne volje.

— I to govoriš ti koji si, ranije, cele noći provodio u tom društvu!

— Kako si za kratko vreme uspela da me promeniš! Vidiš, meni je trebala jedna žena, jedna duša koja će me voleti, potpomagati moju volju i hrabriti me na putu života i rada. Ja sam i ranije osećao da su oni razgovori dosadni, pošalice grube, vino koje pijemo ljuto i bureci tako prljavi. Ja bih se zaplakao za vremenom koje sam tako uludo potrošio. Ali ja sam bio sâm, strahovito sâm u ovom velikom Beogradu.

— Miloše, ti si čovek, ti treba da iziđeš pokoji put u društvo.

— Ja bih voleo najviše da se ceo život pretvori u jednu ovu našu šetnju. Da se više ništa ne događa nego da idemo ovako sami, večito sami, kroz ovu svetlost i blag proletnji vazduh.

Kaže se da postoji jedan dobar bog za zaljubljene i pijanice. Ovo dvoje obraćali su se i suviše tome dobrom bogu i trošili sve svoje slobodno vreme na ljubavne sastanke.

Prilike su im išle na ruku. Dragutin je bio uzeo stan u istoj kući kod jedne udovice. Kako je bio na istoj grupi sa Ljubicom, lako mu je bilo da svoje sastanke sa njom sakrije pod vid zajedničkih lekcija. Uz Ljubicu je pristajala Zorka, kao ćerka njene gazdarice, a uz Dragutina Miloš, kao njegov drug. Kad god nije bilo zgodno da se sastanu na ulici, i Ljubica je priređivala ove zajedničke lekcije, i soba je odjekivala od poljubaca.

Da što ne bi primetila gospa Selena, Zorka je i sama pozivala kadgod ovo svoje društvo kod sebe na čaj. Tih večeri, dok je stara žena dremala nad novinama, Miloš je sedeo blizu Zorke, i nagnut na kakvu knjigu, šaptao joj je slatke ljubavne reči.

U crnom redengotu, sa belom kravatom i prsnikom, jednim karanfilom krupnim, crvenim i kao svila, u rupici od kaputa, u novim lakovanim cipelama po kojim su padale široke i sjajne vrpce, na mekom kanabetu, gde je sedeo pored svoje dragane i pred njenom majkom, Kremić je posmatrao svečanu sobu Zorkinog stana i u glavu mu se pelo neko toplo pijanstvo koje mu je davalo osećanje da je ceo život jedan san, jedna pesma.

Salon je bio pun stvari; te stvari su malo naličile jedna na drugu i pokazivale da su dokupljivane, u zgodnoj prilici, u početku meseca kad se primi penzija i uštedi na nečemu.

Prema sirotinjskim stanovima, na koje je Miloš bio naviknuo u Beogradu, ovaj salon mu je bio sjajan, te nije primećivao znake selidbe ni činovničkog dokupljivanja u početku svakog meseca. On se osećao zadovoljan i srećan. Ta je sreća pozlaćivala sve što njegovo oko ugleda. Svoje zadovoljstvo izražavao je stiskanjem Zorkine ruke, čim bi spazio da gospa Selena ne gleda.

Gospa Selena je bila kupila kolača u izobilju i starala se da bude što uslužnija, kao što je običaj u našim porodicama srednje klase, gde jedno poznanstvo čini događaj, a jedna poseta čitavu epohu.

— Molim vas, služite se kao u svojoj kući! — nudila je gospa Selena.

Ona je bila ljubazna, ali od one ljubaznosti lake i površne koja se izražava u lepim rečima. Učtiva i gorda, ona je htela svojom ljubaznošću da obrati pažnju na sebe, da pokaže kako je njena kuća bogata i otmena, kako je žena sreskog načelnika, da je gospođa i da ume o svemu govoriti lepo i razložito. Njena reč je bila nauk, a njen život sreća za zemlju i društvo. Ova stara žena davala je utisak *gospe*, činovničke žene, aristokratije našeg društva, gde se polaže sve na ceremoniju, a ne odmiče se dalje od izveštačenog ophođenja i plitke unutrašnjosti.

Čaj se služio na divnom srebrnom poslužavniku iz običnog kvaziporculanskog čajnika.

To pak nije smetalo mladim ljudima da budu zadovoljni i pri dobrom apetitu.

Zorka je dopunjavala majčinu ceremonijalnost svojom prostosrdačnošću. Sama je birala lepše kolače i nudila ih svojim zvanicama.

— Zini — govorila je ona Ljubici i metnula bi joj ceo indijaner u usta.

Ljubica je žvatala i buljila oči više nego što je morala, pravila obešenjačke grimase i izazivala lud smeh kod sviju.

Ova devojka, čije se lice obasjavalo vatrom strasti i imalo boju ugaraka i neugašenog pepela, dopala se gospa-Seleni utoliko ukoliko ju je uveravala kako se njena ćerka razlikuje od nje. Ljubica nije imala više od osamnaest godina, a znala je od svega ponešto. Ona je bila od onih devojaka koje tajna ljubavi posećuje još od ranog detinjstva i obasipa ih mutnim i opasnim polusaznanjima. Druženje sa školskim drugovima, râne lektire, dvosmislene fraze i nemarnost roditelja bili su Ljubicu naučili rano mnogo koječemu. To se kod nje bilo skupilo u jedno obrazovanje polovno i strasno, opasnije od potpune čednosti i savršenog iskustva. Ćerka bogatog trgovca iz unutrašnjosti, navikla je bila još izmalena da joj svako godi, služi je, laska, da se svakom dopada, da ovaj život smatra kao gozbu. Svoju lepotu je smatrala za talenat; imala je visoko mišljenje o svome obrazovanju, vaspitanju i duševnim sposobnostima. Od života je tražila sve, ne osećajući potrebu da mu vrati išta. Razmažena prilikama i okolinom, postajala je kapriciozna. Volela je da neko pati od nje. Njenim živcima trebalo je uvek jedno zanimanje. U njoj su rasli instinkti, ničim neoblagorođavani.

— Čuvaj haljinu! — viknu joj Zorka kad se Ljubica zasmeja više nego što je trebalo i komadi od kolača poleteše iz njenih usta.

Ona odmahnu rukom kao da je muškarac i progunđa:

— Do đavola!

Čaj se po tri puta prisipao. Kolači se pojedoše svi. Gospa Selena donese još nekakve čokolade.

Tek dugo posle toga, gospa Selena uze da čita novine, a mladež da se igra društvenih igara. Oni su imali tako mnogo da saopšte jedno drugome, a nisu smeli prozboriti ni rečce o onome što su osećali. Zbog toga odoše da se igraju pisama. Zorka uze svoje staro ime: Užice, a Miloš: Dorćol.

Dok su oni pisali, trudeći se da kažu što više na parčencetu hartije, gospa Selena je dremala nagnuta nad četvrtu stranu *Preporoda*. Raznoliki oglasi, odštampani na rđavoj novinarskoj hartiji, drhtali su u njenim rukama, suvim kao noge u patke. Njena glava, koščata i žuta, sa usnama nešto uvučenim zbog pada prednjih zuba, sa kosom sedom kao prašina, klonula bi s vremena na vreme na njene mršave grudi. Naočari bi joj spali na dno nosa. To bi je upola probudilo. Ona bi podizala svoj uveo struk, nameštala naočare, ispravljala novine i pravila se ponovo da marljivo čita šta ima na prodaju i ko je umro. Ali bi njena glava ponovo klonula i neumitan san igrao se sa ovom poružnjalom glavom.

Ljubica je hvatala ove momente i štipala Dragutina tako čvrsto da se ovaj previjao od muka, i tek ga se okane, kad joj ovaj najozbiljnije reče na francuskom:

— Laisse-moi tranquille! Je vais crier!

Miloš pogleda Ljubicu: ovaj perverzni cvet se smešio zavodljivo i cinički, tresući svoju crnu kosu, punu talasavih senki iz kojih su izlazili mirisi.

— Ljubice! — primeti Zorka.

— Que vous êtes bêtes, tous les trois! — odgovori ona.

Kremićka

Zorka i Ljubica nisu bile videle Rimski bunar u beograd-
skom Gradu, te se reše da prve nedelje iziđe sve četvoro i da
ga vide. Ali uoči same nedelje, Ljubica izmisli da ima da svrši
nekakav hitan posao u seminaru i reče da ne može s njima izići.

Miloš je znao da Zorka u tom slučaju takođe ne može izići,
te zamoli Ljubicu:

— Bar sačekajte Zorku, dok iziđe iz kuće, pa posle idite
kud vam drago.

— Ne, ne mogu, treba sutra da poranim — odlučno
odgovori Ljubica.

Kremić razumede da je to samo njen kapric, da hoće da
ih naljuti i pokaže im kako oni obadvoje zavise od nje. To ga
naljuti, te htede izgrditi Ljubicu. Ali ga Zorka umiri.

— Ti nemaš pravo što se ljutiš na Ljubicu — reče mu ona.
— Devojka ima da radi. Tebi je lako da izlaziš kad hoćeš, jer si
svršio školu... Ne ljuti se; mi ćemo ipak izaći. Ja inače treba da
ovih dana odem do gazde i platim mu kiriju. Pa ću to učiniti
sutra... Dan ranije dan docnije, ne mari ništa. Biću gotova oko
deset sati. Posle možemo ići kud hoćemo. Ako se zadržimo,
kazaću majci da sam se našla sa Ljubicom.

— Gde ćeš da te čekam?

— Tamo gde je bio žandarm.

„Gde je bio žandarm", tako su njih dvoje zvali jedan ugao do dorćolske osnovne škole, gde ju je Miloš obično čekao. Jedanput kad je Miloš tuda šetao, čekajući svoju draganu, spazi ga jedan žandarm, kome se ovo šetkanje mladićevo učinilo podozrivo, te ga je motrio, sve dok Zorka nije došla.

— Uzećemo tramvaj do Terazija. Tamo ću biti gotova za minut, pa sam onda tvoja sve do ručka.

Kao i svi mladići, Miloš je došao na mesto sastanka nešto ranije od urečenog vremena, a Zorka se zadocnila.

Mladi čovek šetao je nervozno od jednog do drugog ugla, zagledavajući svaki čas u poprečnu ulicu, koja je vodila na Dunav, neće li spaziti svoju draganu. Vreme mu se činilo dugo; svaki minut izgledao mu je čitava večnost. Kremić je znao da Zorka neće izostati, ali mu je bilo teško na srcu od tog očekivanja. Jedno grozničavo nestrpljenje ga obuzimalo. U duši je osećao slast i ljutnju.

— Što je nema... zašto se toliko zabavila? — gunđao je u sebi i zagledao u časovnik.

Skazaljke se nisu micale. On je prinosio časovnik ušima, da vidi da se nije zaustavio. Ponovo započinjao svoju šetnju i tražio po ulici da se čime zabavi.

Mislio je na Dragutina i Ljubicu. I čudno! Razumeo je ovu preplanulu devojku, punu krvi i živaca, i više se na nju nije ljutio. Zdrava, bogata, razmažena od ljudi i života, ona je još otkako zna za sebe, naučila da svet zavisi od nje, da se *njena* sluša, da bude prva i zapoveda. Kao što drugima treba duvana, njenim živcima je trebalo zađevica. Tukući služavke i momke, ona se naučila da uživa u mukama svoje okoline.

Miloš se seti kako je ona mučila Dragutina, pravila ga ljubomornim, potcenjivala ga i radila sve obrnuto što joj je on govorio. I ovaj Dragutin, čovek koji je svačemu stavljao primedbe i zamerke, bez pogovora se povijao kapricima i radio ono što je ona htela. Kad se poznao sa Kremićem, Dragutin ga je osvojio odmah svojom spoljašnjošću, jer je Ranković bio od onih ljudi, čije belo i odnegovano lice, očešljana kosa i pristojno odelo pridobijaju posmatraoce i odobrovoljavaju ih. Tome se pridruživali Dragutinova pomirljivost i večiti obziri, koje je Miloš tumačio krajnjom dobrotom.

— Sećam se kad je po najvećem mrazu ispratio u pola noći na železničku stanicu jednog svog dalekog rođaka, koji je odlazio u Maćedoniju za konzula — mislio je Miloš na Dragutina. — Ja sam njegov najbolji prijatelj... Već smo nekoliko godina zajedno. Što prema meni... ili bar prema Zorki nema ovih obzira i zaštiti nas od kaprica njegove dragane?

Padoše mu na um još nekoliko spomena iz njihovog zajedničkog života, gde ovaj čovek koga je smatrao za najboljeg nije hteo ni za dlaku popustiti u stvarima koje su se ticale njegovih ličnih interesa. I mladi pesnik vide koliko ima licemernog i računskog u svoj ovoj površnoj dobroti, obzirima, pomirljivosti i uglađenoj spoljašnjosti. Srce mu se steže pred ovom opaskom, jer oseti da ona donosi sa sobom smrt jednog prijateljstva.

Utom Miloš ču jedan šum iza svojih leđa i još u daljini. On se i ne okrenu, a oseti da je to Zorka.

Mlada žena je dolazila sa dna ulice. Išla je brzim i sitnim korakom, pridržavajući desnom rukom skut od haljine. Usturene glave, radosnih očiju, obasjana osmehom i srećom, u haljini cimetaste boje, ispod koje su se igrali talasi svilenog žipona, ona je hitala u susret svome draganu. Kremić ju je posmatrao u toj haljini, koja je za njega bila nova, i pitao se da li je to Zorka. Žene menjaju boju menjajući toaletu, kao što se cveće menja prema onome što ga okružava. Mlada žena je išla brzo. Na njoj je sve igralo. Izgledala je laka kao veverica, življa od života i opojnija od mirisa.

S kraja ulice pojavi se tramvaj.

— Brzo... brzo! — povika Miloš. — Ode nam tramvaj.

Zorka gotovo pade na Miloša i on je takoreći unese u tramvaj.

Kola su bila već otvorena, udešena za leto.

Zaljubljeni sedoše na poslednju klupu, okrenuše leđa publici i za trenutak zaboraviše na strah da ih može spaziti ko od poznatih. Ćuteći i diveći se jedno drugome, oni su se gledali u oči.

— Jesi li me dugo čekao, moj Miko? — zapita ga Zorka i spusti na njegovo koleno svoju malu ruku utegnutu u kožnu rukavicu. — Žurila sam se da stignem na vreme. Ali se uvek nešto desi. Sad se majka slučajno opržila o šparherd...

— Ozbiljno?

— Ne mnogo! Malo po ruci... Zabavila sam se dok sam joj pomogla... Gle, kako si šik danas! Treba svaki dan da se briješ.

Na Terazijama ju je Miloš morao opet da čeka. Ovaj minut mu se ponovo učini čitava večnost. Mesto je bilo opasno, što je tuda bilo najviše Miloševih poznanika, te bojazan da ga ko ne spazi uveličavala mu je nestrpljenje.

Svežina prošle noći je bila raširila po nebu zavesu sivkastih oblaka, iza kojih se sunce krilo, dopuštajući ipak da se pogodi.

Miloš je nehotimice preletao pogledom ovaj centar prestonice, koji je izgledao nejednak i neuređen.

Uz moderne četvorokatnice pribijala se neka tesna kućica još iz turskog doba, koja se samo, jednim čudom i opštinskom nemarnošću, održavala da se ne sruši. Tamo gde nije bilo takvih kućica, nove zgrade štrčale su jedna iznad druge, kao da su se sopstvenici trudili da im kuća bude viša bar za pola metra od susedne. Starinska kamena česma sa usahlim lavovskim ustima čudno je odudarala od sitne gvozdene ograde modernih skverova. Odraslo kestenje širilo se bez reda između jektičavih lipa i nekog zimzelenog žbunja. Iznad svega ovoga izdizala se ćelava zgrada „Rosije", krupna kao div, koji je zalutao među nas mirne i skromne građane. Ona se obzirala po prostranom beogradskom nebu i mrzovoljno spuštala svoj pogled niže sebe, u neku papudžinicu, kraj koje je stajala natrula drvena puška, veća od čoveka, puška koja je opominjala na staro doba i starinske puškarne.

Taman Zorka priđe Milošu, kad se pojaviše iza jednog žilavog bagrema kraj *Balkana* dve noge, dugačke i suve kao šestar.

— Eno Vasića... Bežimo — reče Miloš i povuče Zorku u Prizrensku ulicu. — Ne bih voleo da nas vidi. On nije rđav čovek, ali bi sve ispričao u redakciji.

Oni udariše naniže, na Varoš-kapiju; i kroz splet tesnih i krivih ulica ovog starog Beograda, oni izbiše u Grad.

Tamo se osećala druga atmosfera. Sunce je bilo probilo oblake i izlivalo na zemlju svoju blagu svetlost. Vazduh je drhtao i igrao se po starinskim bedemima. Zatvorenozelena, ničim nesmetana trava rasla je po rovovima. Proletnje poljsko cveće mirisalo je na sve strane. Na Glavnoj kapiji blistao je dostojanstveno grb Kraljevine Srbije. Po kamenju jurili se gušteri. Čovek bi se, ovako u proleće, prijatno osećao u ovoj tvrđavi, gde je svaka stopa zalivena čovečjom krvlju, da je nije ožalošćavao zveket lanaca na robijašima koji su šetali u zazidanim dvorištima.

— Ti nisi nikad bila u Rimskom bunaru? — upita Miloš Zorku i uze je ispod ruke.

— Ne, nikada. Ja uopšte malo znam Beograd. Ono nešto što sam videla dok sam još bila u Višoj ženskoj školi, i ovo sad sa tobom... to je gotovo sve.

— A odrasla si u njemu!

Zorka ne primeti ovo čuđenje, nego se zagleda u prostran park Gornjeg grada, gde behu izbili.

Park je bio prazan. Jedan stražar mirno je šetao pred kasarnom. Nekoliko robijaša žuta lica zalivali su nemarno staze i cveće. Kraj njih je stajao čuvar, s puškom o ramenu i bajonetom u kanijama. Prijatna svežina dizala se iz vode, koja je plavila zemlju kuljajući iz dugačke cevi. Dalje, u suncu, zujale su probuđene bube oko perunike i mrkih bronzanih topova.

— Gde je bunar? — upita Zorka.

— Eno, onamo... ona velika žuta zgrada. To je Glavni generalštab. Odmah ispod njega nalazi se ulaz u bunar.

U jednom sniskom dvorištu koje prave unutrašnji bedemi tvrđave i gde sunce s mukom prodire kroz senke od zidina i lisnate grane starog duda, nalazi se jedan veliki svod, zatvoren filaretama u vidu srpske trobojke. Tu je ulaz u ovaj spomenik rimske kulture.

Jedan prost, a otresit vojnik nalazio se na službi pri tom

bunaru. On im pritrča, otključa kapiju i učtivo ih pusti da prvi uđu unutra.

Iz zidina je bila jeza i zima.

Vojnik zapali dva ručna fenjera. Jedan zadrža za sebe, a drugi dodade Milošu i pozva ih da dođu.

— Mene je strah! — šapnu Zorka i nerešljivo zastade na stepenicama.

— Ne boj se. Put je potpuno siguran — ohrabri je Kremić. — Ja sam već nekoliko puta ovde bio. Hajde ti za vojnikom, a ja ću za tobom.

— Uh, kako je strašno! — opet će Zorka.

— Hajde... hajde... samo je prvi korak težak. Videćeš, stepenice su blage i široke. Njima su nekad išle mazge natovarene vodom.

Zorka se osmeli i pođe naniže.

Za kratko vreme, pa se izgubi dnevna svetlost koja je dopirala sa ulaska. Pomrčina je bivala gušća, vazduh vlažniji, a zidovi ljigaviji.

— Podigni suknju, da je ne iskaljaš — i Milošev glas tupo odjeknu u dubini.

U podzemnoj tišini čuo se samo bât njihovih nogu, prekidan s vremena na vreme udarom kapljica vode koja se cedila iz zidina. Kaplje su pucale po goloj, utabanoj zemlji ili iznenađivale golišav Zorkin vrat, istržući mladoj ženi po jedan krik.

Miloš bi se nagnuo nežno i pritisnuo bi joj poljubac na isto mesto. Zorka bi se sva stresla i poverljivo ga prekorila:

— Miloše!

Taj prekor još bi više zagolicao mladog pesnika, i on se naginjao i ljubio naježene malje po vratu svoje dragane.

Vojnik je diskretno izmicao, ne obazirući se.

Njegov fenjer, s naprslim stakletom, pojavljivao se, s časa na čas, na zavojicama i mazgalama kao jedna velika, crvena zvezda.

Oko njih je bila noć i duboka tišina. Bili su daleko od ulice, gde život prolazi u sitnim brigama za svakidašnjicu. Oni su bili duboko pod zemljom, okruženi istorijom i vekovima. Sve što je ljudsko i privremeno gubilo se iz njihovog domašaja. Snažan šum večnosti dopirao je iz vlažnih zidina. I Miloš je želeo da se ova podzemna šetnja produži što više, beskrajno. Osećao se sav srećan, tu duboko pod zemljom, sakriven od tuđih očiju i ljudske besmislice. Ali se vojnik zaustavi i reče:

— Tu smo.

Ovde je hodnik bio prostraniji i vodio je u krug.

— Oslušnite! — reče vojnik.

U zidinama se jasno čuo šum talasa.

— To je Sava — reče Miloš Zorki. — Ona teče iznad naših glava.

— Kako je ovde i strašno i lepo! — odgovori ona i zadivljeno se okrete oko sebe.

Pocrnele vlažne zidine presijavale su se na crvenoj svetlosti fenjera.

— Voda je još dole — reče vojnik — ali se vidi. Evo pogledajte!

On uđe u jedno udubljenje, načinjeno kao neki prozor, i nadnese fenjer nad provaliju.

Dole u dubini i mraku, belasala se crna, večita voda. Nešto ogromno i starinsko, nepobedivo i večito, zijalo je iz nje.

Dvoje zaljubljenih obuhvatiše se oko pasa i zagledaše se u

provaliju. Ko zna dokle bi oni ostali, gledajući u tu crnu masu vode, večitu kao i osećaji koji su doveli njih dvoje nad ovaj ambis, da ih ne trže vojnikov glas.

— Vidite, sad ćemo udariti ovim drugim putem. On vodi s druge strane bunara. Ali ćemo ipak izbiti onde odakle smo pošli. To je tako sazidano da se ne bi sretali oni koji silaze sa onima koji se vraćaju. Pametni ljudi ti Rimljani — objašnjavao je vojnik.

Kad izbiše na vrh, oči im se zasenuše od dnevne svetlosti, bele kao mleko. Njihove grudi raširiše se na prijatnoj svežini vazduha koji je dolazio spolja.

Vojnik ih privede jednom drvenom stolu, koji oni u početku nisu bili videli, otvori jednu knjigu, izvadi pisaljku iz koporana, opljunu je i reče im da se zapišu u spomenicu.

Miloš se potpisa hitno, i pruži Zorki pisaljku da se potpiše.

Ona napisa svoje ime, ali kad htede potpisati i prezime, ona zasta neodlučno. Najzad odmahnu glavom, napisa što je htela i, smešeći se, obrati se Milošu:

— Ti se nećeš ljutiti!

Miloš pogleda u knjigu i pročita:

— Zorka Kremićka.

Ma kako da je bila u šali, ova aluzija na brak nije mu se dopadala. Ali, ispunjen još onom podzemnom vlagom, koja se rugala svima ljudskim obzirima, on se nasmeši i lako udari Zorku, prstom po podvaljku, kao kad se hoće dete da pokara i pomiluje. Mlada žena uze ga nestašno pod ruku i pođe ka izlazu.

Vojnik je već stajao na vratima, i propisno salutira, kad njih dvoje prođoše, zadovoljan dobrom napojnicom.

Tek sad, izišavši ispod zemlje, zaljubljeni par primeti sav sjaj proleća koje je vladalo oko njih.

Sunce je grejalo blago. Njegovi zraci milovali su nežno sve što dodirnu. S visokog neba, prošaranog još samo ponekim oblačkom, izlivala se milina i radost od života. Mlado lišće treperilo je na lakom proletnjem vetru. Odnekle se čula neka nerazgovetna pesma. Na komandi tvrđave vila se visoko u vazduhu trobojna zastava sa belim kraljevskim orlom.

Zaljubljeni vole da sede uvek napolju, gde je prostran horizont koji podržava zanos i uliva velike nade. I ovo dvoje mladih ljudi, kao očarani, uputiše se bez reči jednom venjaku, koji je stajao na samoj ivici brega, zarastao u lanjsku puzaću ružu.

Uostalom, čas i vreme bili su pogodni za očaranje. Vazduh je bio mlak i gladak. Proletnji vetar, koji je pirkao s vremena na vreme, uznemiravao je čoveka, iznenadno zagolicavši vrat, terao kosu na čelo, pričinjavao nesvesticu i stvarao iluziju ljudskog milovanja. Ispred očiju se pružalo beskrajno more od praznog prostora. U daljini se plavio Povlen, Maljen, Cer i Vidojevica, a preko Save, koja je drhtala kao kaplja žive, gubili se u nedogled bezimeni ritovi po Sremu i Banatu. Ispod toga mora, kao u nekom ogledalu, zelenila se Avala i Košutnjak, beleo se Beograd, kao gorostasan polumesec, grlile se dve velike vode, iznad čijeg sastava dizala se sura beogradska tvrđava. Pod samim nogama Miloševim crneli su se snažni bedemi barutane, pred kojom su stražarile udvojene straže i cvetalo trnje u sitnim belim cvetićima.

Rame uz rame sa ljubljenom ženom i na dogledu ovog velikog vidika naše zemlje, Kremić oseti da mu jedna snažna emocija puni srce.

— Pogledaj, Zorka, sve je ovo naše. Ah, kako je lepa ova zemlja, u kojoj smo se rodili, kako je slatko živeti i umreti u njoj — oduševljeno reče mladi pesnik, i u tom trenutku razumede tu basnoslovnu hrabrost i uzdanje u sebe one gomile seljaka što su s trešnjevim topovima i goloruki jurišali na ove zidine koje su najveća carstva podizala i branila. I on se oseti tako jak kao ti njegovi poludivljaci preci koje narodna pesma opisuje:

Na glavi mu kapa od tri vuka,
A na leđa koža od međeda.

Jedan voz zatutnja preko gvozdenog mosta na Savi i uputi se ka Zemunu.

Miloš pogleda za tim vozom. On oseti u duši jedno oštro nestrpljenje na putu svoje sudbe i žurbu da što pre stigne svome cilju.

— Jednog dana sešću i ja na taj voz i odvesti se u strane kulturne zemlje — reče Miloš i zagleda se u Zorkine duboke i crne oči.

Koliko dobrote u tim crnim očima i na tom celom bledolikom licu čitao je on. Koliko zahvalnosti osećao je on prema toj mirnoj devojci, kod koje su vreme i život već počeli da ostavljaju svoj trag.

Njegova zatvorena duša otvori se i on poče otkivati svoje intimne snove i planove. On je govorio svojoj dragani da želi otići na stranu, videti sve što je dobro kod velikih naroda, raširiti svoje znanje, vratiti se u svoju zemlju i predati se sav poeziji, javnom radu, stvoriti nova pokolenja, podići nove ideale, objaviti nove borbe i...

Njegova mašta bila je ravna njegovom oduševljenju. Ah, kako se ta budućnost činila mladom pravniku, opijenom prolećem i ljubavlju! Ona je bila puna slave i slasti, raznolikog rada i sjajnih uspeha, i nesumnjivo ga je vodila u vrh sveta i vlasti. Ah, kako i u dvadesetim godinama čovek nije daleko od deteta koje hoće da bude car ili bandist!

Zorka je ćutala i posmatrala retke prolaznike koji su išli prašnjavim drumom pored Save.

Kako je i ona želela da oseti, kao njen dragan, dah velikih emocija, da joj se grudi ispune pijanstvom i da se gurne u kakav zanos. Ali, iz zbunjene noći njene prošlosti nije joj dopirao nijedan spomen na uspeh. Ona je bila privezana, prikovana za kuću. Nju su učili samo dužnostima. Niko se nije pitao da li ona ima ikakvog prava? Zašto njoj nisu dali da se krene na put, da stvara svoj život, da traži svoju sreću? Nju su tešili: čekaj, još nije došla sudbina... čekaj, čekaj i večito čekaj! Bljutava egzistencija devojke gadila joj se kao licemerstvo. A sadašnjost? Ona joj nije ulivala nikakve nade: ovaj mlad čovek, koji je iskreno voli, crta svoj život za čitave godine, a nigde ne pominje nju, njenu pomoć i njeno ime. Ah, kako je želela otići nekud s Milošem, potpomagati ga u ostvarenju njegovih planova, ljubiti, živeti, dati se sva za njegovo dobro, ali kao njegova zakonita žena i oslobođena ovog skrivanja, ovih laži pred svetom...

I mesto oduševljenja, za kojim je čeznula, Zorka oseti da se na njeno srce tovari duboka melanholija pred ovim vidicima, suviše lepim i suviše prostranim. Ipak ona steže srce i uspe da na svoje usne natera jedan osmeh sreće. I tako se smešila, ne govoreći ništa što bi moglo pokvariti oduševljenje njenog dragana.

Povetarac ih poseti ponovo, zagolica ih i očeša, pa posle otrča dalje u park, kao razmaženo mače. Časovnik na gradskoj kuli izbi jedanaest sati. Zorka se diže i reče Milošu:

— Pardon, Miko, ja treba da stignem pre Ljubice i da joj kažem šta će reći, ako je majka uspita gde smo bili.

Na svetlosti lojanih sveća

Sutradan kad je ušao u redakciju *Preporoda*, Kremić je bio sasvim zaboravio na onaj neprijatan susret sa Bogdanom Vasićem pred *Balkanom*. Takoreći nije bio dobro ni prekoračio prag od uredništva kad ga dočeka podsmešljivo lice administratora Dušana, okruglo kao pun mesec.

— Zato se mi ovih dana ne viđamo! — dobaci mu on.

— Sve po hladu da nas ne poznadu! — pevuckao je Paja, saradnik za ženski svet, još mamuran od poslednje pijanke.

— Šta ga dirate? — branila je Miloša ajnlegerka, vižljiva devojka, đavolastih očiju i promuklog grla. — Mlad je čovek!

— Mlad je čovek i dolikuje mu!... Krrr... — imitira Dušan ajnlegerku. — Neće on više kojekakve rashodovane...

I administrator izbaci jednu reč iz svog specijalnog rečnika.

— To nisu isti poljupci; to nisu isti zagrljaji; to nije ista čak ni ona fizička draž — naglas je prevodio prevodilac. — To je sasvim *druga stvar*...

— Džabe je i sirće slatko — dopunjavao ga mamurni Ženski svet.

Kremiću bi jasno da ga je video Bogdan i u svojoj naivnosti ispričao sve to ostalim saradnicima. Što je najgore bilo, ovaj reporter, vičan novinarskim kombinacijama, doveo je ovo viđenje sa onim Miloševim govorom u *Moskvi*, pa onda pogodio sve.

Mladom pesniku nije bilo teško što njega diraju, nego se ljutio na sebe, što je ovim Zorku izneo na glas. On je bio dao sebi reč, da je neće bar unesrećiti, ako je ne može načiniti srećnom. Osećao se sâm kriv, rumenio od stida i nevešto pokušavao da se odbrani jednom lažju.

On je bio čovek koji nije umeo lagati, te je ispadao još više smešan.

Drugovi ga stadoše još više peckati. Čitavu nedelju dana uredništvo *Preporoda* odjekivalo je od pošalica na račun Patriote i njegove ljubavi. Najzad se morade umešati gospodin Stajić, vlasnik i urednik ovog lista.

Bilo je to u subotu veče, kad se u redakciji spremao nedeljni broj. Urednik je bio dobre volje. Već se posao primicao kraju. Prva i četvrta strana štampala se uveliko. Stajić je bio poručio kriglu piva svakom saradniku. Sedelo se po stolovima i ćaskalo. On zaredi sa svojom tabakerom, i, kad dođe do Miloša, on ga oslovi onako, uz reč:

— Sad znam i ja tu vašu istoriju. Video sam vas zajedno juče predveče. Prijatna devojka. Ja je poznajem. Dolazi neki rod mojoj ženi.

Saradnici se pogledaše zbunjeno i okunjiše nos.

Miloš se čudio. Toliko je puta govorio o *Preporodu* sa Zorkom, a ona mu nije pomenula nikada da je kakav rod uredniku.

— Jeste li svršili što imate? — upita urednik Miloša posle jedne počivke.

— Članak i *književnost* dao sam još jutros, da bi slagači što više odmakli. Ovo malo vesti izradio sam već odavno. Došle su samo zagrebačke novine — odgovori saradnik.

— Onda hajdete da mi pravite društvo. Hteo bih nešto da omezetim.

— Zar niste večerali?

Urednik ne odgovori nego se obrati administratoru:

— Gospodine Dušane, ako me ko potraži, ja ću biti kod *Belog orla*.

I njih dvojica iziđoše na ulicu.

— Ta devojka nije mi ni rod ni pomozibog. A pravo da vam kažem, nisam vas ni video. Nego inače kako bi se to svršilo? Mislim da će Dušan imati od sad više respekta prema mojoj rođaci! — reče urednik Milošu kad sedoše u zasebno odeljenje kod *Belog orla*. — Jednu kriglu, ne?

— Da, hvala! Ne znam kako da vam zahvalim, gospodine Stajiću. Spasli ste me od jedne nevidovne bede. Nedelju dana...

— Ne, to nije ništa!... Nego, ja nisam sve rekao. Vidite, gospodine Kremiću, meni je nezgodno da se mešam u vaše lične stvari. Ali opet ne želim da moji saradnici imaju više neprilika nego što moraju... Imam da vam dam jedan savet. Samo da mi ne kažete: „Savetnici nek idu u Državni savet!"

— O!

— Da, šta sam ono hteo reći?... Ne mislite da je ova vaša istorija sad skrivena zanavek. To se ne da sakriti.

— Ali ja nisam gimnazist! — odgovori mu Miloš i začuđeno razvuče obrve.

— Ništa s tim. Zaljubljeni su kao pijanice. Pijan čovek misli da svet ne vidi kad se ljulja ulicom... Koliko znam o toj vašoj stvari, to je neka devojka?

— Da.

— Tim gore. U vašim godinama čovek se ne zadovoljava samo slatkim rečima i ljubavnim pismima. Znate li vi da vaši vršnjaci već imaju čitavu porodicu?

— Razumem. Ali ima vazdan načina da se posledice spreče i otklone — ubeđeno odgovori mladi čovek.

— Da, ima načina, ali nijednog jedinog koji je potpuno siguran... Nisam se prevario: vi shvaćate ovu stvar suviše olako.

— Gospodine Stajiću!

— Nije ni čudo — produži urednik. — Vi ste takoreći juče iz škole izišli. Sad ste se otresli lekcija i ispita, ali ste izgubili pravo na opraštanje, pravo na ono: đak je! đaci su đavoli! Stupili ste u život, gde nema više ispita, ali gde i najmanja stvar utiče na vašu sreću, na vašu dalju budućnost.

— Kako to?

— Vi još mislite: treba sesti i dobro zagrejati stolicu, pa je petica tu; treba učiniti sve što se od čoveka traži, pa je uspeh siguran! Vidite, to tako ide u školi, na tabli, to je doktrina, matematika, golo teorijsko znanje koje nam škola daje. Ali to nije život. Koliko ima ljudi koji su imali prave vrednosti za rad, koji su dali sve što se od čoveka traži, pa ipak nisu uspeli i otišli su bestraga, propali u mrak, zamakli u grob i zaborav. Život je drugo nešto. Oko vas se razapinju zamke. Život vam postavlja zagonetke. Na svakom koraku vi se susrećete sa nepoznatim licima i nalazite se pred nesigurnim stvarima. Kraj vas promiče bujica događaja koje treba osetiti, preduhitriti ili sustići, shvatiti i upotrebiti. Vi stupate kroz opasan horizont magle, pun krševa od slučaja, pun provalija atavizma. Treba stalno držati ruke pred sobom, da ne razbijete čelo pred kakvom iznenadnom preprekom, treba koračati oprezno kao uhoda i spavati sa otvorenim očima kao zec. Ako nećete da budete fatalista ili živinče, vi morate...

Utom se ugasiše sve električne sijalice u kafani. Neko zapljeska rukama za jednim udaljenim stolom. Momci se rastrčaše da traže sveće.

— Ah, ova naša elektrika — prekinu urednik svoju besedu. — Ovo je bogu plakati. Moraćemo pisati ponovo o njoj.

Kelner donese jednu lojanu sveću i zabode je u pikslu na stolu. Njena slaba žuta svetlost pade na urednikovo lice.

Nezavisno od predmeta njihovog razgovora, Kremić se zagleda u ovo lice. On je i ranije u uredništvu posmatrao ovo žučno i jako čelo urednikovo, kad je hteo da po njegovom izrazu oceni vrednost gostiju, čiji je prijem bio stepenovan prema vrednosti koju je list imao od njih. Stajić je imao između obrva jednu boru, boru čoveka koji radi en gros, a u očima jedan plamen, inteligentan i zabrinut, koji je još više isticao onu boru između obrva i govorio da je njen sopstvenik u velikom poslu. Ovo lice koje se sreće samo u velikim varošima izgledalo je sad još zabrinutije.

— Je li ona studentkinja? — upita Kremića urednik, započinjući stari razgovor.

— Nije — suvo odgovori mladi pesnik.

— Onda je ono što sam očekivao: gazdarica, gazdaričina ćerka ili postarija devojka iz avlije, u svakom slučaju žena koja nije za vas i od koje bi zadrhtali, pri samoj pomisli, da vam bude zakonita žena.

— Ja nisam toliko naivan, gospodine Stajiću, kako vi mislite. Između nas nema ništa drugo do usluga za uslugu, ljubav za ljubav. Ništa joj nisam obećao. I jednog dana, kad osetimo da smo jedno drugom na smetnji, mi ćemo se razići onako kako smo se i sastali, ostavljajući jedno drugom punu slobodu i lep spomen na jedno prijateljstvo.

— Boga vam, zar vi još mislite da postoji sloboda ljubavi? Zar može postojati slobodnog raspolaganja u osećanju koje ide u delirijum? Moj dragi prijatelju, jeste li vi ikad voleli? Nije ljubav ona slika krilatog deteta koje pecka sitnim strelicama. Ona je opasan mikrob protiv koga nema leka, neodoljiva strast, stara koliko i život, tajanstvena sila, jaka kao smrt, koja se ne obazire na dobro i na zlo, ne vodi računa o predrasudama, moralu, časti, prošlosti i budućnosti, o životu, i opet sve to ona sadrži u sebi, celu vaseljenu čovekovih misli, nada i planova. Pogledajte oko sebe. Ni najopasnije zaraze ni nepogode u prirodi ne stvaraju toliko zla i nesreća kao to što se tako bezazleno naziva ljubav.

Urednik *Preporoda* upali jednu cigaru, pa nastavi:

— Hoću da budem slobodan. Vi se nalazite u najopasnijem dobu života, kad se čovek stvara i kad krv previre. Preživeli ste nekoliko sentimentalnih ljubavnica, odvojenih od sveta i tela. Nagon fizički trošili ste po nedostojnim mestima, koja su vam izazivala odvratnost. Sad ste pak našli jednu devojku čiji telesni dodir neće vas više plašiti fantomom zaraze. Neprimetno i polagano, vi ćete prema njoj osetiti prvo zahvalnost, pa posle nežnost, bliskost, prijateljstvo i najzad nemogućnost da se od nje odvojite. Ovo poslednje je ono što se naziva ljubav, prava ljubav, koja neminovno vodi u brak. Tako se to obično dešava u svetu: čovek uzima prvu ženu koja mu se podaje, da bi poslušao golu volju svojih čula, i, ne nadajući se, usred bahanalije svoje strasti, on iznenadno otkriva misteriju nematerijalne ljubavi, i ženu koja mu se podala ukrašava najsjajnijim kristalima svoga srca. Kod devojke je obično obrnuto: tražeći samo zajednicu dve čiste naklonosti, ona upozna milovanja fizičke ljubavi i, hipnotisana ovim otkićem, ona se predaje čoveku protiv svih razloga bede koja je čeka.

— To vam je tačno, gospodine Stajiću. Ja sam otpočeo onako... kao od šale, ne osećajući prema toj ženi ništa više do jedne blage simpatije. A sad, s dana u dan, ja osećam da mi je ona sve bliža. Meni bi bilo vrlo žao da joj što krivo učinim. Pa ipak, ja ne poimam: otkud to mora da neminovno vodi u brak. Ona sama uviđa da ja još nisam spreman da osnujem porodicu, i zatim: moje mesto, planovi za odlazak na stranu, moja porodica, njenih trideset godina...

— Ah! — preseče ga urednik — sve to nije ništa u momentu kad se brak pojavi kao prirodni i jedini zaključak obostranih odnosa. U vašim godinama koje su, ja vam ponavljam, najkritičnije u čovečjem životu, manite se ljubakanja. Ako pak osećate neizostavnu potrebu da ste voljeni, nađite jednu ženu kojoj možete bez premišljanja dati svoje ime. Još nije dockan. U ljubavi koja se rađa, kao što je slučaj kod vas, dešava se da se čovečja priroda iznenadno trgne, kao konj koji nanjuši smrt. Kao taj konj, priroda okleva najpre; zatim se okreće sa užasom, propinje se i skače u stranu. Mislim da taj momenat već nastupa kod vas. Pazite na njega, jer je tada još vreme da se beži.

Miloš se osmehnu na ovo upoređenje i zagleda se ponovo u crte svoga šefa.

— Kakve li su strasti ubledile ove obraze? — mislio je on.

— Kakve li su misli izdubile ovo čelo, kakve nesanice ožalostile ove oči? Je li to lice srećna čoveka, koji je rođen u bogatoj kući, kome su svi događaji išli na ruku, koji je uzeo ženu koju je voleo? Otkud ove tvrde misli čoveku koji nije doživeo dane bez hleba, muke od nemanja sredstava za postignuće svojih ambicija ni uvrede pretpostavljenih?

Ali su ova velika usta ostajala zatvorena ličnim patnjama i govorila mladom pesniku:

— Vi ste mlad, pametan čovek. Skupo ste platili sve što imate. Zaboravićete što ste propatili, jer ste sačuvali zdravlje, svršili školu kad i kako treba. Već do sad ste stekli lepo ime u našoj književnosti. Ali sad, kad ste izbili na širok kolski put, gde možete juriti karijeru, veseli i ponosni, ne skrećite slepački u ćorsokak. Zagledajte najpre gde idete; uzmite stvari za ono što su ljudi onakvi kakvi su... Pa onda neka vam je srećan put! Pre, a posle, vi ćete videti da je žrtva koju vam čini ta devojka ogromna. Čime joj je možete nadoknaditi? Zadovoljenjem slične potrebe? Ne! Potreba koju vi osećate kod žene je gotovo neosetna. Zadovoljstvo koje ona tu oseća jeste što stvara zadovoljstvo ljubljenom čoveku. Vi nećete moći sakriti svoju ljubav i vi ćete ovu ženu kompromitovati. I šta onda dolazi? Vi ćete biti ili običan čovek, pa ćete je ostaviti, bacajući joj u lice njenu prošlost i utehu da vi niste prvi i da nećete biti poslednji. Ili ćete ostati častan čovek, i... uzećete je za ženu. Tu vam pogrešku neće niko oprostiti, jer svet ne veruje u časne ljude i oprašta samo rđavim. Ta će žena postati prepreka za sve: porodicu, društvo, karijeru. Ceo vaš život biće otrovan.

— Ali, gospodine Stajiću, vi je ne poznajete. Još mi do sad nikad nije spomenula brak. Što se pak tiče mene...

— Ah, vi ste dva bedna stvora — produži urednik. — Ako produžite, to što će se dogoditi, desiće se nezavisno od vas. Presecite nakratko vaše ludosti... Čovek se ne sprda sa ljubavlju... Vi ćete biti pobeđeni na jedan ili drugi način. Ja vas dobro poznajem, Kremiću. Mislite da vas ja ne odvajam od onih koji su u stanju da za jednu kriglu piva proture u list šta ko hoće. Ja znam da ste vi častan čovek. I baš zato, gospodine Kremiću, ova proba na koju vas stavlja sudbina — kako bi se to reklo u kakvom šablonskom romanu — jeste opasna za vas. Uzmite se na um, jer obično najbolji ljudi padaju najniže. Oni drugi, taj veliki restl čovečanstva, srednje duše i običnog srca, oni nađu bez po muke kompromise između dobra i zla, između dužnosti i strasti, što im dopušta da žive bez borbe i poraza. Kad padaju oni se dočekuju na noge kao mačke. Oni se mnogo ne ubijaju, ne iznenađuju nikoga, podižu malo larme oko sebe, tako da mogu da se leče i da otpočnu ponovo. Okanite se da tražite svoju sreću po nedopuštenim zabranima strasti, jer vidite da su strasti kamen spoticanja u životu celog sveta... Pazite da taj kamen ne bude u vašem životu katastrofa.

U tom trenutku elektrika sinu ponovo. Po kafani se začuše psovke na račun Bezimenog društva.

Redakcijski šegrt, sav crn po licu od štamparske boje, priđe uredniku i zapita ga brzo, ne prekidajući rečenicu, kao da je naučio napamet:

— Poslao me gospodin Dušan da vas upitam: hoće li da zaključi list. Sve je gotovo. Ostaće tri šifa sloga za ponedeljak.

— Neka pričekaju, sad ću ja... Hoćete li još po jedan šnit? Bolje će se spavati — obrati se urednik Kremiću. — Treba da pustim još ovu vest... zajaukaće belgijski bezimenjaci, pa će sami nuditi tramvajske karte.

Intimna bura

Uskršnji praznici su se primicali.

Dogovorili su se da će zajedno izići na Veliki petak da celivaju plaštanicu.

Bili su tačno zakazali vreme i mesto gde će se sastati, ulice kuda će proći, mesto gde će se odmoriti i sve pojedinosti koje zaljubljeni vole da određuju i u najsitnijim svojim planovima. Bilo je sve gotovo, kad Milošu dođe Ljubica, i javi mu, da se gospa Selena odlučila da i ona iziđe sa Zorkom.

— Onda nema ništa od našeg sastanka — reče Kremić ljutito i pretpostavi da se odreče viđenja sa Zorkom nego da se pretvara pred njenom majkom, govori *vi* svojoj dragani i da krije svoj zaljubljeni pogled.

Ali mu Zorka javi ponovo, da će majku ispratiti odmah posle crkve.

Miloš prista.

Svet je bio nagrnuo na Sabornu crkvu oko četiri sata, naročito onaj svet u Beogradu koji ide u crkvu samo na bdenija i svadbe. Svečana služba odslužila se uz pratnju klepala. Pred oltarom bila je podignuta raskošna grobnica Sina božjeg, puna cveća, svetlosti i zlata. Četiri vojnika s nožem na pušci čuvali su Gospodnji grob. Svet je nagrnuo da poljubi izlizano platno, na kojem je bilo predstavljeno izmučeno telo Galilejčevo.

Kremić nije bio mnogo pobožan. Ipak su mu godili: ova svečanost i mnogobrojni narod, klepala, vojnici, puške i krstovi. Sećao se sličnih prilika kad je bio mali, u Užicu, tamošnje skromne grobnice i Zdravka Erkule koji je bio počasni klisar i lupao u klepala. U crkvi nije bio otkako je svršio gimnaziju, te mu je prijao miris tamjana i voštanih sveća. Kao kruna svega bilo je očekivanje Zorke, koje je bio željan dan i noć, Zorke blede i dobre, koju je njegova misao ulepšavala sve više.

Ona je stajala do samih stolova, s leve strane u crkvi, okružena gomilom devojaka. Ništa na njoj, ni držanje ni odelo, nije je odvajalo od ostalog sveta, ali Kremiću je bilo lako razlikovati je u gomili glava kao bulku u polju pšenice. Zorka je bila na čelu svega, sadržavala sve i oko sebe rasipala zrake kao zlatni krst na grobu Gospodnjem.

Zorka ga je takođe spazila. S vremena na vreme, ona bi se okrenula i poslala mu jedan osmeh pun ljubavi, sreće i zahvalnosti.

Miloš je ostao do kraja službe i pričekao da Zorka poljubi plaštanicu. Kad je vide da se već primakla grobnici, Miloš se progura i stade na ivicu gomile kuda je Zorka trebala da prođe. Ona je prošla razgovarajući se sa majkom, i, neopažena ni od kog, povukla ga za peš od kaputa. To je bilo umesto poljupca.

Dragutin je bio ostao kod kuće i obećao da će izići, kad se devojke vrate kući s gospa-Selenom, te ostatak vremena do uređenog sastanka Miloš provede sâm na Kalemegdanu.

Po nebu se gonili oblaci, koji su opominjali da će biti kiše.

— Jesi li se mnogo trgao kad sam te povukla za kaput? — reče mu Zorka vrlo raspoložena, kad se najzad sastaše. — Ti si bio tako šik, moj slatki Erice, i gledao me zaljubljeno, da sam te usred crkve htela poljubiti...

— Kud ćemo da idemo? — zapita Dragutin.

Ljubica predloži da se ide na pivo.

— Kod *Krune*?

— Tamo su sve sami Jevreji.

— Kod *Srpskog kralja*?

— Kako hoćete! — odgovori Miloš i uzdahnu.

Zorka ga pogleda začuđeno i zapita:

— Šta znači taj duboki uzdah?

— Ništa! — nasmeja se Kremić. — Danas sam mnogo radio, pa sam prilično umoran.

— Hajdemo... hajdemo... Pivo će te razgaliti.

Bilo je uveliko toplo. Ali stolovi nisu još bili namešteni pred kafanom nego su samo vrata i prozori bili širom otvoreni.

Društvo se posadi za jedan sto.

— Ovde duva od vrata — požali se Zorka, i oni pređoše za drugi sto.

Ali je tu duvalo od prozora, te se oni ponovo premestiše.

Zorka, raspoložena kao dete, prćila je usne kao da je htela da kaže da joj se ni tu ne dopada.

— Šta ti ovde fali? — upita je Miloš.

— Ovo je kanabe tako tesno — odgovori Zorka razmaženo. — Pukoše mi leđa.

Kremić, koga je ovo premeštanje još više nerviralo, iznuren radom toga dana, planu pa i ne misleći šta govori, reče:

— Teško onome kome ti budeš žena.

Zorka ga pogleda jednim dubokim pogledom, kao da je htela da ispita je li to sve šala, pa navikla da ljude smatra za dobre dok se o protivnom ne uveri, ona nestašno dohvati čašu, kucnu je o Miloševu, i reče smejući se:

— Ja ću biti samo tvoja!

— Ne, nikada! — preseče je Kremić, čudeći se i sâm odlučnosti svoga glasa.

Mlada žena, koja je bila već prinela čašu ustima, iznenađena ovom svirepom odlučnošću, spusti je na sto nedodirnutu i zaneme.

Dragutin i Ljubica su se bili povukli u jedan ugao. Komadi njihovog razgovora dopirali su s časa na čas do Miloša.

Ljubica je govorila o bogatstvu svoga oca i tvrdila da je on odvojio trideset hiljada dinara za njen miraz, koje je dao na priplod tamošnjoj štedionici s uslovom da mu za tu sumu garantuju članovi uprave celim svojim imanjem. Ranković je opet pravio planove, kako će brzo položiti ispit, osloboditi se vojske, venčati se s Ljubicom i otići s njom na jug, na more, pa onda u Pariz da se usavrše u jeziku i on da položi doktorat.

Pesnik ljubavi posmatrao je čas ovaj par kojem je sve išlo na ruku, a čas svoju draganu koja je sedela klonule glave i mutnih očiju. On se čudio promeni svoga druga koji se tako lako rešio na ženidbu, on koji je po deset puta zagledao jednu kragnu dok je kupi. Je li tome bio razlog novac ili baš ova devojka raskošne i neukusne toalete, bujne kose, prelasnih očiju i ledenog lica, kao u reklame za mirišljavi sapun, koju je čovek maločas video na zidu kakve berbernice?

Njegovi živci behu i suviše zamoreni, da razreši ovaj

problem, te Kremić htede da započne jedan lak razgovor sa Zorkom, kao da se ništa nije desilo.

— Pogle onog kelnera — reče joj on — kako slatko puši, sakriven iza peći. Rekao bih da se sav topi u cigaru!

Zorka ne odgovori ništa.

Kremić se ponovo naljuti.

On nije shvatao kako teško može pasti jednoj ženi koja je pogrešila otkaz ljubavi onog čoveka zbog koga je zagazila u greh. Jer žena ne odvaja ljubav od braka. Ona prinosi ljubavi na žrtvu sve i smatra je za večitu, dok čovek, pa makar on bio i najbolji, vidi u svojoj ljubavi samo jednu epizodu. On poklanja ovoj vezi samo jedan momenat, jedan deo svoga života, dok žena obuhvata celu budućnost, ne zaustavlja se ni na ivici groba, produžuje svoje misli čak i na drugi svet i vezuje se za čoveka jednom za svagda, jednom za celu večnost.

— Ti si jogunica! — prekori Miloš svoju draganu, pa dohvati jedne novine, obešene više sebe i stade ih čitati, ne shvaćajući smisao ni prve rečenice.

— Vi možete raspolagati vašom ženidbom kako hoćete — odgovori mu Zorka. — Ali nemate pravo da me vređate... Ljudi su brutalni i svirepi, pfuj!

Ona se ugrize za usne da ne zaplače.

Miloš je pogleda, tako neveselu i bledu, i bi mu je žao. On je nesvesno uporedi sa Ljubicom, koja je tu sedela pored nje, zdrava, mlada, bogata, besna, i bezbrižno pravila planove za sjajnu budućnost. Njega obuze žalost za Zorkom, iskrena, nesebična žalost. On zažele da i Zorka bude tako mlada, zdrava, bogata i bezbrižna, ali ne radi njega već radi nje same, da bude vesela i savršena onako kako majka želi svojoj deci, brat sestri, sestra bratu.

Otkad ovaj čist i nesebičan osećaj nije zatresao njegove grudi! Ali u isto doba on se zagleda u svoju sudbinu. Kao sva bića, obdarena tananim nervima, on izazva lako pred sobom svoje potrebe i budućnost; i cela njegova priroda zadrhta kad vide koliko mu treba još pomoći, kako malo ima da odvoji od sebe za drugog i kako mu je budućnost još maglovita i preteća.

Ova dva osećanja, ljubav prema bližnjem i ljubav prema sebi samom sukobiše se oštro u njegovom srcu. On oseti da jedno mora nadjačati. On je voleo sebe iznad svega, ali je osećao da ne može biti sebičan i svirep prema svojoj dragani. I mladi pesnik pokuša da izmiri ova dva osećaja, da ih namesti jedan do drugog ili bar odloži za docnije njihovu odsudnu bitku. On se kleo Zorki da je voli kao draganu, kao prijatelja, majku i sestru, kao sebe samoga, kao sve najzad, ali da je ne može uzeti za ženu zbog male plate, nesigurnog položaja, obaveza prema porodici, obaveza prema njoj samoj.

— Sve se može kad se hoće — odbijala je Zorka. — U početku bi bilo teško, plate su male, ali docnije... Nema činovnika koji je umro od gladi. A kad se ima hleba...

— Hleb... hleb — prekide je Kremić. — Misliš li da je sve kazano kad se kaže: hleb. Valjda u životu ima još nečega sem hleba.

— Ljubav.

— Ti znaš da te ja volim, Zorka, i kad ti ovako moram da govorim, ja više žalim nego ti.

— Pa kad me voliš, što me nećeš za ženu? — opirala se Zorka.

— Ti govoriš kao dete. Zar nema ljudi koji se vole, a ne žive u braku? Koliko pak ima drugih koje je crkva venčala, a posred njih nema ni senke ljubavi. Brak nije što i ljubav... Ah, Zorka, ne govori mi više o njemu, ja prezirem današnji brak... on je pun laži i računa; ne kvari mi viziju koju sam o tebi stvorio. Ja te volim baš zbog toga što ti ne računaš, što nisi kao druge žene... Inače, ja ću misliti da je sve ovo račun, da je tvoja ljubav jedna lažna maska...

— Miloše!... Oh, ne, Miloše, ne govori tako, ne misli to. Ja te nisam zavolela da bih te prevarila. Ja želim tvoju sreću. Ja nisam mislila na brak; bez prestanka ja sam mislila na ljubav; upravo oni su nerazdvojno vezani za moju dušu; to su dve reči koje znače jedno isto. Ah, kako bih volela izići s tobom, ovako zajedno, ruku pod ruku, u svet, među poznate, i vedra čela pokazati svakome: ovo je čovek koji mi je drag; jest, vidite svi, nas dvoje se volimo i živimo zajedno.

— Šta nam ovako nedostaje, Zorka? Šta nas se tiče svet? Šta marimo hoće li on znati da se volimo ili ne.

— Ne, Miko. Ti se varaš. Svet znači mnogo. Mi u njemu radimo, zavisimo od njega. On je kadar da nas skrši i uzdigne.

— Ali Zorka, što se mi više krijemo, sve će naša ljubav biti slađa, i miliji ovi trenuci ovako ugrabljeni, ukradeni...

— Ne... ne... Sreća se ne grabi i ne krade — jecala je Zorka. — Ne... ne, moj Miloše. Ne govori mi tako... Ostavi mi nade. Reci mi: ne danas, ne sutra, ali jednom zacelo!

— To nije mogućno! — odlučno odgovori Miloš.

— To nije mogućno? — ponovi Zorka upitno. — Dakle ti kidaš sve što je između nas. Kako sam te ja drugojačije zamišljala! Ah, koliko ljudi toliko i ćudi, koliko srca toliko i ljubavi.

Zorka okrenu glavu od svog dragana i zanese se gledajući na ulicu, kamo je već padao mrak. Iznenadno ona se trže, okrete se Milošu i reče mu:

— Slušaj, Miloše. Ja sam znala da se ovaj brak ne može brzo ostvariti. Ali sam verovala da je on bar tvoj cilj, tvoja želja. To mi je davalo pravo da te volim. Sad vidim da sam se prevarila. Ja više ne mogu da te volim, jer neću da sam ničija naložnica.

Oni se oboje stresoše od ove reči koja prvi put pade između njih i zaćutaše, ne razumevajući jedno drugoga i ostajući svako na svojoj strani.

Miloš se ponovo zagleda u novine, a Zorka na ulicu.

Iz drugog odeljenja kafane dopiralo je tupo kucanje lopta na bilijaru.

Ko zna dokle bi oni ostali tako zadubljeni, da ih ne trže Ljubičin glas:

— Zorka, hoćeš li s nama?

Ova devojka, koja je već uveliko bila otpočela lov na muža, čula je sve što su govorili Miloš i Zorka. Ona se poboja, da joj Miloševe teorije ne otrgnu Dragutina, čiji su izgledi na veliku budućnost obećavali joj ono što joj očevo imanje nije davalo.

Kremić ne primeti da se Ljubičin poziv odnosio samo na Zorku, te on odgovori umesto nje:

— Da, da, i mi ćemo sad... Kelner, plati!

Pred njima je bila široka crna ulica s vencem nemoćnih električnih sijalica. Sa neba je sijao hladan i bled mesec, i noć padala gusta i vlažna.

Oni se nesvesno uputiše na Kalemegdan. Dragutin i Ljubica se izgubiše ubrzo. Glavne staze bile su jako osvetljene. Nekoliko šetača išli su lepo i polako. Dalje po sporednim stazama širila se crna noć i uvijala park u neku žalosnu svečanost.

Miloš i Zorka se nisu dobro osećali na ovoj jakoj svetlosti. Između njih je bila pala jedna teška reč koja ih je oboje pokrila stidom. Stoga oni pretpostaviše sporedne staze i zagaziše u mrak.

Kroz tek olistalo granje videli se zeleni refleksi električne svetlosti na glavnim stazama. Noć je bivala sve gušća. Duboku tišinu mutila je samo nerazgovetna pesma ovog lepog parka.

Oni su išli stopu pred stopu, obuzeti ovom velikom tišinom samoće i tištanjem svojih bolova. Sve tako, držeći se gradskog platna, oni izbiše na jedno uzvišeno mesto, na domaku Save, ograđeno gvozdenom ogradicom i perunikom. Oni zastadoše iznenađeni prizorom koji se otvori pred njihovim očima.

Hiljade lampiona i sijalica opasivali su džinovski polukrug Beograda, koji je počinjao od Kalemegdana, peo se na Slaviju i Banjicu, pa se spuštao preko Topčiderskog brda na Čukaricu i savsku obalu. Ispod varoši, tekla je crna Savina voda i slivala se s ravnom obalom na suprotnoj strani u beskrajnu morsku pučinu. U pristaništu goreo je samo jedan lampion i bacao svu svetlost na novu zgradu carinarnice, belu i kao izniklu iz zemlje. Unakolo se videle crne siluete lađa i direka na šlepovima. Jedan zadocneli parobrod promicao je pored tajanstvenih bedema beogradske tvrđave, prelazio u Dunav i plovio uz vodu ka Zemunu, čiji se pravilan kej nazirao u mraku. Sve je to bilo pokriveno visokim prostranim nebom, punim zvezda.

Ispod njih, na jednoj klupi, u senci lipa sedeli su Dragutin i Ljubica, i grlili se bez bojazni da ih ko ne opazi. Preko ramena mladog čoveka videla se glava preplanule studentkinje, zatvorenih očiju i utopljena u zadovoljstvo.

Miloš je stajao nepomičan. Svetlost pomešana od bledih zvezda i udaljenog opštinskog osvetljenja, pravila mu je lice još bleđe, još neveselije.

Zorka ga pogleda i bi ganuta. Ona je bila biće, kome je ljubav poziv, koje ne može da gleda stradanja bližnjega. U nesreći svoga dragana ona zaboravi svoju muku. Bez reči, ona se prope na prste, položi ruku na Miloševo rame, pritište mu na usne pun i blag poljubac, i predade se budućnosti, onako bez sigurnosti, kao Kolumbo kad je vozio ka nepoznatim zemljama, nadajući se u dnu duše nagradi za svoju ljubav.

Jedna lokomotiva pisnu žalosno negde daleko... dalje od železničke stanice.

Uranak

Ne treba žaliti što se gube neki naši običaji. Mesto njih dolaze novi, isto tako lepi, isto tako svečani i zanimljivi. Ili se stari, kao svaka moda, povraćaju, obnovljeni i podmlađeni, te postaju još primamljiviji zbog mirisa prošlosti i prašine zaborava koji su ih pokrivali.

Do pre nekoliko godina u Beogradu je malo ko znao za Đurđevski uranak. Sad se on slavi, iz godine u godinu, sve više i intimnije.

Godine kad se događa ova prosta drama dva ljudska srca, Đurđevdan je osvanuo vrlo prijatan. Oblaci, koji su uoči praznika pretili kišom, rasturili su se odmah po sunčevu zalasku. Na zemlju se spustila mlaka proletnja noć, puna procvetalog jorgovana i olistalih grana. Mnoge zvezde sijale su na nebu. Nova toplota leta koje se objavljivalo i treperenje prelasne aprilske noći nisu očima davale da se sklope. Šum prirode navaljivao je sa sviju strana. Grudi su tražile slobodnog vazduha, živci poljske svežine, a srce je kucalo za proletnjim zanosom i poljupcima.

Grupe naroda crnele su se po beogradskim ulicama, budnim kao da nije duboka noć, i jurile u polje i šumu. Opština nije štedela svetlosti. Tramvaji su škripali na svima prugama.

"

Dugi šetni vozovi obrazovali se na železničkoj stanici. Iz varoških parkova dopirali su zvuci vojne muzike. Po brdima se videle vesele vatre. Noćna tišina je zvonila od pesme, podvriskivanja muškog i smeha ženskog.

Oba zaljubljena para sa Dorćola sišla su sa tramvaja kod Monopola i ostavila gospa-Selenu da produži put s komšinkama do Topčidera. Okrenuli su preko mosta i koračali kao da ih neko juri.

— Zašto trčimo?

— Lakše, lakše.

Oni su tako govorili jedno drugome, ali tek što bi usporili hod, opet bi njini koraci bili duži i brži, i oni su trčali uz Topčidersko brdo, hipnotizovani svim onim crnim gomilicama naroda koji je hitao pored njih kao jato mušica na svetlost.

— Gde ćemo ih naći? — upita Miloš svoju draganu, misleći na gospa-Selenu i komšinke.

— Oni će biti kod tramvajske čekaonice, pa ćemo pravo u Košutnjak na kafu i doručak — isprekidano odgovori mlada žena, sva zaduvana od brzog hoda i sreće kojoj nije znala uzroka. — Posle možemo otići malo do Rakovice ili Kijeva.

Na vrh Topčiderskog brda zastali su da predahnu.

Zora je pucala. Prvi sunčani zraci izbacivali su rumeno pramenje kao rakete, iza jednog sela, čije se kuće belile u brdu dalje od Torlaka. Noć je skupljala krila, vukući ih polagano preko Bulbuldera, Dunava, banatske ravnice, iznad šume u Košutnjaku, Banova brda i po modroj Savinoj vodi, da ih sastavi više Zemuna, kao da je tu htela da dâ poslednji otpor suncu, koje je, uvereno u svoju snagu, svečano i pobedonosno objavljivalo svoj dolazak. Iz rosnih dolina dizali se sivi pramenovi magle. Vazduh se beleo. Iz tamnih senki dolazio je nerazgovetan šum probuđene prirode i sveta.

Najedanput zamuče sve. Po prirodi pršte jedan biserni sjaj. Kapljice na drveću, rosa po travi, prozori na okolnim vilama i dve velike vode, koje su kvasile Beograd, zasvetleše kao dijamantske vatre i okrenuše se svi ka jednoj tački, ka mestu gde se bilo pojavilo sunce. Ono je bilo veliko i blistavo. Nije dopuštalo da se gleda u njega.

U tom trenutku Zorka je posmatrala Miloša, nešto bledog od nespavanja, kako uporno gleda u sunce. Ona je tada upoređivala ovog čoveka zamršene kose i melanholičnog osmeha na licu, sa jednom slikom, koju je bila, nezavisno od njega, urezala u srce, višu od realnosti i neprirodnu.

— Čudnovato! — reče mu ona. — Meni izgleda da smo mi i lane izlazili ovamo rano, da je bio Đurđevdan, noć bila isto ovako meka, sunce izlazilo iza istog onog drveta, da smo mi dvoje stajali na ovom istom mestu, gde je telegrafski direk čvornat i kriv, i da si ti tako bio zamišljen i lep. I još nešto: meni se čini danas, da smo se mi još ranije videli i da se poznajemo odavno. Tvoj pogled, tvoj glas, oči i taj neveseo osmeh koji ti igra oko usana, sećaju me jedne slike koju ja davno nosim u srcu. Bože moj, kad smo se mi prvi put videli?

Kad se spustiše u Topčider, oni primetiše čitav mravinjak od šetača, kola, stolova i korpi. Plavo jutro ovog đurđevdanskog dana drhtalo je iznad ove gomile, peskovitih staza, rosnih šumaraka i raznobojnog cveća. Goluždrava Cigančad svirala ovde-onde. Sa svih strana odjekivala pesma, kikot, šale, dozivanja, zviždanje, njakanje, lajanje i svi oblici ljudskih i životinjskih glasova.

Kod tramvajske čekaonice Zorka jedva nađe gospa-Selenu, te se svi, s komšinkama zajedno, krenuše u Košutnjak.

Miloš i Zorka nisu se odvajali jedno od drugog. Za doručkom su sedeli zajedno. Miloš joj je pomagao da iseče hleb. Ruka je ruku dodirivala. Pogled je upijao pogled.

Posle doručka Kremić pozva celo društvo u kafanu da ih časti.

— Drage volje — reče jedna komšinka.

— Bogami, ja sam još umorna — odgovori babica.

— Mogla bih jednu kafu, ali da mi je ovde... onako da se ne mičem. Najela sam se gibanice, pa hoću da puknem.

— Nađi drva, pa će biti kafe — odgovori ovoj babica.

— Dète, vi mlađi, nakupite drva, pa ima vremena i za kafanu — gotovo zapovedi gospa Selena.

Oba ljubavna para digoše se kao na komandu i zađoše u šumu. Ali tek što izmakoše ispred očiju poznatih, oni se ćutke odvojiše jedno od drugog i udariše raznim putevima.

Miloš i Zorka pođoše stazom koja vodi levo od Hajdučke česme. Oko njih je bilo suvaraka na svakom koraku, ali oni produžiše ići sve dublje u šumu, nošeni drugim mislima.

Staza kojom su išli bila je sva vlažna od jutarnje svežine. Ono veliko i blistavo sunce nije moglo prodreti kroz zelen splet bukovog lišća, već su se njegovi zraci primećivali samo ovde-onde, po drveću, kao sjajne tačke. Po zemlji je trulilo bledo lanjsko lišće, naslagano u debele slojeve. Vazduh je bio sladak kao mleko i mirisao na zagoretinu. Jedna veverica crna dugačka repa nestašno je skakala ispred njih, s grane na granu, i gledala ih upitno svojim sitnim mišjim očima. Oko njihove glave proletali su gundelji, bezbrižni i glupi. Na jednom glogu stajala je jedna ptica, nalik na vrapca, samo dužeg repa i sa tri žute pruge na glavi. Ona nije mrdala sa svog mesta, stojeći tako u pozi kao da je htela da se fotografiše. Tek ih primeti kad joj se oni približiše, te prnu na drugi olistali glog i zapeva. Njena pesma, koja se sastojala iz tri tona: dva kratka, a treći vrlo otegnut, bila je prosta ali dopadljiva. Ptici se odzivale njene druge, istom pesmom, te cela šuma odjekivala od ova tri prosta tona.

Zaljubljeni par je osećao ovde živu, besmrtnu prirodu, čuo je njen dah, video njeno kretanje, treperenje, život, razumevao njenu široku filozofiju bezbrižnosti i zaborava; osećao se i sâm jedan deo tog zelenila koje se rađa, živi, umire i obnavlja, veselo i bezbrižno, pokoravao se nesavladljivim zakonima nečeg opšteg, celog, nečeg što izmiče čovečjem razumu i što je savršenije od njega.

Uzdasi zagušenog divljenja izlazili su jedan za drugim iz njihovih grudi. Njihovi pogledi preletali su u ekstazi, sa čarobnih senka drveća tek dodirnutog svetlosnim tačkama na staro lanjsko lišće, suvo i bledo, što se presijavalo iz srebra u zlato; njihove oči se opijale intenzivnom bojom cveća u planini; a njihove uši se žedno naprezale da čuju pesmu bezbrižnih gundelja i onih ptica sa tri žute pruge na glavi. Ali njihova usta su odlučno ćutala, zanemela pod utiskom jakog života u prirodi. Oni su stupali plašljivo i polagano, bojeći se da ne naruše ovu mirnu saglasnost i svečanost u šumi.

Idući tako, oni stigoše na jedan proplanak, koji se širio u šumi, kao ostrvo u moru od bukovog lišća. Siva stabla bukova ograđivala su ovu livadicu i dizala se uvis kao stubovi neke divlje crkve. Gledajući ovaj živi zid, pun šarenila od bukove kore, mladi pesnik pomisli, da su naši stari pravo radili, što su takva mesta birali za hramove svojim bogovima.

Gomila srna, koja je pasla na ovom proplanku, poplaši se od njih i u divljem bekstvu sjuri se niz brdo.

— Ja ne mogu dalje — reče Zorka.

Oni se posadiše na jedno oboreno stablo.

Miloš prebaci ruku preko ramena svoje dragane. On se zanese u njene oči i divljaše joj se kao da je svakog trenutka otkrivao u njoj po jedno novo lice.

Oko njih je bila duboka tišina, nepomućivana ničim što je ljudsko i izveštačeno. Oni su bili daleko od gomile, ljudskih razgovora i prašnjivih ulica gde jecaju tramvaji.

Sunce se pelo uvis. Sive bukve bacale su tajanstvene senke po livadi. Jedan pramen zrakova padao je na Zorkinu kosu i svojom zlatnom bojom oživljavao njeno lice, rumeno od jutarnje svežine.

— Tvoje su oči pune senki, kao ovaj proplanak — reče joj Miloš zaneseno. — Gde si ti uzela te oči?

— Majka me je dirala da imam oči kao u mačke — odgovori Zorka obradovana. — Ja sad prvi put čujem da su one lepe.

— Čini mi se da ih do sad nisam nikad video. Gledajući u njih, ja vidim tamnu boju planina, široke oblake, talas vode...

Mladi pesnik ne dovrši rečenicu nego naže glavu i poljubi Zorkine usne, crvene kao jagode.

Ona zatvori oči.

Zašto žene zatvaraju oči kad se ljube? Zašto one pretpostavljaju noć danu, kad određuju časove ljubavi? Da li to dolazi kod njih od urođenog stida prema golotinji ili što one ne vole odviše precizne slike stvarnosti?

— Ah, moj Miko! Dosta je.

— Ponovi mi tu reč. Kaži mi još jednom: moj Miko! Ti umeš tako lepo da tepaš. Tvoj glas... on priliči tvojim očima, on je taman, dubok i kadifast.

Kad žena hoće da se zanima sa čovekom koji joj se dopada, ona ume da ućuti tako da ovoga natera, protiv njega samoga, da govori, da otvara usta i svoje srce. Zorka ne ponovi ono što je Miloš hteo, nego jednim osmehom sklopi svoje usne, nasloni se na njegovo rame i zagleda se u njegove oči.

Oni ostaše nekoliko trenutaka, tako nemi i zaneseni jedno u drugo.

To je bila jedna velika ljubav, koja se rodila bez velikog uzroka, kao što su sve velike ljubavi. Mladi čovek nije voleo svoju draganu zbog ovoga ili onoga, zbog njenog lica ili njenih očiju, kose i stasa, umiljatosti ili duha. On ju je voleo samo zbog toga što ju je voleo. I on joj je iskreno govorio:

— Nisam nikad mislio šta je na tebi lepo. Jesu li to tvoje oči, tvoj glas?... Ja ne zanam, ti mi se dopadaš sva. Ja na tebi ne vidim ništa ružno. Ti si za mene nešto drugo nego ostale devojke, neko drugo biće, jedan naročiti stvor rođen i određen za mene. Pored tebe, ja se sav predajem svojim osećajima, ja ih ne odmeravam, ne pitam ih odakle dolaze. Ja u njima naslućujem tvoju dušu, tvoje telo, tvoju toaletu, celu tebe... Na svetu ima svakojako još lepih žena; pardon, Zorka, možda i lepših, ali ono što mi se u tebi dopada nema nijedna, jer ja volim tebe, takvu kakva si. Ja ne znam šta je savršenstvo lepote. Mnoge žene koje je ceo svet smatrao za prve lepotice, mene su ostavljale hladna. Kad bih bio slikar i kad bih hteo da naslikam lepu ženu, ja bih tebe naslikao, kakvu te vidim. Ja imam neki svoj pojam o lepoti. Upravo, ja ga nemam nikakav, ja imam tebe, i ti me učiš šta je to. Ja ne tražim pravilan grčki nos, lice belo kao alabaster i oči nebesnog plavetnila. To za mene nema nikakve vrednosti. Ja bih zajaukao od bola, kad bi neki majstor pokušao da usavrši tvoj nos prema zakonima estetike. Naružili bi te, kad bi tvoje bledoliko lice pretvorili u belinu alabastera. Ja volim da tvoje oči ostanu tvoje, a svaki tvoj pogled da ostane tvoj, lično tvoj...

Zorka nagradi dragana jednim ljupkim osmehom, pa mu onda reče blago i u šali:

— Mi smo zaboravili da smo pošli u drva. Požurimo se, jer će naše komšinke proći volja za kafom.

DEO TREĆI

Pravi ljubavni paru, na zemlju zalutali,
Kako je čudno vaše stradanje!
Ukoliko su vaša srca bliža jedno drugome,
Utoliko se ona osećaju razdvojena.

Sili Pridom

Ruža i trn

— Šta je gospa-Seleni danas? — zabrinuto upita Kremić svoju draganu. — Sad je baš sretnuh na stepenicama. Ja je pozdravih ljubazno, ali ona prođe pored mene, ćutke i brzo kao besna. Lice joj je bilo pozelenelo kao žuč.

— Ah, ostavi je, molim te — odgovori mu Zorka. — Još jutros se naljutila na kasapina što joj nije dao parče koje je htela, pa je ljuta ceo dan. Molim te, skloni se danas od nje, jer ona mora da na nekom iskali gnev. Mene je već dvaput izgrdila.

— Zašto?

— Eh, zašto!... Ni za šta! Njoj je sve teže ugoditi. Ljuti se i grdi. To je tako uzima jednom dvaš preko nedelje, kao decu, gotovo bez ikakvog povoda. Ali ne mislimo na to... Gde si kupio ovu ružu? Kako je divna...

Njih su dvoje bili u Ljubičinoj sobi i s Ljubicom čekali Dragutina, pa da iziđu u polje.

Bila je nedelja posle podne. Napolju je bilo vedro, sveže, rosno i veselo. Sunce se bilo tek pomolilo iza oblaka, koji ga je dotle zaklanjao, pa upola prelomljenim zracima ogrejalo krovove s druge strane ulice, siva prostrana dvorišta, zidove u kući i jednu grupu dečurlije koja se igrala klikera u prašini nasred puta.

Miloš je bio vrlo dobre volje. Nestrpljivo je zagledao u časovnik, vrteo se na stolici i grdio Dragutina što ga još nema. Ovaj vedri majski dan koji je došao posle jedne kišovite noći, blago mu je ispunjavao grudi, oduševljavao ga i vukao izvan kuće. Neka slatka groznica prelivala mu se kroz krv. Obuzimao ga jedan zanos za nečim velikim i neobičnim. Soba mu je bila tesna. Čas je dobijao volju da peva, skače i trči, a čas nije želeo ništa nego je duboko disao lak plavetan vazduh, što je dolazio kroz prozor, i gubio se u nekoj sanoj nesvestici.

— Ranković mora da pokvari svako uživanje tim svojim sitnim poslovima. Zar to nije mogao da ostavi za drugi put? — grdio je Miloš svoga prijatelja. — Šteta je da se gubi vreme kad je dan ovako lep. Ne znam na šta me ovo podseća. Proleće je, a meni se čini čas da je leto, a čas da je zima. Ah, danas su sva četiri godišnja doba ujedinila svoje lepote. Vazduh je mlak kao u leto, nebo vredro kao u septembru, sunce bledo kao da je usred zime, a ipak ja osećam kako trava raste i da proleće slavi svoju pobedu. Kako je sve nežno i uzvišeno oko nas... Zorka, pogledaj ovo sunce, ono je bledo i prijateljsko kao osmeh sažaljenja.

Zorka ne odgovori ništa. Ona se ćutke nasloni na Miloševo rame i zanese se gledajući u plavu vazdušnu pučinu koja se talasala ispred prozora.

— Šta ti je pesnik! — progunđa Ljubica, koja se u dnu sobe bila zadubila u čitanje jednog pisma. — Bledo sunce osmehivalo se osmehom sažaljenja!... Šta bi rekao moj otac, da vas čuje, Kremiću? On bi se doista osmehnuo osmehom sažaljenja. A propos, otac mi piše, da je po jeftine pare kupio još jedan kameni majdan. Sad se pravi železnica, pa veli: pare će namlatiti.

Mladog pesnika ne dirnu Ljubičino podsmehivanje pesničkom jeziku, ali njena poslednja fraza o kamenom majdanu rastera mu zanos poezije i preseče svako oduševljenje. On se namršti, skide Zorkinu ruku sa svog ramena i priđe prozoru.

U sobi nasta tajac.

Kremić je ćutljivo posmatrao kako se deca igraju klikera.

Sunce je stajalo s njegove leve strane i, spuštajući se sa zenita, obasjavalo kroz čist i redak vazduh romantičnu panoramu dunavskih obala.

Zorki je bilo krivo što Ljubica dira Miloševu poeziju, pa joj htede odvratiti istom merom, te zapita svoga dragana:

— Je li, Miloše... jesi li ti kadgod mislio da namlatiš pare?

Kremić se okrete i pogleda mladu ženu jednim dugim upitnim pogledom. On ne shvati pravi smisao Zorkinog pitanja, te odgovori posle male počivke:

— Ponekad ja želim da sam bogat... vrlo bogat, milioner, milijarder, drugi Krez.

— Oho! To nisam znala — nasmeja se Zorka.

— Da, to je istina, ali ja ne želim novac radi novca. Ja ga čak prezirem. On je lažljiv i prevrtljiv. I kad imam novca, ja hitam da ga se otarasim. Platim šta sam kome dužan, a ono što mi ostane ja se trudim da potrošim što brže... što pre. On me žulji, nesnosan mi je... i čak izmišljam gde šta mogu potrošiti.

— Ehe, pa što onda volite da ste bogat? — umeša se Ljubica.

— Ne, ja nisam kazao da uvek volim da sam bogat. Već

katkad... kad osetim potrebu za čim. Ja volim ugodnost, slobodu, dobra dela, a to sve košta. Ponekad mi se javi želja da se krenem na put oko sveta, a ja tada možda nemam ni za tramvaj do Topčidera... Eto tako, drugi put na primer, poželim da sazidam dom za siromašne studente, osnujem jedan veliki književni list ili otplatim dugove Kraljevine Srbije. U svetu bi se moglo stvoriti toliko dobrih dela, da se ima novaca...

— Treba ih činiti i kad se nema... — primeti Zorka kao za sebe.

— A jeste li mislili kadgod kako da dođete do tog bogatstva? — zapita Ljubica.

— Dok sam bio mlađi i čitao *Hiljadu i jednu noć*, uzdisao sam što nemam kakvo Aladinovo kandilo, a docnije... nekoliko puta sam se uspavao s mišlju da idem u Rusiju...

— U Rusiju?

— Tamo Crnogorci uvek pronađu uvek po jednu kneginju!

— Miloše? — prebaci mu Zorka u šali.

Miloš se osmehnu i pogleda je.

Ona je bila obučena u belu lanenu haljinu. Ta prosta materija, bez velikih ukrasa, a bela kao sneg u planini, pripijala se uza Zorkino gipko telo i svojom belinom ocrtavala fine linije njenog struka. Bila je prebacila nogu preko noge, sklopila ruke oko desnog kolena, čija se blaga okruglina naslućivala pod lakim platnom, i držala glavu nešto nagnutu unapred. Njena meka kestenjasta kosa, zabačena u stranu, kupala je svojom senkom njeno pametno čelo. Blaga i udaljena rumen vatre izbijala je iz njenih očiju crnih kao vode u hladu od vrba, a njen pogled, koji se nije video, prosipao je nežnu svetlost po njenim bledolikim obrazima, zarovašenim nemilostivom rukom vremena. Dve tamne crte senčile su uske kutove njenih usta i otkrivale bolećiv osmeh njenog srca. Krupna rumena ruža, od onih majskih ruža koje tako brzo precvetavaju, krvavo se presavijala na njenim još nerazvijenim grudima i bacala crvenu svetlost na njen vrat i podbradak. Zorka je bila vrlo ljupka tako izgubljena u plavetnilo ovog proletnjeg dana i očiju zamišljenih pred slutnjama koje su je plašile.

— Ljubice, okren'te se zidu! — reče Miloš i nežno zagrli glavu svoje dragane.

Tek što mladi čovek odvoji usne sa Zorkinih usta, kad se na vratima začu kucanje i Dragutin uđe.

Oni ga jedva dočekaše. Miloš ostavi svoje grdnje za docnije. Devojke se stadoše gurkati oko ogledala, nameštajući svoje šešire. Mladići su ih žurili da što pre budu gotove.

Utom se naglo otvoriše vrata. U sobu upade gospa Selena, zelena kao jed.

— Gde si mi ostavila kašičicu za kafu? — obrati se ona Zorki oštrim, podnaredničkim tonom, ne pogledavši na ostale.

Zorka se zbuni i jedva promuca:

— Čini mi se, na polici.

— Šta na polici? Na kakvoj polici, kad je nema? — siktala je gospa Selena. — Nisam ja valjda ćorava... I ti si mi nekakva devojka... pfuj, ne znaš još ni gde šta stoji u kući.

Kremić oseti jednu oštru neprijatnost u srcu kad gospa Selena rupi u sobu. Kao da njen dah unese mraz u ovu odaju osvetljenu blagim majskim suncem. Ona je brisala plavetnu boju vazduha, navlačila sive oblake snežnih iglica i podizala studeni januarski vetar. A kad ova žena poče da grdi njegovu draganu, tu bledu devojku u haljini od lanenog platna i s dve tamne crte oko usta koje su otkrivale jedan bolećiv osmeh, ova neprijatnost se pretvori u ljutinu. Donja vilica poče da igra u mladoga čoveka. On pokuša da sebe savlada i stade posmatrati žučno lice staričino.

Mladi čovek je dobro poznavao te crne oči, mala usta i uzdignuto čelo. To su bile Zorkine oči, usta i čelo. Ali je sve to bila unakazila nekakva pakosna ruka: oči zasula vodnjikavim žutilom, smežurala usta staračkim grčevima, izbrazdala čelo dubokim borama i po svom licu prosula žuč i pakost. Postepeno, pred Kremićevim pogledom nestajalo je ove starice. Njenu somotnu bluzu starinskog kroja i suknju na karnere je oblačila neka druga žena, koja Zorki nije nikakav rod, neka pakosna strankinja, zavidljiva veštica, koja nije htela na njega ni da se osvrne, a rušila mu i kvarila ono što mu je najmilije: njegovu Zorku, obučenu u belo, sa majskom ružom na grudima, obrvama tankim i crnim kao krilo od lastavice, bolećivo nasmejanim usnama, pametnim čelom i pitomim srcem. Jedan jak grč stezao mu srce. Nestajalo mu vazduha. U ušima mu zvonilo. Hladan znoj probijao mu čelo. On je osećao da se primiče nešto neočekivano, da će se desiti nešto strašno što nije mogao da spreči.

— Namestila si se kao grofica, i ostavljaš sirotu majku samu kod kuće, da se sama brine za tebe... jeste, da se pržim oko vatre i da gledam kako sunce zalazi, dok se moje druge šetaju po Kalemegdanu — grmela je gospa Selena.

Kremić oseti svu nepravdu koju je majka činila ćerki. Padoše mu na um Zorkine reči: „Zar se i ja nisam mogla udati kao druge... Ovaj bljutavi život devojke...” Celu svoju mladost žrtvovala je ovoj ženi ne tražeći ništa za sebe. I sad kad hoće da iziđe malo na čist vazduh, da i ona prodiše dahom života kao i ostali ljudi, ova matora žena, koja je već jednom nogom u grobu, zavidi ovoj sreći svoje ćerke i žali se što ona ne može tako isto da iziđe i živi životom mladosti.

Miloš je očekivao da se Ljubica i Dragutin umešaju između majke i ćerke i da Zorku odbrane. Ali je Dragutin učtivo ćutao, praveći se manji od makova zrna, dok se Ljubica zadovoljno smejala gospa-Seleninom praskanju.

Napolju je bilo i dalje sveže i veselo. Sunce je priređivalo iluminaciju po krovovima na drugoj strani ulice. Vrapci su proletali i cvrkutali. Cela panorama dunavskih obala oblačila se u praznično ruho i veselila se.

Suprotnost između ove svetkovine proleća i tragičnosti Zorkine sudbine, potrese ga još više. On se zgadi na ovu svirepu majku, na te hladne prijatelje; on se zgadi i na sebe samog, na ovaj lažni položaj koji je ovde zauzimao. Mladi čovek oseti okove laži koji je sâm podizao kao zaklon oko svoje ljubavi, da bi bio što bezbrižniji.

— Šta sam ja bolji od njene majke i njenih prijatelja? — pitao se on. — Zorka mi može s punim pravom prebaciti, da ja od nje tražim samo koristi... a kad dođe trenutak da se njoj pomogne, ja ćutim kao zaliven i gledam da se izvučem sa što manje troška.

U tom trenutku Miloš je izgledao samom sebi kao grabljivi račundžija, maroder, kao poslednji čovek, koji napada na tuđe žrtve, već obezoružane, i oduzima im i ono što im je još ostalo.

— Gle, gle, ruža!... produžavala je razjarena gospa Selena. — I dolikuje ti... preturila si tridesetu, a još se kitiš, matora usedelico!... Jako ćeš ti sede plesti.

Milošu se steže grlo. Dalje nije mogao ćutati. Ali bujica reči, koje je hteo reći, zapušavala mu grlo. On učini natčovečanski napor da govori.

Prve reči ni sâm nije razumeo, ali posle, njegov glas grmnu:

— Ja vam zabranjujem, gospođo, da preda mnom grdite gospođicu. Inače...

Gnev je bio tako deformisao lice Miloševo, da se gospa Selena uplaši i zamuče. Njoj se učini da će je sad smrviti grčevito stegnuta pesnica mladićeva.

Miloš proguta pljuvačku, pa prezrivo dodade:

— Vi ste uzrok tome što je grdite. Nije vas stid da svoje dete nazivate usedelicom... veštico jedna.

Mladi čovek se trže sâm od svojih reči.

Za trenutak u sobi nasta mučna tišina. Spolja se čulo kako se deca svađaju oko klikera.

Gospa Selena je stajala kao ukopana na svom mestu. Dotle joj još ovo niko nije rekao. Očekivala je da još šta dođe. Ali kad Miloš ne progovori više ništa, ona polete na njega:

— I ti to meni da kažeš, rđo užička?... Zar ti mene da zavađaš s mojim detetom, sorto šeretska, napolje... napolje!

Razjarena žena htede da ga dočepa za kose, ali je Miloš uhvati za obe ruke, prisili je da sedne na jednu stolicu, i mirno iziđe iz sobe.

Plemeniti prijatelj

Gospa Selena je udvostručila svoju pažnju na Zorku i svima silama se trudila da spreči njene sastanke s Milošem. Kad bi ih kadgod ugledala zajedno, ma to bilo na par reči, ona bi grdila Zorku, nazivala je svakojakim imenima, klela strašnim kletvama, kako samo naše žene to umeju, i mučila ovo siroto biće, da se njeno telo, mršavo kao u ptice, sve treslo od duševnih muka.

Kremić je besneo protiv stare gospođe, tim više što je nije mogao ničim da spreči u njenom materinskom pravu. Često puta se nije mogao uzdržati, i pred Zorkom je grdio njenu majku.

— Čudim se samo kako si mogla provesti ceo svoj vek sa ovakvom ženom — govorio joj je on.

— Šta sam mogla raditi... ona je moja majka.

— Da, majka... majka, ali majka nema prava da skraćuje život svojoj deci — praskao je on.

— Ne govori tako, Miloše. Ona je moja majka i želi mi dobro. Samo, šta ćeš!... ona je takva. Treba da se svađa, ako ne baš zbog ovoga, a ono zbog čega drugoga — polako odgovori mlada žena, zamišljena i zabrinuta.

— Vidiš, Zorka, ja te doista volim, volim te više nego

što sam ikad ikoga voleo; ali kad te vidim tako zabrinutu i neveselu, ja žalim što se ranije nisi udala.

— Eh, Miloše, kako je to bilo mogućno! Šta bih radila s majkom? Koji bi čovek trpeo ovu ženu kojoj je tako teško ugoditi, teže nego detetu.

— Zar je ona morala ostati pored tebe? Ona ima svoju penziju, pa neka živi gde joj je volja.

— Kakva penzija!... Ona je nema. A, da, ja ti o tome nisam nikad govorila. I bolje sam radila!

— Kako to? Ona neprestano govori o svojoj *pen-ziji*... Objasni mi.

— U tome je sva naša nesreća. Moj otac bio je sreski načelnik. Kad je umro, ostavio nam je jednu kuću i prilično penzije. Mogli smo mirno živeti da smo ostali u Ćupriji. Ali majka ne htede. Ona je uvek volela da živi u Beogradu i da bude gospođa. Prodali smo kuću... ja se ne sećam dobro, ali tako nešto... gotovo budzašto, pa smo se preselili ovamo. Posle se majka preuda za jednog poreznika...

— To nisam znao.

— Bolje je... Što me teraš da ti pričam o tome?

— Ali, Zorka?

— Moj očuh je bio drevna pijanica. Pošto se oženio, opijao se još više. Najzad ga isteraju iz službe. Otada smo živeli sve troje od onog dela penzije koji je meni pripadao posle majčine udadbe... Da je bilo sloge, još je moglo ići kojekako. Ali, očuh se opijao tako, tukao majku, pa i mene... Ah, molim te, ne govorimo više o tome.

Kremić ne htede ispitivati šta je dalje bilo sa Zorkinim

očuhom. Nije je hteo više mučiti, već zari glavu u njena nedra, i osta tako nepomičan.

On ju je žalio iskreno. Žaleći nju, žalio je i sebe. Njima obadvoma je bilo detinjstvo otrovano. Suze su mu vrcale na oči.

Mladi čovek je krio svoje lice po nedrima svoje dragane i roptao, ugušeno, kao pas koji oseća da je privezan za plot i da je nemoćan.

— Ah, život je mučan. On je pustinja koja donosi svaku nevolju.

— Miloše! — blago ga je korela mlada žena. — Ne buni se protiv života. Baš i da je to što ti kažeš, zar nam on nije dao ono što je najlepše, našu ljubav? Šta nas se tiče pustinja, kad nam ljubav nudi zelenu oazu, gde žubore bistri izvori, gde rastu čudne biljke sa širokim lišćem, mirisnu oazu, koju osvežavaju povetarci zanosa i radosti. Moj Miloše, tvoja ljubav je najlepša i najistinitija nagrada za moj život, usamljen i težak. Ja sam toliko žudela za jednom pravom ljubavlju, da je umem ceniti. Oh, ja ću umeti sačuvati i povećati ovo što mi je Bog dao na zemlji, sreću da me ti voliš. Miko ljubljeni, digni svoju glavu voljenu i daj mi tvoje usne da ih poljubim.

Oni ostaše tako jedan momenat, priljubljeni jedno uz drugo i zaćutali, mećući u svoje milovanje sve neostvarljive želje svoje bolne ljubavi, koju je borba činila sve jačom, i svu muku i radost od života, koji ih je mučio i opijao naizmenice.

Ali su to bili retki momenti kad su mogli ostati nasamo i milovati se, momenti koji su se morali grabiti i krasti. Milošu je naročito bilo krivo, što su se Dragutin i Ljubica mogli sastajati kad hoće i gde hoće. Oni nisu više ni od koga krili da su blizu jedno drugome i da su vereni. Ranković se spremao da završi školu, a Ljubica da ode kući i vidi koliki će miraz dobiti.

Kako je mladi pesnik želeo da i njegov položaj bude tako lak i čist!... Ali baš zato on se sve više priljubljivao uza svoju nesrećnu draganu, čiji su bol i nezgode imale naročitu draž, draž nečeg neobičnog, draž zadovoljstva koje dolazi kao nagrada za pretrpljene brige i patnje.

Pošto se više nisu mogli sastajati tako često kao ranije, Zorka je uvek kad je mogla dobacivala Milošu nekoliko redaka napisanih njenim čitkim rukopisom. To su bili oni komadići hartije svih mogućih boja i formata, koji zauzimaju najslađa mesta u ljubavnim arhivima. Mladi pesnik ih je imao punu jednu kutiju:

„Oko pet sati treba da iziđem u varoš da kupim fula. Ali nisam sigurna, jer ne znam da li će mi majka dopustiti. Ako ne iziđem do pet i po, znači da nije mogućno. U tom slučaju, molim te, iziđi ti i prođi pored moga prozora. Hoću da te vidim. Jedan veliki poljubac.”

„Moj dragane, htela sam da ti dam još jedan poljubac dok je majka govorila s tvojom gazdaricom, ali... nažalost, ti si već bio uhvatio maglu. Ipak, evo ti ovo nekoliko redaka, da ih doveče, kad dođeš, pročitaš pre nego što zaspiš. Ja ću na njih pritisnuti onaj poljubac koji ti nisam mogla dati. Ja ću leći rano, ali ću neko vreme čitati *Književni glasnik*, koji ću uzeti iz tvoje sobe. Sutra, ako vreme bude lepo, izići ćemo u šetnju, je li? Za večeras: spavaj slatko, sanjaj i misli da sam u tvome naručju. Do viđenja, ja te stežem na srce, moje srce voljeno.”

Ispod pisma stajalo je nacrtano:

poljubac

„Dragi! Ženica je vrlo, vrlo tužna: oh, tako tužna! Grdi je, ali je poljubi čim je vidiš.”

„Danas popodne, kad sam prošla oko tri sata pored tvoje sobe, oslušnula sam i čula sam te kako hrčeš. Nisam te htela probuditi.”

„Mile dragi. Ja sam zajedno sa Ljubicom i Dragutinom. Tek što su se njih dvoje vratili iz varoši. Dragutin će odneti ovo pismo u tvoju sobu. Šta ti radiš? Ti si u kafani... jesi li pijan? Laku noć, lolo; spavaj slatko i odmori tvoju glavu od pića. Ja te volim, ali samo malčice. Hiljadu slatkih poljubaca.”

„U pet i po sati na Terazijama, tamo gde si dao da ti se brijač naoštri... Ja ću biti tačna.”

„Kako si smeten! Od tri sata i četvrt ja sam potpuno sama...”
Ispod ovoga napisano je jasnijom pisaljkom:

„Evo već izbija četiri, a ti još nisi zavirio u kuću. Danas neću izići. Ali večeras... do viđenja, Mile dragi.”

„Moj dragi. Nema gotovo načina da se sastanemo. Majka je stalno na oprezu. Ja ću izići u varoš oko pet časova. Čekaj me tamo „gde je bio žandarm”. Nadam se da si dobro radio i da si miran. To je bolje i za tebe i za mene. Ali, ovo je žalosno, ovako uvek biti pod nadzorom. Mora se tražiti šta bolje, je li dragane?... Ja te ljubim u mislima po tvojim blagim očima, plavim kao parče neba što se vidi sa moga prozora. Ja ljubim i tvoj mali, šiljati nos, koji je sav crven od kijavice. Na tvoje mile usne, ja mećem, nažalost samo u mislima, jedan dug i nežan poljubac. Docnije, ja ću ti ga dati u stvari. Miloše mili, popij jedan čaj, pa onda iziđi u šetnju sa onom koja te jedino može voleti do groba. Zorka.”

„Noćas sam bila bolesna celu noć. Majka je presedela pored mene i menjala mi hladne obloge. Ali, ja sam mislila na tebe, moj anđele, i vreme je brzo prolazilo. Čula sam kad si se vratio kući. Posle pola noći, mangupe!”

„Ljubica se sprema na put, a ja ti pišem. Šta ti mogu napisati? Ti znaš sve. Iznenadno, ja se osećam nevesela. Zašto? To nema smisla, ja znam, ja sam tako srećna. Srećnija sam nego ikad što sam do sad bila. Možda me rastužuje baš ova velika sreća. Ja sam glupa i samoživa. Ali mi iz glave ne izbija jedna misao... Jednog dana i ti ćeš ovako pakovati stvari. Da, ti ćeš uspeti i otići na stranu. Ah, toga dana, ja ću se odvojiti od tebe, moj Miloše. Ti ćeš otići daleko, vrlo daleko, u neku zemlju koju ne poznajem, a koja će biti sigurno vrlo lepa. Tamo će se sve smešiti na tebe, ti ćeš živeti srećno tako daleko od mene. Od cele mene, samo će te moja misao pratiti. Poneki put, svakako, spomen na mene i na srećne trenutke koje smo zajedno proveli, opomenuće te na mene sa zadovoljstvom. Ti ćeš se ražalostiti za jedan trenutak, možda i za čitav dan. Pa posle, neka nova stvar zameniće moj spomen i... sve će biti svršeno. A ja nesrećna, ja ću ostati teške duše i rascepljenog srca bez svoga Miloša, daleko od njega. Jedna hartija, požutela od vremena, koja će mi pokazivati tvoje milo lice... i poljupci... i nekoliko suznih pisama... Dragi Mile, ljuti se, grdi me, ne voli me više, ali pomisao da će mi te otrgnuti, zaluđuje me. Miloše mili, ja hoću da iscepam ovo pismo, ali ne... ja ću ti ga dati samo da ti pokažem kako mislim na tebe. Ne grdi me sutra što sam mislila na žalosne stvari. To je samo stoga što te volim. Sutra, kad budem u tvom naručju, sve ću zaboraviti. Je li, moj živote? Laku noć, laku noć... Kako je teško odvojiti se od tebe čak i u pismima... Jedan nežan poljubac i sve moje misli. — Četvrtak, 28. maja."

Sutradan po ovom pismu Zorka je ugrabila priliku i došla Milošu.

— Majka je legla da se odmori. Neće se dići pre tri sata. Kako si ti, moj dragane? Jesi li se lepo proveo u kafani?

Miloš nije bio veseo. Suviše ga se bilo taklo pismo koje mu je Zorka sinoć ostavila. Video je jasno da nije pravo ovo što radi. Zorka je govorila istinu. Jednog dana on će otići da traži bolju sreću, a ona?... Celo jutro lutao je po mračnom lavirintu ovih misli. Pred njim su stajala samo dva izlaza: žrtvovati sebe ili nju. Kremić je bio još suviše mlad i dobar da žrtvuje onu koju je voleo, a odviše samoživ da sam sebe prinese na žrtvu. Ipak je sebe osuđivao.

I kad mu je Zorka bila obisla o vrat i tepala mu najslađe ljubavne reči, on je zapita:

— Ti si sinoć bila vrlo žalosna... nesrećna?

— Ja nesrećna? — začudi se mlada žena odvajajući svoje usne od njegovih i gledajući ga sa osmehom punim ljubavi i zanosa. — Ja nesrećna?... Ja sam kao gladan čovek, koji je dobio parče hleba; on je žedan, on bi hteo još i čašu vode, ali nije više nesrećan.

— Ja ne zaslužujem toliku ljubav, Zorka. Zašto me toliko voliš?

— O, moj dragi ljubljeni, ti znaš dobro zašto te ja volim... Ni zbog čega drugog već zbog tebe samog. Ja te volim za svu sreću koju si mi dao... koju si mi otkrio u mom životu, do sad tako praznom i žalosnom. Ja te volim, moj plemeniti prijatelju, zbog tvoje duše prave i čiste; ja te volim zbog tvoje zamršene kose, zbog te neobrijane brade, i zbog još mnogo drugog koječega. Ti si najlepše u onome što mi je život dao. Od dana kad sam te poznala... naročito od trenutka kad sam postala tvoja, moj život bi nov, a onu sreću koju sam dotle samo sanjala, ja sam proživela s tobom, u tvome naručju. Ja osećam kako te volim. Evo, ovde u grudima. To steže, to boli i peče. Ne umem da ti kažem kako je to ogroman bol... ne, to je vrlo slatka muka koja tišti, to je teret od svile koji mi pritiska grudi. Da li ti to osećaš, moj Miloše?

— Ti znaš dobro, Zorka, da te ja volim. I moja ljubav boli. Pipni mi čelo!... Vidiš, ovako... ponekad, čini mi se da je ono od daske, tako mi je glava teška.

— Ali ja neću da ti patiš! — mazila se mlada žena.

— Kad si ti ovde, to prolazi. Tvoje prisustvo me leči. Ti mi život pretvaraš u san. Inače... ima časova kad mi je ljudsko lice odvratno. Ovaj novinarski posao... sve isto, svaki dan iste reči, iste pohvale i grdnje, pa ovaj zanadžijski patriotizam, sračunjen na kupčev petparac! I cela ta publika koja voli starinske fraze i melodramu, tako je prosta i dosadna. Da ti je samo jedan dan da presediš i posmatraš ko dolazi u uredništvo, kakve veličine krše prste za jednu dobru reč reklame. Pa onda tek ono što se piše!... Ja vidim ovaj Beograd iznutra... ah, da znaš kako je odvratan!

— Ne, Miko, ti preteruješ. Zamorio si se. Ne predaji se sav poslu. Piši kao i drugi, bez velikih napora i zanadžijski.

Kremić se bio zamislio i nije slušao šta mu Zorka govori, pa produži glasno svoje misli:

— Da, ova bića koja se neprilično nazivaju bližnjima postaju mi nesnosna. Sit sam ovog Beograda, ovih krupnih i sitnih pasa koji se otimaju oko iste kosti. Ja bih bežao od njih i njihovog urlanja, i otisnuo se ne znam ni ja kud, samo daleko, što dalje, sa tobom, sa mojima... i još kojim prijateljem... da, jednim vrlo malim brojem prijatelja... da provodim jedan tih život ne bez rada i muka, ali bez ovih zloba i sitnih računa, bez pakosti i ovih podzemnih borbi, život istine i pravde.

— Oh, to je i moj san! — uzdahnu Zorka. — Kako bih ja tek želela otići nekud s tobom, ostati uvek pored tebe i ljubiti te bez zazora i slobodno. Ovo skrivanje baca tamnu senku na celu moju sreću. Pardon, Miko, srce mi se steže kad pomislim da ona, ta naša sreća, nije dopuštena i da je grešna. Pa kad moram da ostanem po nekoliko sati da te ne vidim!... Da znaš kako je to teško. Nema mi stvari koja mi najviše treba. Čini mi se da sam izgubila jedan deo sebe same. Moj dragi voljeni, ti obuzimaš celu moju misao. Tvoja mila slika prati sve što radim, sve što mislim. Iako si tada daleko, ti si blizu mene.

Tvoja duša je u meni. Ako ti katkad zatreba, ne traži je; to će biti uzalud; ona je kod mene, ona se...

Zorka zastade. Spoljna vrata škripnuše. Neko pređe predsoblje u dva koraka, i zakuca na vratima Miloševe sobe.

Kremića obli hladan znoj. On jedva promuca:

— Ko je to?

— Otvorite, gospodine Miloše — začu se opor glas gospa-Selene.

Mesto da se zbuni još više, Miloš se najedanput osvesti i kuražno odgovori:

— Izvinite, gospođo, ja sam sad u poslu. Kroz četvrt sata ja ću doći kod vas.

— Ali otvorite, ja hoću sad s vama da govorim.

Kremić planu na ovaj zapovednički ton. Glas mu zadrhta od ljutine.

— Ostavite me na miru. Ja sad nemam vremena.

— Pustite mi moju ćerku! — ciknu gospa Selena i zadrma vratima.

— Gospođicu Zorku?... Ona nije ovde! — branio se Miloš.

— Otvorite!... Ja ću zvati u pomoć! — cikao je glas spolja sve više.

Zorka je stajala nasred sobe. Njeno bledoliko lice bilo je još bleđe, bez krvi kao mrtvac. Ona je unezvereno gledala oko sebe kao da je tražila kuda da pobegne. Najedanput, ona se sva zarumeni. Jedan nervozan osmeh zgrči njene usne. Ona se uputi vratima i otvori sobu.

Gospa Selena ustuknu ispred otovrenih vrata.

Majka i ćerka gledale su se sad, možda za prvi put, oči u oči. To su se gledala dva naša pokolenja: jedno činovničko, ukrućeno, ogrezlo u zvanične forme i izveštačeno gospodstvo, propalo, skršeno i ogolelo; i drugo, mlado pokolenje, koje je na se primilo golotinju i dugove svojih otaca, i koje, grcajući pod nezasluženim obavezama, trudi se da novim putevima, dobrim ili zlim, poštenim ili nečasnim, dođe do svoga prava na život.

Miloš je bio takođe ustao i, držeći grčevito drven upijač u desnoj ruci, besvesno je posmatrao šta će se desiti.

Majka i ćerka su se gledale tako ukočeno nekoliko trenutaka. Tada planu nešto divlje u sivim očima gospa-Selene. Ona zgrabi Zorku za obe ruke, i, kao da je htede udaviti, odvuče je u njihov stan.

Kremić polete na vrata, da odbrani svoju draganu. Ali ga, na pola puta, zadrža jedna misao, čvrsto kao u gvožđa uhvaćena.

— Šta si ti njoj?... Muž? Ne. Verenik? Ni to. Milosnik, da, i to najgora vrsta milosnika, koji ne pomišlja da ma kad svojim imenom kruniše svoju naklonost... milosnik koji je gotov da ostavi svoju draganu čim mu više ne bude trebala. Šta joj ti sad možeš pomoći? Za trenutak je spasti od materinskog gneva, a do kraja života izložiti je preziru komšiluka?

Taj komšiluk, taj skup poznatih ljudi, svet u kome oni žive, jedva čeka da se desi kakav skandal i poraduje se tuđem zlu. U jednoj ovakvoj vezi, svet ne zna i ne vidi ništa drugo do golu formu. Jer se prava drama krije u srcu. Tek kad bi se moglo zagledati do dna ovog krvavog komada mesa, nezainteresovani posmatralac bi se užasnuo od samrtnih muka i ljudskih bolova, koje bi smotrio onde gde je zamišljao samo jedno privremeno ljubakanje.

Iza suncokreta

Odmah posle onog dana, kad je gospa Selena zatekla svoju ćerku u Kremićevoj sobi, mladi pesnik iseli iz Banatske ulice, da bi izbegao kakav veći skandal.

Nije imao vremena da sobu probira, te je uzeo prvu koja mu se učinila pogodna. To je bila tipična beogradska *soba za samca* u Paliluli, čiji je ceo nameštaj odisao na telalnicu. U njoj nije bilo ničega suvišnog: gvozden bolnički krevet, četvrtast prost sto kao u kafani, olupan umivaonik, jedno istrveno ogledalo čiji je žut ram bio već sav pocrneo, reklama jedne parfimerijske radnje i nekoliko prišpendlanih fotografija, predstavljali su svu udobnost ovog stana.

Zorka je podigla svoje obrve, tanke kao krila u lastavice, kad je prvi put ušla u ovu sobu.

— Šta sam znao da radim — izvinjavao se Kremić. — Trebalo se žuriti. Istina, po ovu cenu se moglo naći ipak nešto bolje. Ali mi se dopalo što mi gazdarica reče, da sam slobodan; mogu dovesti koga hoću. Na drugom mestu imali bismo vazdan neprilika.

— Ali je avlija velika, čitava ulica.

— Tako je to u Beogradu. Uvek mora da nešto fali. Najzad, šta mari? Niko te valjda ne poznaje ovde.

— Ne kažem to zbog sebe — odgovori Zorka. — Nego se bojim da tebi ne bude dosadno...

— Navikao sam ja i na gore.

— Međutim, kod gospa-Kate nisi se imao na šta požaliti... bar da imaš jedno kanabe!

Mlada žena je imala pravo. Trebalo je da soba bude mnogo raskošnija da bi Miloš zaboravio niski otoman, postavljen turskim cicom, gde je toliko puta grlio Zorku i ćaskao naslonjen na njene grudi. Ni tamo nameštaj nije bio bogzna šta, ali se Kremić bio navikao na njega, srodio se s njim. Sad mu se činilo, da bi se osećao kao na nebu da se mogao izvaliti na taj otoman, svedok njihovih najnežnijih trenutaka; on bi ljubio onu zarđalu ringlu svoje ranije sobe, koju je pomicao unapred čim bi Zorka došla kod njega i spavao bi kao dete u onoj posteljini, na čijem je plehu bila naslikana neka Ciganka. Upoređujući svoju novu sobu sa tim stvarima, za koje je bio vezao nekoliko najlepših meseci svoga života, njemu se činilo da je izgnan u tuđinu, da je vazduh pokvaren, sto prašnjiv, postelja prljava, ogledalo poreklom iz neke javne radnje, a oni narednici koji su ukočeno stajali na fotografijama, očajno dosadni, nametljivi i svirepi.

U ovim momentima gađenja, Kremić bi podignuo kratko parče cviliha, koje je zamenjivalo zavesu, otvorio prozor i stao posmatrati usku i dugu pokaldrmisanu avliju.

Na sredini ovog naseljenog dvorišta rastao je jedan veliki, sumoran dud, oko kojega su bile večito razapete nekakve kecelje i gaćice. Čamotni stanovi sa sobom i kujnom i uvešplavljenim zavesama na prozorima ređali su se jedan za drugim, zapušteni kao i stanovnici koji su ih naseljavali. Oko prozora je rastao gust suncokret. Čupave žene zalivale su pomijama ovo krupno bilje, te je iz njega udarala nakisela vonja na pokvarenu vodu i mast. Zbog toga je ovo bilje raslo još krupnije, da je Zorka dirala svoga dragana da živi u bambusima. Jedan jektičav kelner kašljao je povazdan sedeći u hladu od suncokreta.

Miloš bi se još više zgadio na ovaj bedan izgled svoga dvorišta, ponovo nabio na ekser parče cviliha, i, onako obučen, bacio bi se na postelju. Tada je pokušavao da šta čita. Oči su mu pažljivo prelazile s reda na red, ali se misao nije mogla privezati za knjigu i mladi čovek bi tako pročitao po celu stranu, a da ga je ko upitao šta je pročitao, ne bi umeo ni reči reći. Njegove misli su išle u Banatsku ulicu, rojile se iznad onog velikog sanduka trgovačke humanitarnosti i, pažljivije nego mašta jednog romansijera, izazivale sliku devojke koja tu živi, mršave devojke sa crnim očima kao vode u senci od vrba.

— Tri sata... Šta li ona radi? — pitao se on.

Junsko sunce je svirepo peklo kroz komad od cviliha, razapetog između dva eksera na prozoru. Jektičav kelner kašljucao suvo. Insekti se pojavljivali. Muve zujale. Kremić je osećao nemoć u celom telu. Ove vrućine, stalne brige i rastanak sa Zorkom uticale su na njega vrlo rđavo. Primetno je osećao da slabi. Istrveno ogledalo mu pokazivalo njegov omršaveli lik. Njegove razvijene jagodice se ukazivale iz dana u dan sve više. Obrazi mu upadali. Rumenila nestajalo. Ruke mu gorele u vatri, a glava težila kao da je od olova.

Miloš nije pomišljao da se leči. Znao je da mu samo Zorka može pomoći. On ju je želeo da je tu pored njega svakog trenutka, ne radi grljenja i poljubaca: to je dolazilo samo kao posledica što su tu, jedno pored drugog. Već ju je želeo, da je uzme za ruku, zagleda se u njene oči, čuje svoje ime iz njenih usta i diše onim vazduhom kojim ona diše.

— Da znaš, Zorka, kako su dani dugi i tužni — govorio joj je on kad bi ona najzad došla — ovako kad ti nisi kod mene, ovi beskrajni junski dani gde me sunce peče petnaest časova, tako bezbrižno, tako uvredljivo za moju žalost. Kad ti nisi pored mene, život prestaje oko mene, ja više nemam radosti, sreće, za mene više nema mira. Rad me boli, nerad me muči svojom prazninom. Ako iziđem da šetam, mene same noge ponesu tamo na mesta, gde smo najčešće bili. Ali ni tamo više ja ne osećam zadovoljstvo. Ona su pusta bez tebe. Na svakom koraku ja srećem ponešto od prošlih dana, kad nikoga nije bilo između nas. Ti suvi spomeni su samo monoton okvir gde se osećam zatvoren. Tvoje biće premašuje tvoj spomen, ono briše sve i ja samo tebe tražim po samoći vidika.

Dok joj je to govorio, mlada žena bi mu savila ruke oko vrata i gledala ga celim svojim očima, svojim lepim, mrkim očima, gde ima samo jedan mali beo deo sa obe strane, blagim, zamišljenim očima koje imaju deca kad im se priča o medvedu.

Zorka je obično dolazila oko pet časova. Kremić je raspoznavao njen sitan hod još sa dna dvorišta. Kad bi ušla, ona bi se zajedljivo okrenula po celoj sobi, naprćila usne i ponudila svome draganu kratak poljubac.

Mladi pesnik je palio cigaretu u znak zadovoljstva, seo na neraspremljenu postelju i posmatrao svoju draganu.

Ona je, diskretno i ćuteći, skidala rukavice, spustila ih na sto, pa bi jednim lakim zabacivanjem desne ruke, vadila iglu iz kose i skidala svoj šešir. Obično bi joj se tada zakačio jedan pramen njene kestenjaste kose, prirodno ukovrčene, te bi ona stresla glavu da bi ga isturila sa čela.

— Jesi li sad zadovoljan?... Kaži, dragi! — govorila mu je ona, prilazeći mu da mu dade drugi, duži i vlažniji poljubac.

Kao bengalska vatra što menja običan izgled stvari, tako je i Zorkino prisustvo unosilo nečeg slatkog i romantičnog u Miloševu dušu i pozlaćivalo mu žalosnu spoljašnjost ovog stana za samca.

— Oh, Zorka, ja sam srećan, ja sam najsrećniji čovek u Beogradu — odgovorio bi joj njen dragan, zaboravivši na sve pretrpljene muke. — Ali treba da me razumeš... Ma kako da čovek voli jednu ženu i ma kakvo poverenje da ima u nju, on je uvek više-manje ljubomoran.

— Ali, Miloše... ja ti nikad nisam dala povoda da ti budeš — bunila se Zorka.

— Baš zato ti i kažem. Ja nemam nikakvog razloga. Ali ova razdaljina između nas... Meni se čini da su svi ljudi koji se nalaze u tvojoj blizini kao bića privilegovana. I to me muči. Ja bih hteo da sam samo ja s tobom. Neprijatno mi je kad pomislim da si s nekim drugim, ma bilo i s tvojim srodnicima. Izgleda mi da ti tako gubiš od tvoga mirisa i celine. Da, ljubljena žena, ma kako da je...

— Ja sam tvoja ljubljena žena, ne? Oh, reci mi ponovo tu reč. Ona je tako slatka kad izlazi iz tvojih usta obožavanih. Reci mi je još i uvek. Kaži mi da me voliš i kako me voliš. Da znaš kako mi prijaju ovi trenuci kad mi ti tako govoriš! Oni mi naknađuju sve, i ja sam srećna.

Dug, dubok i grčevit poljubac bio je odgovor.

Sva ustreptala, kao mlada breza na vrh planine, Zorka se privijala uz Miloša i govorila mu nežno:

— Ne govori mi više da si ljubomoran. Ja neću da ti patiš zbog mene. Oh, ti nemaš zašto da si ljubomoran, moja ljubavi. Da znaš samo kako su mi ljudi dosadni kad ti nisi pored mene! Ah, Miko, poneki put kad sam sama, šta bih dala da doletim k tebi, bar samo za trenutak, da ti dam jedan sladak poljubac, i kažem ti jednu reč ohrabrenja.

Kad bi se dovoljno narazgovarali i naljubili, Zorka je ustajala i spremala čaj, u istom plehanom Miloševom samovaru, u kojem su nekad kuvali čaj zajedno sa Ljubicom. Ali i tada bilo je vremena da ćaskaju i da se grle.

Često puta dešavalo se da Zorka nije vesela. Tada je Miloš zaboravljao na svoje neprilike i tešio je:

— Ne znam šta je gospa-Seleni. Bogami ti se divim kako je trpiš. Kako ta žena ne računa da i tebi u životu treba nešto više od ručka i večere.

— Ti se varaš, Miloše. Moja majka nije kriva mojoj nesreći. Mene muči ovaj glupi život što ga vodim, ova laž...

— Ne govori tako, Zorka. Zar me ti više ne voliš?

— Oh, Miko, ti znaš dobro da te ja volim, ali...

Preturajući tako po svojoj duši, oni su često puta dolazili do onog što su hteli da ostave na stranu, za docnije, do onoga što su hteli da sakriju jedno od drugog. S reči na reči, oni su dolazili ponovo na jednu zagonetku koju je tako bilo teško rešiti i koja ih je često puta zavađala.

— Kako smo bili slepi, Miloše. Sad, ja vidim jasno pravi put kojim smo trebali ići najpre! Ako je doista tako, i ako smo svesni da je naš brak nemoguć, onda je naša ljubav grešna čak i što postoji; mi smo već bili grešni kad se ona začinjala u našim srcima i kad mi nismo ništa činili da sprečimo njen začetak. Mi smo se podavali našim osećajima, mi smo bili slabi i zatvarali smo oči kad ih je najviše trebalo otvoriti.

— Ja ne vidim zašto smo mi grešni! Mi nikome ne činimo zla, niko ne trpi ništa zbog nas...

— Varaš se, Miloše. Doista, moja majka je ljuta po svojoj prirodi i, kad ovaj razlog ne bi postojao, ona bi našla drugi povod da se ljuti. Ali svejedno. Taj razlog postoji, i ona pati. Zamisli tvoju majku na njenom mestu. Pa i ovako... da tvoja majka zna: kakve je vrste naša ljubav, ona mi ne bi nikad oprostila...

— Ne, Zorka, ti ne poznaješ moju majku. Ona je mnogo patila i ume opraštati. Naše prilike nisu obične... ne treba na njih primenjivati ni običan moral.

— Baš u tome je naša krivica, što smo mi hteli neobične stvari... Upravo, mi smo hteli ono što i drugi hoće, ali na neobičan način; mi smo pošli krivim putem, dabogda da on dobro iziđe.

— Naša situacija je mučna. Ne treba je bar s naše strane pogoršavati.

— Da, naša je situacija mučna. Tako je, ne treba je pogoršavati, ali zar je treba ostaviti ovako tešku i nesnosnu? Da ti znaš, Miloše, kako je meni teško, i šta ne bih dala, da bih te mogla voleti slobodno. No... ti imaš pravo. Ne mislimo o tome. To će već jednom doći kad će nam zadati dosta brige. Mi ćemo gorko ispaštati. I to će biti pravo.

Došavši do te mrtve tačke, oni bi zaćutali. Obadvoje bi se predalo svojim mislima i slušalo kako nekakav starinski časovnik otkucava u susednoj sobi. Posle duge mučne počivke oni bi digli glavu.

U tom trenutku su njihova lica bila bleda i unakažena unutrašnjom borbom. Mehanički, oni bi pružili jedno drugom obe ruke, i u prirodnoj potrebi da zaštićuju jedno drugo, oni bi se stegli u grčevit zagrljaj, u jedan od onih najslađih zagrljaja, koji dolaze posle svađe, kao najlepši sunčevi zraci posle kiše.

— Za mene je bezmerna uteha kad te osećam ovako blizu sebe, i kad znam da me ti voliš — grcala je Zorka u tim momentima čula i instinkata. — Oh, Miko, hvala, hvala. Hvala ti za dobro koje mi činiš. Tvoja ljubav mi nadoknađuje sve. Ne ostavljaj me bez nje, jer ću ostati svirepo sama! Da, voli me, voli me mnogo, ja zaslužujem tvoju ljubav uistini, ja sam nje dostojna, to nije samohvalisanje, to je istina.

Sva izlomljena od uzbuđenja i poljubaca, Zorka je umorno prilazila ogledalu i nameštala svoju kosu. Kad je bila gotova, ona mu jednom reče:

— Podigni zavesu, hoću da vidim tvoje bambuse. Još malo pa će početi da cvetaju. Kako su krupni i lepi! Kako je sve lepo i primamljivo gde si ti. Ah, ja te toliko volim, da mi je teško ostaviti te.

Noćni voz

— Ama, šta je tebi? Ti izgledaš... kako da kažem... kao avetinja! — upita Bogdan Vasić Miloša.

Oni su bili sami u redakciji.

Usijalo sunce je probijalo njihove kapute, razapete na prozorima. Vazduh je bio suv. Nameštaj je pekao kao da je bio potpaljen.

Kad mu Vasić reče ovo, Miloš nesvesno podiže glavu i odgovori polako, kao bolesnik:

— Ne znam ni ja pravi razlog. S dana u dan opadam. Prosto primećujem kako mršavim. Nekakva potajna groznica mi rije kroz žile. Apetit sam gotovo izgubio. Samo osećam žeđ. Čini mi se, popio bih čitavo jezero.

— Jesi li pitao lekara?

— Ah, lekara! Šta oni znaju? Danas mi prepiše plavu vodicu, a sutra crvenu. Ili mi savetuje: dobra hrana, stan u suncu, čist vazduh i staro vino... Umeo bih se i ja sâm lečiti na taj način. Vidiš, Bogdane, drugom to ne bih mogao reći... ali ti ćeš razumeti. Ovaj novinarski posao me je isisao. Često puta već ne znam šta da pišem. Čini mi se da sam jednu stvar sto puta rekao. Evo sad, treba mi još dve šlajfne da ispišem, ali ne mogu da mrdnem.

— More, piši šta bilo. Sve izgleda pametno... kako da kažem... kad je naštampano.

— Tako se nekad osećam ogorčen da mi dođe da ovim perom gađam gospodina Stajića u čelo kao da je on kriv. Ah, da mi je da ostavim sve ovo, da bežim, ali kuda?... Mi ne osećamo dovoljno koliko smo vezani za zemlju, za ovo što radimo, kao starinski robovi, vezani za imanje na kojem su se rodili. Kako je ova naša današnja sloboda samo jedna prazna reč! Kud mogu da idem... šta mogu da radim? U drugoj službi čeka me sve ovo, pa možda još i gore!

— Što ne ideš malo kući? Tamo je planina... kako da kažem, čist vazduh. To će ti prijati, siguran sam.

Miloš pogleda u Vasića sav iznenađen.

Već je sedam godina kako se odvojio od kuće. Tek je bio svršio šesti razred gimnazije. U Užicu nije više bilo škole, te je sedmi razred produžio u Beogradu.

Kad je ovamo došao, bilo mu je vrlo teško. Prva tri dana je samo plakao. Teška žalost za zavičajem pritiskivala mu dušu. Mislio je da bi mu dosta bilo samo da vidi ona tri prozora svoje kuće, obojena bledoplavom bojom. Kad god je mogao odvojiti koju paru, kupovao je dopisne karte sa slikama i pisao dugačka pisma svojoj majci i braći. Čim je svršio sedmi razred, nije čekao ni da mu se svedodžba napiše, nego je iste večeri pojurio kući. I docnije je žudeo za svojima. Ali to je bilo sve manje i manje. Postepeno, iz dana u dan, iz meseca u mesec, iz godine u godinu, mladi čovek se navikavao na stranu varoš i novi, samački život. Rana borba za nasušni hleb odvajala ga je sve više od lica i stvari iz detinjstva, novi utisci sakrivali mu uspomene sa domaćeg praga, a velikovaroška trka za uspehom zanosila ga, kao bujica, u kolovrat ambicija i samoživosti. Pisma, koja je pisao kući, bila su sve kraća, a dopisne karte sa slikama sve ređe. Dva-tri puta je propustio raspust da ode do kuće, već je ostao u Beogradu, radi kakve bolje kondicije i mesta. Sad je već bilo tri godine otkako je poslednji put bio u Užicu. Kremić je i dalje voleo svoje, voleo je majku, braću i malu sestru koja se bila tek rodila one godine kad je trebao otići prvi put od kuće. Ali se on sad bio navikao da na njih misli kao na neku ideju, kao nešto što volimo, ali što je daleko od nas i postoji nezavisno od nas.

Danas pak, kad mu Vasić pomenu da treba da ode kući, najedanput mu se javi želja da ode tamo. Mladi čovek oseti tu želju isto tako jaku i neodređenu kao onaj neodređeni duševni bol koji je osetio kad je prvi put prenoćio u ovoj velikoj stranoj varoši i video šta je ostavio, napuštajući svoju kuću i zavičaj. Požele da vidi majku: da li je ostarela, sestru: je li već porasla *velika devojka*, da vidi najstarijeg brata i s njim se, kao matori ljudi, porazgovara o porodičnim poslovima i brigama, i da vidi ostalu braću, koja su već sad veliki i ozbiljni đaci.

Ali kako? Je li mogućno ostaviti Zorku? Šta će ona reći? Pa *Preporod* i gospodin Stajić?

Nešto u njemu prošapta:

— Sve je mogućno kad se hoće.

I mladi čovek oseti neku bezazlenu radost i lakoću u duši što se rešio da poseti svoju porodicu.

Toga dana znao je da će imati mnogo posla u uredništvu, pa je rekao Zorki, da ne dolazi kod njega nego da se nađu oko šest časova, pa da malo prošetaju.

Tačno u vreme koje su bili zakazali, Kremić je bio pred

velikom kućom jednog beogradskog vinara u Dušanovoj ulici. Prošlo je bilo čitavo pola časa, a Zorka se ne pojavi. Mladi čovek je već mislio da je ona, mimo običaja, bila čime sprečena i da ne može doći, te se rešavao da se vrati u varoš, kad se Zorka pojavi iza prvog ćoška.

Ona je bila vrlo bleda i koračala umorno.

— Šta je tebi? — upita je Miloš zabrinuto.

— Ah, ništa, Miloše... Ne pitaj me, molim te.

Oni, ćuteći, saviše za jedan plot i nesvesno se uputiše ka Dunavu.

Zorka je bila uzela pod ruku svoga dragana. S časa na čas je naslanjala svoju glavu na njegovo rame i disala duboko. Na njenom okruglom vratu, koji je slobodno izlazio iz letnje bluze, bila je nabrekla jedna žila s leve strane i grčila se nervozno.

— Ama, šta ti je, Zorka? — pitao ju je mladi čovek još zabrinutije.

— Ah, Miko, da znaš kako me je majka izgrdila. Ni najgora ženska ne zaslužuje to što mi je ona rekla. Zato sam i odocnila. Pretila mi je da će da skoči u Dunav ako produžim da se sastajem sa tobom. Ja je razumem, žalim je, ali šta ja mogu! Ja te volim. Ovo je jače od mene. Ja te ne mogu ostaviti. Daj mi jedan poljubac... da znaš kako sam ga žedna.

Oni behu stigli do železniče pruge koja vodi na Klanicu, pa se popeše na nasip i jednom uskom, pešačkom stazom produžiše ići tako ne znajući ni sami kuda.

Bilo je malo prehladilo. Sunce više nije peklo u teme. Večernji povetarac pirkao je sa obale. Dunav se plaveo kao čivit. Po uskoj stazici kuda su išli uvijala se kupina i docvetavalo poslednje cveće. Daleko oko njih, u prašini sunčanih zraka, žutela se niska polja, zasađena salatom i kupusom. U dubini horizonta gomilale se jedna na drugu klanične zgrade čudnog oblika. Goluždrava deca iz predgrađa jurila su neke patke po ritu oko pruge.

Ali ovaj zaljubljeni par nije video ništa od toga.

Miloš se dugo rešavao da li da kaže Zorki da je nameran da ide u Užice. Bojao se da će je još više oneraspoložiti.

Već su bili došli do kraja poljane, kad Kremić reče:

— Da ne bi bilo bolje da se ja neko vreme uklonim iz Beograda. Gospa Selena će me zaboraviti. A i, pravo da ti kažem, osećam da mi je potrebno da malo promenim vazduh i odmorim se kod svoje kuće. Ti znaš: moji ispiti, ovaj rad na *Preporodu* i sve ovo što smo imali da pretrpimo...

Na njegovo veliko čudo, Zorka lepo primi ovu novost.

Ona mu reče da je to još najbolje.

— Meni će biti strašno bez tebe, moj Miko — govorila mu je ona. — Ja te volim i teško mi se rastati sa tobom. Ali ti imaš pravo. Ako ovako produžimo, majka je kadra da sve učini...

— Da skoči u Dunav?

— Ne to, ali da nam stvori vazdan neprilika... da se žali gospodinu Stajiću, tuži te policiji... Da, meni će biti vrlo teško, ali isto tako, ja hoću da ti uživaš. Otidi kući, proživi koju nedelju bez brige, i vrati mi se veseo i zadovoljan. Hoću da se ugojiš, ti si tako smršao. Treba da vidiš sve, da posetiš sva ona mesta o kojima si mi govorio... videćeš, to će ti dobro činiti. Ne izbegavaj ipak društvo, nego se zabavi. Pa kad se vratiš, ti ćeš mi o svemu govoriti.

Onde gde se nadao najlakše uspeti, naišao je na najveće smetnje. Gospodin Stajić nije hteo da čuje o kakvom odsustvu.

— U Maćedoniji tek što nije planulo, a Paja jednako pije, gospodin Vasić spava do podneva, a vama se prohtelo da pravite izlete.

— Ne, gospodine Stajiću, meni nije do izleta, nego sam ozbiljno bolestan. Zar ne vidite?

— Legnite uveče ranije, pa eto vam zdravlja! — izobilovao je urednik *Preporoda* u savetima.

— Posao me je izmorio — odgovori Kremić. — Već ništa pametno ne mogu da smislim.

— Ne tražim ja od vas Kantovu filozofiju. Lak stil, nešto zanimljivo i pokoju patriotsku frazu... to je sve.

— Ma kome lekaru da se obratim, znam da bi mi odmah naredio da ostavim Beograd.

— Eh, eh, mladi hipohondriste! Šta mislite tek docnije?... A što niste išli sad u maju kad nije bilo nikakvog posla!

Miloš pomisli da redaktor popušta, pa udari u tanke žice, ne znajući da izlivi takve vrste nisu u stanju da obrlate nikakvog, a naročito srpskog trgovca.

— Vi znate donekle moju istoriju — stidljivo reče mladi pesnik. — To je upravo, pored moga zdravlja, glavni razlog. Moram što pre otputovati iz Beograda, ako hoću da ne činim zla...

— Da ne činim zla!... Rotkve strugane!... Znate li vi, užička čivijo, da nama u životu više škode dobra svojstva nego što nam škode rđava.

Miloš se ne namršti na onaj naziv čivije. Davno je navikao da ga grde što je poreklom iz te varoši na glasu. Ali se zapanji pred ovim mislima o dobroti. Tolikom cinizmu nije se nadao ni od ovog pariskog pitomca.

— Znate šta — obrati se on oporo svome uredniku, pošto ga prođe prvo iznenađenje — ja vam tražim odsustvo bez plate. To ne košta ništa. Ako hoćete tako, dobro; ako ne, onda...

Urednik se donekle odobrovolji.

— Dobro, dobro! — reče on. — Radite kako hoćete. Nije to stvar do novaca. Samo jedno hoću da vam kažem: sad moj list može opstati i bez mene samog. U svetu ima vrlo malo ljudi koji su potrebni, a nema nikoga bez koga se ne može. A kad mislite da otputujete?

— Što pre! — odgovori Kremić suvo.

***

Miloš se spremao za put. Izmenjao je sa svojom draganom fotografije. Kupio je poklone za majku i decu. Pakovao stvari. Javio kući kad će poći. Ali mu se neprestano činilo da ovo radi u šali i da je nemoguće da se on rastane sa Zorkom.

Obe fotografije su ispale vrlo dobro.

— Kako si ti lep! — govorila mu je mlada žena, gledajući u njegov portret. — Ja sam ljubomorna. Ja neću da si ti tako lep.

— Ne zbijaj šalu, Zorka — odgovori joj Kremić. — Kako si ti zamišljena na slici!

— Jer sam mislila na tebe, moje oči. Lolo jedna, ti ne kažeš da sam i ja lepa.

— To se po sebi razume.

— Doista, ja nisam ovoliko interesantna. Ali mi je prijatno što sam tako izišla... Ne zbog mene, već da ti se više dopadnem.

Samo nemoj da uobraziš da sam ja takva i u prirodi, pa posle kad se vratiš, da se prevariš... i da ti se više ne dopadnem ovako bez slike.

Nekoliko dana što im je bilo ostalo do rastanka proveli su što se moglo bolje. Gospa Selena se odobrovoljila što Miloš odlazi iz Beograda i dopuštala je Zorki da izlazi još to nekoliko dana. Čak joj nije zabranila da uveče iziđe i isprati Miloša na stanicu.

Te večeri je bila meka, mračna, letnja noć, kad je nebo beskrajno veliko i puno zvezda, noć tiha i čarobna, sejačica snova i laži. Električna svetlost uličnih lampa obasjavala je samo kaldrmu i onu specijalnu floru koja pred kafanama cveta u zelenim drvenim sanducima. Dragutin je uzeo na se da se postara oko prtljaga, te su Miloš i Zorka stupali sami kroz tu noć, opojnu i drhtavu.

U dnu njihove duše skupljala se jedna ljuta kiselina koja se rđavo podudarala sa ovom noći i koja ih je ujedala za srce. Ali se oni nisu vajkali, jer nisu hteli još više ožalostiti jedno drugo, išli su ruku pod ruku, pravili šale i smejali se.

Korak po korak, pa se ukaza stanica. Njen frontal, nesrazmerno velik prema visini cele zgrade, zjapio je kao čeljusti nekog gladnog čudovišta. Oko ovih vrata tiskala se gomila sveta i njihao jedan talas svetlosti. Tek u dubini videlo se nešto prazno, mračno i zagonetno kao put sudbine.

Kiselina se pela u grlo i grizla sve jače. S časa na čas nestajalo je njihove veselosti. Šale su bivale sve usiljenije, a naporni osmesi žalosno se širili po licu kao senke.

Gomila putnika tiskala se oko zbunjenog ljubavnog para.

Kud žuri ovaj svet? Koji cilj zaslužuje sve ove muke putovanja i selidbe?

Na kasi su se videla uplašena lica, koja su žurno davala novac i bojala se da ne zadocne za voz. Jedan učtiv žandarmerijski kaplar je beležio ime svakom putniku. Nosači su vukli kufere i gornje kapute, kotarice i balone vina. Tamo-amo strčali su iznad njihovih glava štapovi i kišobrani, prikačeni uz kakav kufer. Voz se formirao. Činovnici trčkarali iz jedne sobe u drugu. Odnekle dopiralo kucanje telegrafa.

Najzad dođe i to vreme kad prvo zvono u rukama vratarevim zaciči kroz srce i kad se kaže: „Pa, piši mi…"

Kremić se pope u vagon, pogleda da li su sve stvari tu, pa siđe. Ranković se načini da traži nekoga na vrhu voza.

Zorka je stajala opuštenih ruku, nešto prebledela i raširenih očiju, kao da je htela da nađe nešto, da se nečeg seti. Ona se još osmehivala.

Miloš joj priđe.

— Pa, piši mi… — poče Zorka, a glas joj zadrhta.

Ona htede još nešto reći, ali zamucnu i ućuta kao da se nije mogla setiti šta treba da kaže.

— Hoću!… nemaj brige… čim stignem kući.

Neko zajeca pored njih.

Oni se osvrnuše kao da se to njih tiče.

Jedan postariji čovek, po izgledu palančanin, sa debelim zlatnim lancem na trbuhu, bio se popeo na stepenice od vagona. Pred njim je stajao jedan mlad par i plakao.

— Šta su ti deca! — blago ih je tešio čiča i sam savlađivao suze koje su mu se već sijale u podnadulim plavim staračkim očima.

Kad se Miloš i Zorka pogledaše, oni opaziše da se i njihove oči promenile, i da su bile, onako kao u čiče, svetle i vlažne.

— Šta su ti deca! — ponavljao je čiča.

— Piši mi mnogo o tvojima, o celoj familiji, o Borku i Nikoli i o maloj Dobrinki. Ja bih tako htela... — zausti Zorka, ali ne mogade dalje nego grunu u plač.

Kremić je htede da uteši, ali...

— Šta su ti deca! — ponavljao je onaj čiča, već sad kroz plač.

Saradnik *Preporoda* zagrcnu i sâm, i zaplaka se.

Oboje su se trudili da se umire, ali, ukoliko su se savlađivali, utoliko su sve više plakali.

— Pohitaj, Kremiću, evo već i poslednjeg zvona! — reče mu Dragutin, koji se u taj mah nađe pored njega.

Miloš se pope u vagon.

Onaj čiča, koji je stajao na vratima, ukloni se i zamače u koridor.

Zorka priđe svome draganu i gledaše ga kroz suze.

— Mi ćemo se opet videti, je li, Miloše?

Oko njih je bila noć, mračna i tiha. Kondukter je zatvarao vrata na vagonima. Ružičast plamen fenjera u njegovoj ruci primicao se sve bliže i rasipao neku mirnu i ozbiljnu svetlost.

Miloš se saže da poljubi Zorku. Kondukter naredi:

— Izvol'te u kola!

Neko u dnu stanice viknu:

— Gotovo.

Kremić se požuri da otvori prozor.

Voz se krete.

Zorka potrča da još jednom vidi svoga dragana.

— Miko, Miko dragi, čuješ li me? — kriknu ona. — Moj glas izgovara tvoje ime.

Ali pored nje su već prolazili prozori drugog vagona i voz odjuri kao da je pun stranaca.

Kad otvori prozor, Miloš spazi, nejasno kao u snu, jednu cimetastu žensku haljinu, kako trči za vozom, pa onda kraj stanice, mrak i više ništa.

On ode u svoj kupe, posrćući, i pusti srcu na volju da plače koliko hoće.

To nije bio više plač. To je bio konvulzivan jecaj koji mu je tresao celo telo.

— Hoćete li jednu cigaretu? — ču se jedan glas pred njim. To je bio onaj čiča.

— Eto, i ja sam ih ostavio!... Mladi su. Ludi su. A ovaj Beograd je šarena guja. Ali šta ćeš! Poslovi...

Kad mu je plač malo uminuo, Miloš iziđe u koridor. Voz je već prolazio kroz Topčider ne zaustavljajući se. Mladi čovek je šetao s kraja na kraj vagona i nesvesno zagledao u poneki kupe, iz kojega su dopirali veseli glasovi.

Noć je bila neobično mračna i drhtava kao ljubavnikova duša. Kroz nju je leteo voz tako brzo da su varnice pravile usijane, isprepletene konce oko prozora. Još dalje u mraku videla se neka nejasna kugla svetlosti koja je trčala zajedno sa vozom.

Miloš je gledao kroz tu noć, posmatrao ove varnice i kuglu svetlosti, zagledao se u putnike, i ništa nije video. Njegov sveži bol ispunjavao je sve. Njegova misao bila je otupela za sve. Tek s vremena na vreme, seti se one cimetaste haljine koja je trčala za vozom i grudi mu zatrese stari jecaj.

Voz je jurio vratolomnom brzinom kroz mrak, lupao točkovima, tresao gvožđariju i huktao.

Umoran od svih utisaka toga večera, Kremić se posadi u koridoru na mesto, koje je određeno za konduktera, i zagleda se u onu nejasnu loptu svetlosti, što se videla kroz prozor i trčala zajedno sa vozom. On nije razaznavao šta je to. Bilo mu je prijatno da je tako posmatra i da ne zna odakle ona dolazi. Njegova glava se odmarala i zavijala u maglu putničkog polusna, gde čovek zna da ne spava, ali nije siguran da je budan.

Nije znao koliko je ovo trajalo, kad voz stade. Svuda je vladao apsolutni mir. Miloš iziđe na vrata da vidi zbog čega se voz zaustavio.

To je bila nekakava stanica. Na pesku pred njom svetlucala su dva fenjera. Dalje od stanice, preko nejasne ograde od debelih greda i staničnog bunara, videle su se crne siluete kuća nekakave palanke koja je spavala spokojno i neosvetljena. Tišina je vladala svuda, i padala na dušu, teška kao nesreća.

Zavičaj

Lak šušanj suknje i jedva čujno pritvaranje vrata probudi Miloša. On otvori oči i začuđeno pogleda oko sebe.

Iznad njega se belela tavanica, skoro okrečena. Neki naročiti vazduh, čist i plav, lelujao se tamo-amo. Zlatno sunce prodiralo je kroz zastrte prozore i osvetljavalo jedno parče zida. U uglu, prema postelji, stajala je ikona svetog Nikole. Pred njom je visilo skromno kandilo od srebra s plavom čašicom za zejtin. Iza ikone, virila je kita lanjskog bosiljka. Soba mirisala na tamjan i očišćene stvari. Dole, sa ulice, čulo se nerazumljivo pogađanje seljaka i građana. Razumevalo se samo da je to južni govor.

Kremiću je to sve bilo poznato, milo, prijateljsko, ali daleko od njega i prevučeno nevericom i snom.

— Koliko je sati?... Gde sam ja ovo? — pitao se on bunovno. — Ko je to bio u sobi?... Ili ja to samo sanjam?

Miloš zatvori oči ponovo.

Ali najedanput mu sve bi jasno. Lako kao na krilima, iz njegovih grudi sama izlete jedna reč koju nije bio tako davno izgovorio:

— Majka!

U hodniku se začu ponovo šum široke suknje. Vrata se otvoriše i u sobu uđe njegova majka.

Kremić je bio stigao kući oko ponoći. Umoran od nespavanja i puta na poštanskim kolima od Kragujevca do Užica, on nije dobro video ovu staricu, unezverenu od radosti i sreće. Sad ju je pak posmatrao i uživao u jednom blagom osećaju koje mu je obuzimalo dušu.

Majka je bila u cicanoj rekli sa sivim i plavim prugama. Pod crnom somotskom kragnom stajao je starinski zlatan broš. Glavu je bila povezala prostom povezačom od belog platna. Ispod ovoga se delila njena retka smeđa kosa u dve pletenice, ostavljajući između sebe široku belu brazdu. Vreme je bilo posulo po ovoj kosi, nekad tako bujnoj, prašinu sedih vlasi. Po čelu, još svetlom i pametnom, svirepo se skupljale bore. U ustima joj nedostajao jedan prednji zub, i oko usana se hvatao gorak grč starosti. Ali u njenim svetlim obrazima dubile se još one dve stare slatke rupice, koje su izdavale njen dobroćudni osmejak. Njena snaga bila je još krepka, a oči, te oči tako blage i plave, bile su pune života i neke duboke dobrote, kao kod sviju žena koje su rano ostarele zbog mnogo dece i domaćih briga.

Stara žena je gledala Miloša zabrinuto, plašljivo i presrećno:

— Joj, nisam htela da te probudim! — izvinjavala se majka. — Još nije vreme ručku... Mogao si još spavati, dijete. Došla sam samo da vidim e da ti šta trebam. Prilegni još malo. Umoran si, moje dijete.

Kremić ju je slušao i mislio:

— Kako je ostarela! Još koju godinu pa može svašta biti... I šta je ona imala od života?

Rodila se ovde, udala se u istom sokaku, nikud se nije makla. Njen život je bio jedna duga polarna noć, puna briga i dužnosti, a bez ijednog zadovoljstva i prava. Svake godine po jedno rođenje ili smrt. Muž osoran, mrzovolja i tiranin. Kuća puna dece. S radnjom se propalo. Muž pao u postelju. Nesreća odbila prijatelje i ukinula rodbinske veze. Trebalo se boriti svaki dan da deca imaju šta jesti. Kad se ručalo, moralo se brinuti za večeru. Ogrlica, bunda, dijamantska grana, tepeluk i sve što je bilo njeno i tako tesno vezano za njenu mladost, otišlo je u mračnim trenucima. Ostao joj je samo taj broš, tako poznat, tako mio i poštovan, kao ono srebrno kandilo, kao ikona svetog Nikole, zakićena kitom lanjskog bosiljka. Pa ipak, Miloš je nije nikad čuo da se vajka na Boga, da ropće protiv života i sudbine.

— Hoćeš li da doručkuješ? Bojim se da ne pokvariš ručak. Spremila sam đuveče, a sad mesim gibanicu... Znam da ti to voliš. Ali kafu možeš popiti. Juče sam je pržila, miriše kao izmirna.

Miloš ju je gledao zaneseno i želeo da joj rekne:

— Ne, majka; ostavi sve; samo ti ostani ovde i gledaj me tako tim tvojim dobrim očima. Da znaš, kako su one blage, majka, da znaš kako me to leči. Kako je slatko ovako gledati te, ovde ispod ove tavanice skoro okrečene, ovako pred izribanim srebrnim kandilom i starinskom ikonom svetog Nikole; ovako kad je sunce tako zlatno i kad zid igra od njegovih vunastih plamenova. Ah, majko, da znaš kako je teško biti daleko od tebe.

Ali ga ona ne bi razumela, pa bi je bilo sram i žao, te Miloš odgovori:

— Dobro. Nisam umoran. Ja ću sad ustati... Ima li hladne vode?... Gle, testija? Otkad je nisam video! U Beogradu nema testija.

Kremić je ustao i polako se oblačio.

Čudan osećaj mu je obuzimao dušu. Ta *velika* soba, kako su je oni zvali, izgledala mu je malena kao kutija. Čist ubrus, protkan svilom, koji je nov izvađen iz sanduka u njegovu počast, činio mu se suviše hrapav. Avlija, koja mu je bila tako prostrana kad se u njoj igrao klisa, izgledala mu sad tesna, a bašta, u kojoj su se zelenele stare poznate šljive, činila mu se da se u njoj čovek ne može da okreće. Pa ipak, ta *velika* soba, zastrvena starinskom ponjavom, bila mu je baš mila što je tako mala; ubrus mu je prijao što je hrapav; avlija i bašta mu se dopadale baš zbog toga što su tesne. Izišao je u hodnik i posmatrao kroz naprsli prozor ove stvari, tako starinske, tako duboko urezane u njegovu dušu i život. Onaj čudan osećaj, pomešan od sreće i žalosti, kuvao mu se u grudima, obuzimao ga celog i raznežavao ga duboko, do srca, da je mladi čovek bio gotov na smej i na plač.

Toga jutra Kremić nije bio uzeo ništa više nego kašičicu slatkog od jagoda, čašu sveže vode i šoljicu crne kafe, ali mu je groznice nestalo kao rukom odnesene. On je duboko udisao čist vazduh, koji je dolazio sa okolnih brda i mirisao na pokošenu livadu. Slatko je pušio cigaru za cigarom. Nije hteo da smeta majci, koja je spremala ručak, pa je izišao u kafanu.

Ta se kafana zvala nekad kod *Dva bagrema*, ali kad je u varoši uvedeno električno osvetljenje, bagremi su posečeni, te su meštani prozvali ovu kafanu kod *Dva panja*.

Svet je bio zauzet dnevnim poslovima, te je bilo malo

gostiju: nekoliko penzionera, dva-tri nastavnika iz gimnazije, jedan besposlen bakalin i dva propala trgovca. Jedni su igrali domina, drugi su čitali novine, a svi se razgovarali o politici. Među njima je sedeo i kafedžija, mlad čovek sa sivim očima i ćelavim temenom.

Miloš se osećao u neprilici pred tim starijim ljudima koji su ga poznavali još kao dečaka u šlofroku, te se povukao u dno kafane i preko jednih novina posmatrao je šta se radi. Ali ga ljudi brzo primetiše i stadoše da ga zapitkuju. Morao je odgovarati te o ovome te o onome, o novom zajmu i svojoj službi, o nasledniku prestola i nekom Užičaninu koji je naprasno umro u Beogradu.

— Ama, šta radi moj Mikić? — upita ga jedan od ona dva propala trgovca, koji je nosio žut polucilinder i gladio dva kraja svoje brade à la Ristić.

— Koji Mikić? — začudi se Miloš.

— Pa moj Mikić, šta se čudiš! Bogami, njemu dobro upali. Žena mu donela kao nikom njegovom. Kažu, puna mu kuća kao sât. Jes, jes... i ako je! Đidija je to. Alal mu moje ćajice. Sudija je; zimus mu nudili za predsednika u Aleksincu, ali on neće... Neće čovek iz Beograda. A i kud će... valjda u Užice, među ove *spomenike*.

Kremić je poznavao ovog starca po viđenju, ali nije znao njegove sinove. Ipak mu bi žao da kaže kako ne poznaje njegovog Mikića, te mu reče da je zdravo i da mu je žena kô *grofica*.

— Jes’... jes’, kad ide isturi se kao stara Knićanka... sve se trese pod njim.

Posle je razgovor otišao na drugu stranu, na neki kuluk,

te je Miloš mogao mirno posmatrati ove zaspale palanačke fizionomije. Bilo ih je samo nekoliko, a već su predstavljale celo Užice.

Kao u svima varošima koje propadaju, život u Užicu je lako shvatiti. On se ceo sadrži u četiri reči: spomenici, deca, boranija i prognanici.

Spomenici su ta dva propala trgovca i ostali ostaci stare garde užičkih trgovaca koja izumire iz godine u godinu. Za Lijevljanima su otišli Janjići, Kaljevići, Orlovići, Uskokovići, Jevtovići i mnogi drugi. Još se samo drže dvojica-trojica, potpomognuti sinovima. Tuga obuzima čoveka kad vidi ove spomenike, sa uvek čistom i ukrućenom košuljom od šesetnjaka, uvijenim brkovima i namrštenim veđama, kako polagano koračaju, sa brojanicama u rukama, od kuće u kafanu i iz kafane kući. Tek da ih želja mine, oni bi zaustavljali seljaka sa vrećom vune, zagledali robu i cenkali se sa njim, iako nisu nameravali da je kupe. Taj bivši čovek može imati da pojede i popije, može biti u svemu zadovoljan, ali je on već svršio svoj život i žali za starim vremenom, kad se radilo s Bosnom i kad je nekako sve drugojačije bilo. On je tada radio kao galijaš, mučio se mnogo više, ali je živeo od svojih ruku i bio svoj gazda. I u tim dugim časovima starčevog, nikom korisnog života, on pretura po pameti i osmehne se kad se seti kako je tada bilo: osedla svoga zelenka, pripaše pun ćemer, zadene za pojas pištolj, mekintoš metne u terkije, napuni bisage pršutom i pogačom, na uši natuče astragansku šubaru, opkorači konja, baci ženi i deci nešto bakaruša za pohodnju, pa onda zaigra konja po kaldrmi sve do Tatinca, i tek tu, gde se Užice gubi, zavijeno u plavu maglu praskozorja, raspali iz pištolja i zapeva koliko ga grlo donosi monotonu užički pesmu:

Ravno polje žao mi je na-a-a te,
Što mi dragi otide niza-a-a te!

— Nek se zna kad gazda Mjajlo ide u Biograd.

A sad?

Oni će se teško kad požaliti. Tek kad popiju koju više rakiju, protrljaće svoje velike mesnate noseve i prozboriti kao za sebe:

— Eh, tako ti je to, moj đever Lako, uz nešto ti dolina!... Mi smo ti sad oni spomenici... ono kamenje na Markovici, na kojem piše: „Stani, putniče, i pročitaj. Pogibe hrabar vojnik!...”

Ko zna šta bi bilo od njih da im nije bilo *dece*. Ogorčeni na trgovinu, koja ih je bez njihove krivice izbacila na ulicu, očevi nisu dopuštali svojoj deci da se njoj odadu. Sve su ih davali *na škole*. Sinovi ovih ljudi mrka pogleda i ogrnutih kaputa učili su kako je ko mogao, i po svršenoj školi trčali su u državnu službu da se što pre dočepaju bela hleba i *dvadesetšestog*. Otud toliko Užičana po svima granama državnog rada, od odgajivača pastuva pa do ministara; otuda i tolika povika na njih. Mnogi od te dece, koji su bili prvi među svojim drugovima i pokazivali sjajne sposobnosti za budućnost, vraćali su se svojom voljom ovamo u ovu umrlu palanku, daleko od talasa života i mogućnosti da svoj talenat pretvore u vrednost. Oni su tako izvršavali duhovno samoubistvo, odricali se svoje karijere, primali očeve dugove i roditeljima zaslađivali poslednje dane po cenu svoje mladosti.

Zabačeno, bez ikakvih savremenih saobraćajnih sredstava, odsečeno od svojih prirodnih puteva, u brdovitom i siromašnom predelu, Užice je osuđeno na laganu, ali sigurnu smrt. Oni koji nisu imali dece ili ih ova nisu mogla spasti, iseljavaju se, da bar ne tavore i crvene onde gde ih ceo svet poznaje. Cifra stanovništva opada stalno, jedno zbog velikog mortaliteta, kojem je opet uzrok oskudica, a drugo zbog ovog raseljavanja. Da nije ovog poslednjeg uzroka, opadanje se ne bi primetilo, jer je retka kuća bez troje-četvoro dece, a ima dosta primera, da pojedinci imaju devetoro, desetoro, pa i više dece. Ko nema poroda na njega se ukazuje prstom i s podsmehom se naziva *ogoreo panj*.

Kremić je radoznalo gledao ljude i stvari oko sebe. Sve ih je poznavao. On je duboko osećao kako se sâm promenio iz osnova, a sve ovo ostalo je isto i na svome mestu kao da ga je juče ostavio. Jedno tiho sažaljenje obuzimalo mu dušu prema tim okamenjenim ljudskim prilikama i tako rečitim stvarima koje su još tu stajale od njegovog rânog detinjstva.

On požele da što više vidi od ovoga, svega ovoga što je bio davno zaboravio, a što je ipak tu stajalo i strpljivo ga čekalo da se vrati i ponudi mu svoje staro prijateljstvo, te iziđe iz kafane na pijacu, koja je bila puna govedi.

Izvoz stoke, dželep, samo je bleda slika nekadanje užičke trgovine. Pređašnje bolte, s najvećom podelom rada, svele su se na piljarnice, gde se može kupiti sve počevši od pola kila pasulja do anzihtskarti. Ove radnje drže novi ljudi, užurbana lica, sitnih očiju i sa šajkačom na glavi, ljudi došli sa sela, *boranija* kako ih stari trgovci nazivaju, novi ljudi koji jedu proju, vajkaju se na veliku porezu i kupuju od Uprave fondova imanja starih gazda.

S pijace se Kremić uputi u park. Ovo šetalište se nalazi van varoši, s druge strane Đetinje, na jednoj padini divljačnog Zabučja. Njega posećuju đaci i činovnici. Državne službenike sačinjavaju obično užički sinovi. Ako ima ko sa druge strane, nije došao ovamo svojom voljom, već po kazni, te ih Užičani zovu *prognanici*. Ovi prognanici viču prve godine na sva usta da po živu glavu neće ostati u Užicu, druge godine stavljaju primedbu da bi ovo ili ono moglo bolje biti, a treće: mešaju se s meštanima na slavama i svadbama, igraju zajedno domina i ne misle više da traže premeštaj.

Kako dođe u park, Miloš pođe stazom koja vodi na kamenu terasu uvrh planine. Ova terasa mu je bila familijarna. On je tu bio kao kod svoje kuće. Tu je dolazio još kao dete, a posle kao mladić, tu se spremao i za ispite i pisao prve pesme.

Odatle se pruža divan izgled koji po svojoj romantici nadmašava i izgled koji se pokazuje sa savske terase na Kalemegdanu. Visoka brda, obrasla sitnim ili krupnim zelenilom, proširena sivim stenama i zasađena pitomim proplancima, doline, klisure, urvine, polja, reke, njive usred šume, šljivaci, belina breze u mrkoj hrastovoj gori, pustinja, pitomina, varoš, rastureno selo, sve to vešto izmešano među sobom, rukom nekog tajanstvenog umetnika, daje čudnu i živopisnu sliku koja se retko drugde može naći.

Više Miloša uzdizao se namršteni Grot, kao kakva gorostasna srednjovekovna kula; na zapadu, prema njemu ravnjao se Bisktoš; a prema ovome čamio je, na jednoj usamljenoj steni, razvaljen užički grad, začuđeno gledao ispod sebe električnu centralu i nije razumevao zašto će mu ova vodenica kad nijednog kiridžijskog konja nema pred njom.

Sever obrazuju pitomi brežuljci, uvek obasjani suncem, Pora, Gluvaći i Bijeli grob — starinsko groblje, gde je vlast odavno zabranila meštanima, da na tom tihom, okruglastom bregu uživaju večiti san pod gustim hladom starih oraha, višanja i dunja. Prema Bijelom grobu, na istoku, podiže se Kruščica, sa ostacima Karađorđevog šanca koji je nadjačao stoletne kule Altomanovićevog zamka.

Ovu kotlinu, tako revnosno ograđenu živopisnim brdima i planinama, preseca valovita Đetinja. Pri suncu koje je blago i umiljato, reka se belasa u vrhu kotline, pa se onda gubi u grane nepotkresivanih vrba i jova, provlači se brzo kao zmija, dolazi do parka, i tu preskače jednu branu i, sva zapenušana, probija kroz ždrelo, pa onda dalje hita, u ravna polja Pomoravlja. Ispod granja promiče jedan čun; iz njega se čuje tenor nekog zaljubljenog gimnaziste:

Bledi mesec zašô za goru,
Samo jedan čunić plovi po moru!...

Na Đetinji se vide nekolika idilična mosta od greda, među kojima se ponosno izdiže kameni most, starinska građevina, koju je obnovio nekakav Turčin *sevapa radi*. Taj most vezuje glavni deo grada, koji se nalazi s leve strane reke, sa drugim delom, i svojom pocrnelom silom i ozbiljnom ornamentikom uveličava romantiku ove varoši.

Odatle Kremiću pade pogled na sam grad, koji je mirno ležao u kotlini i gotovo je celu ispunjavao. Sunčevi zraci su se igrali sa zlatnim krstom na sabornoj crkvi, njenim jedinim ukrasom. Oko crkve su se crveneli krovovi varoških kuća, pokriveni ćeramidom. Ovi skromni stanovi zlopoznatih Užičana, gde su se odigrale tolike nepoznate građanske tragedije, mahom su dvospratne i praktički sazidane. Među njima se izdiže, kao kakva orlušina, dostojanstvena zgrada *Kr. srp. realke* — kako na njoj piše zlatnim slovima. Ova kuća, sa svojom simetrijom, očitom solidnošću, ozbiljnim i prijatnim stilom, može se meriti sa najlepšim i najvećim zgradama u unutrašnjosti Srbije, pa i u Beogradu. Čitav njen gornji sprat se izdiže iznad ostalih kuća i svojom izrađenošću i stranačkom lepotom odudara čudnovato od njih.

Levo od Realke, iza zelene gomile od šljiva i oraha, u jednoj pravoj ulici, koja vodi na Stari pijac, Miloš spazi dva bela dimnjaka. Srce mu se ispuni nekom suznom nežnošću. To je njegova kuća. On je dobro poznavao ta dva bela dimnjaka, pokrivena sa po dve pocrnele cigle, poznavao i one isprskale ćeramide po krovu i tri nasmejana prozora, obojena izbledelom plavom bojom.

Kremić je bio gotovo srećan, posmatrajući ovu belu kućicu u suncu, ove zidove na kojima se još nije istrlo ime očeve firme, nadstrešnice od dasaka, obojenih firnajzom, ulupljeni oluk, plave nasmejane prozore, na kojima stoje zavese, uzdignute u vidu zvezde, plehanu vrtešku navrh krova i badžu.

Sve ove mrtve stvari, do juče zaboravljene, izazivale su mu najlepše spomene na njegovo detinjstvo. Ali čovek nikad nije srećan kako bi mogao biti. I mladom pesniku skliznu misao, dalje od te kuće, dalje od tih poznatih brda, i ode, brže nego na krilima, tamo gde se grle dve velike vode, i pred njim poniče velika kuća u Banatskoj ulici, njena gvozdena kapija, uzak hodnik, popločano vlažno dvorište, mračne stepenice, neobojen drven trem koji vodi u Zorkinu sobu, njenu sobu sasvim belu i najzad ona... u haljini cimetaste boje, s preneraženim očima i kako trči da zaustavi voz.

Ah, kako je u tom trenutku Miloš Kremić zaželeo da je ona pored njega, ona, njegova dragana, ta mršava devojka s bledolikim licem i očima crnim kao talasi Đetinje. On je hteo da joj pokaže ovu mirnu palanku, ova živopisna brda, svoju kuću sa tri nasmejana prozora, i da joj otkrije sve te nežne osećaje koji su mu tada navaljivali na dušu. Ali...

I Miloš, kaogod Zorka jednom u prvim trenucima njihovog poznanstva, uzdahnu:

— Zašto je starija od mene!

Na tebi je sad...

„3. jula, nedelja poslepodne.

Moj dragi Mile, moja radosti, srećo moja i uteho, moj Ero vrlo voljeni, ja te volim. — Ja ti šaljem moje najslađe i najdublje misli, i želim da imam krila da poletim k tebi za jedan trenutak i izmamim jedan osmejak na tvojim ljubljenim usnama. Nadam se da će ovo pismo radosno zapaliti tvoj ponosan pogled, jer ono dolazi sa tri dana putovanja od one koja je ostala ovde gde nam se sreća smešila punih pet meseci.

Jutros sam dobila tvoju kartu. Hvala, dragi. Milo mi je što ti se dopada tamo. Ah, da znaš, moja radosti, kako te volim, kako sam željna tebe, ali ipak, ostani kod svojih sve dotle dok ti bude prijalo, i vrati mi se zdrav i čio.

Znam da nisi veseo i da ti je vreme dugo. Zato sam se odmah po ručku zatvorila u moju sobu. Hoću da ti pišem mnogo, da imaš šta da čitaš. Sela sam na jednu foteljicu — ti je znaš — ona plava. Metnula sam jednu knjigu na kolena. I tako ti pišem, moj Miloše. Majka misli, da se odmaram, jer su ovamo velike vrućine.

Osećam se vrlo dobro u ovoj fotelji, gde smo toliko puta zajedno sedeli, jedno do drugog. Sve je mirno oko mene, te sam u mislima sva s tobom.

Ja sam zdravo i dobro, što i tebi želim.

Kad se izgubio onaj nevaljali voz koji te je odneo, ja sam se vratila kući s Rankovićem. On je bio dobar, i tešio me. Možeš misliti kako sam plakala. Dopratio me je do same kuće. Majka me nije grdila. Naprotiv, otkako si otišao, ona se pomirila sa mnom i vrlo je ljubazna.

Tvoju slatku fotografiju metnula sam više moje postelje. Šta me se tiče ako je ko vidi! Uspeli su da nas odvoje telom, ali duhom nikada. Ja uvek mogu videti tvoje milo lice, koje mi se smeši. Izjutra, kad se probudim, ono je prvo... a uveče, ono je poslednje što vidim.

Da znaš kako je lep ram u koji sam te uramila. Platila sam ga osam dinara. To ti kažem samo da vidiš kako je skupocen i lep... taj ram u kojem je slika moga dragana. Jesi li zadovoljan, dragi, što sam te uramila u zlato? Ti si tako lep tu; ja te gledam i šapućem ti: Dragi i mili, moj mali Miko, Mikice, ja hoću da plačem misleći na ovo slatko ime koje ti sad ne možeš čuti iz mojih usta. Ti mi se osmehivaš i gledaš me s toliko ljubavi. Oh, kako te ja volim, Miloše dragi, daj da ti dam jedan dug, dug i sladak poljubac. Sećaš li ga se još? Ah, kako je teško biti daleko od tebe.

Sad, dragane, već je četiri sata. Ja sam obećala majci da iziđemo zajedno u šetnju. Treba dakle da svršim ovo pismo. Ranković će mi ga odneti u poštu, tako da još danas ode, jer poštar nedeljom posle podne ne kupi pisma po Dorćolu.

Ja te grlim celim svojim srcem, i uvek sam u mislima s tobom. Ja te stežem na moje grudi i dajem ti jedan dug poljubac, koji ti osećaš... reci dokle?...

Zbogom, dragane, zbogom! Do viđenja! Budi zdrav i

srećan! Miloše dragi, ne budi tužan, i napiši mi jedno dugačko pismo. Ono će utešiti i tebe i mene.

Tvoja zanavek, Zorka.”

„Sreda, 6. jula. Podne.

Dragi Mile, samo dve-tri reči da ti se izvinim što ti do sad ne pisah. Moja majka je bolesna. Nazebla je u nedelju kad smo izišli u šetnju. Bila je velika vrućina. Evo već tri noći kako ne spavam. Večeras će ostati pored nje jedna žena iz komšiluka. Nadam se da će joj skoro bolje biti. Sutra ću ti pisati opširno. Sad, izvini. Ova je karta samo da ne brineš ništa. Ona će doći u petak izjutra. Nadam se da će te odobrovoljiti za ceo dan. Hiljadu poljubaca. Zorka.

P.S. Spava mi se da jedva otvaram oči. Još jedan poljubac.”

„Petak, 8. jula. 11 časova pre podne.

Dragi Miloše, moja majka je ozbiljno bolesna. Lekar nema mnogo nade, a ja nimalo.

Ja sam kao slomljena i ne mogu da pišem. Ja te volim iz sveg srca, ali, dragi, moje vreme i moja glava pripada mojoj majci za ovaj trenutak. Znam da ćeš me razumeti. Molim te, ne žalosti se. To je moralo doći jedanput.

Mada mi nismo bili uvek istog mišljenja, a naročito naše poslednje svađe, ipak, Mile, ona je moja majka i ja patim kad ona pati. Srećom, ona spava mnogo.

Sutra ću ti pisati jednom kartom.

Mogućno da će joj sutra biti bolje, ali ja ne verujem.

Ah, Mile dragi, kako bih ja želela da me ti utešiš. Pa opet, bolje je što ti nisi zasad ovde. Ja ne bih sad, pored svega, mogla biti s tobom.

Dragi, pazi na sebe, misli na mene, ali ne budi neveseo, preklinjem te. — Ja sam vrlo umorna. Noćas sam nešto malo spavala, jer je jedna komšinka bdela nad majkom.

Ona mnogo bunca, jer je u vatri. Jadna majka, šta ću raditi bez nje. Ah, Miko, kako mi je teško!

Zbogom, Miloše. Do viđenja! Ja te ljubim iz sveg srca. Oprosti mi što te sad zapostavljam. Tebi uvek iskrena, Zorka."

„9. jula.
Miloše, moja majka je umrla jutros u 8 sati. Ja sam vrlo nesrećna. Zorka."

„13. jula. Uveče.
Dobro veče, Mile. Nisam bolesna, ne brini se. Naravno da sam vrlo tužna. Ruke su mi pune posla. Naročito mi dosađuju posete i izjave saučešća. Do sad nisam znala da imamo ovoliko poznanika. Oprosti, ako na te ne obraćam dovoljno pažnje, ali ja te ne zaboravljam. Sutra ću ti pisati opširno. Tvoja iskrena Zorka."

„14. jula.
Oprosti mi, Miloše, što ti još opširno ne pisah. Počela sam pismo, ali je nemogućno završiti ga. Ove posete i druge stvari stalno me prekidaju. Sa zdravljem sam dobro, ali mi je srce žalosno. Miloše, pazi na sebe, i misli na mene. Sutra ću pismo svršiti. Ono će biti dugačko. Do viđenja! Tvoja Zorka."

„Četvrtak, posle podne. 4 sata.

Moj dragi Mile, izvini me što sam te toliko ostavila bez novosti i pojedinosti.

Ja znam da si ti u mislima pored mene i da me razumeš.

Ja sam provela pored moje majke 30 godina svoga života. Delila sam s njom njene brige kao i njena zadovoljstva. Mi smo se uvek slagali u glavnim stvarima.

Ona je bila često puta umorna, slaba, ali nikad ozbiljno bolesna. Iznenadno prošlog ponedeljnika osta u postelji i reče mi da je nazebla. Lekar, koji je došao posle podne, vide da joj srce slabo, te ga to više zabrinu nego nazeb. Sutradan, on mi reče, da joj je srce bolje, ali da bronhit napreduje. To me jako zabrinu. U sredu, majka propljuva krv. Mnogo je krvi izgubila iz levog plućnog krila. To ju je jako oslabilo, ali i olakšalo. Bila je toliko iznurena da nije mogla metnuti kašiku u usta. Ja sam bila oko nje i dan i noć, i negovala je kao malo dete. To je velika uteha za mene.

U četvrtak, doktor mi reče, da će pre 48 sati nastupiti promena, vrlo brza, i da ne treba bolesnicu da ostavljam samu. Tvoja gazdarica mi je pomogla te noći. Sutradan, u petak, bio je konzilijum. Lekari mi ne ostaviše mnogo nade, ali mi jedan od njih reče da opasnost ne mora tako brzo nastupiti. Ja sam bila tako umorna, i da ne bi majka opazila kako je ozbiljno bolesna, ja primih ponudu jedne Jevrejke iz komšiluka da provede noć pored nje. U deset sati uveče, ja ostavih majku i legoh da se odmorim. Spavala sam do sedam sati izjutra. Probudih se sva uplašena, jer sam prespavala celu noć ne mrdnuvši s mesta. Jevrejka mi reče da mi je majci mnogo bolje, da spava i nikako se ne budi. Još mi reče da je nešto govorila, ali u vatri, i da je rekla: „Ja znam da me ti voliš, Zorka.”

Kad se približih njenoj postelji, ja je zovnuh. Ali mi ona ne odgovori ništa. Disanje joj je bilo kao i ranije, kratko ali pravilno. Htedoh joj dati medicinu, ali ona ne mogade da proguta, i, na moj užas, ne otvori oči. Ja se uteših da je to samo slabost, i htedoh da joj ponovo pružim tu medicinu što potkrepljuje, ali majka ne mogade ponovo ništa uzeti.

Ja razumeh odmah da sve ide na gore, vratih se u sobu, te se brzo spremih. Oko osam sati tvoja gazdarica, koja mi se opet nađe na ruci oko majke, pozva me. Majka je disala teško. Ja videh da više nema spasa. Uzeh je za ruku. Ona jako uzdahnu dva-tri puta, ne budeći se. Zatim, sve bi svršeno.”

„Sutradan, popodne.

Dragi Mile, ne mogu da napišem dve reči a da me ko ne prekine. Uvek se ponešto nađe.

Ja sam zdravo, ali sam žalosna i utučena. Dragutin mi se našao pri ruci. Bio je vrlo dobar u ovim trenucima. Moram ti priznati, Miloše, da je bolje što ti nisi ovde za ovo vreme. Imala sam mogućnosti da se objasnim s majkom. Mi smo se ponovo složile i ona je otišla Bogu na istinu s uverenjem da je ja volim. Njena smrt je bila tako lepa, Miloše, ne možeš zamisliti. Bez muke i mirno, ona je zaspala zanavek. Čak nije mogla ni naslutiti ozbiljnost svoje bolesti.

U svoj svojoj žalosti, ja sam ipak mirna, jer ja znam, pored svega, sve što sam radila u životu bilo je da usrećim i utešim svoju majku. Ako smo se ponekad posvađale, to je ona radila samo za moje dobro, jer se ona plašila da mi se što rđavo ne desi. Ostalo je sve zaboravljeno. Ostaje mi samo duboka tuga što znam da sam zanavek odvojena od nje. Draga majko, ja ću te voleti uvek.

Ne budi ljubomoran, Mile, na moj bol, razumi me i oprosti, što mi je u mom srcu večiti rastanak s mojom majkom teži nego žalost što smo se nas dvoje rastali. Ja osećam kako mi se srce kida i ja sam se cela predala svome bolu. Ostavi vremenu ovu otvorenu ranu. Razumi me, ako te zapostavljam i ako moja pisma nisu više ljubavna. Ipak, ti nisi manje moj najbolji prijatelj u ovome svetu. U mome slomljenom srcu ima sada mesta samo za prijatelje. Ti si moj prijatelj, Miloše, moj dragi Miloše. Oprosti mi što ti više ne šaljem poljupce. Ja sam iskrena, ja ti ih sad ne bih mogla dati. Razumi me, Miko.

Treba da prekinem pismo. Piši mi, mnogo i često. Na tebi je sad da pokažeš koliko me voliš. I, ako me voliš, ti ćeš me razumeti i dati mi svu tvoju naklonost, ostavljajući na stranu ono što je u ljubavi materijalno. Ono me vređa.

Mile, tvoje oči za trenutak da poljubim. Pogledaj me. Ti si me razumeo.

Do viđenja, Miloše. Uživaj kod svoje kuće, ali budi pametan, jer je moja crnina donekle i tvoja. Ne brini se za mene. Sve će biti bolje. Pazi na svoje zdravlje, uzimaj ono što sam ti preporučila, i ne budi žalostan. Ja ti stežem ruku i naslanjam svoju umornu glavu na tvoje rame. Za te uvek nežna i iskrena, Zorka.”

„Beograd, 21. jula.
Dragi Miloše, ne misli što ti ja ne pišem tako često, da

te zaboravljam ili da te volim manje. Ne misli tako, moj prijatelju.

Ali udar je bio tako brz i surov za mene, i ja sam ponekad tako umorna i očajna! I zatim, sve ove brige, ovo trčanje tamo-amo, i ova samoća pritiskaju me, i ja patim, moj Mile.

Da znaš kako je bez majke! Ne, to nije ništa odvojiti se od nje za neko vreme, ali ovako znati da je nikad neću videti, da smo se rastali zanavek... Oh, kako bih htela da je ona pored mene, da mi dâ hrabrosti, snage kad mi to zatreba! Ti me tešiš... da, treba biti hrabar. Protiv smrti ne može se ništa.

Za mene je velika uteha što je moja majka otišla na onaj svet pomirena sa mnom i uverena da je ja volim. Mislim da sam ti pisala, kako smo prve nedelje po tvom odlasku izišle zajedno u šetnju. Mada tužna zbog tvog odlaska, ja bejah gotovo srećna, jer mama beše vesela i dobre volje. Bilo je četiri sata kad smo iz-išle. Napolju je bila velika vrućina. Izišle smo do Kalemegdana i uzele po jedan sladoled pred kioskom. Pri povratku udarile smo preko Pančićevog parka. Majka sede na jednu klupu. Bilo joj je teško. Reče mi da je nazebla i da joj nije dobro. Disala je dosta teško. Ali, ja sam mislila da to dolazi od njene nervoze. Kako je posle bilo, ti već znaš: sutradan je ostala u postelji. Ali ja sam tako srećna, što sam s njom izišla ovaj poslednji put, jer je ona volela uvek da se šeta sa mnom.

Kad mi doktor reče, da može svašta biti, u četvrtak uveče, ja ne mogadoh zaustaviti suze, i sedeći pored nje, ja briznuh u plač. Ona je bila već u vatri, ali kad me vide kako plačem, ona se osvesti, metnu mi ruke oko vrata i reče mi kako je srećna što je toliko volim i da je treba dobro da negujem, dajem joj lekove koji potkrepljuju, pa će brzo ozdraviti. Samo, veli, treba da je dobro pazim. Ja je zapitah, hoće li zaboraviti sve žalosti koje sam joj činila. Ona mi reče da nikad ništa nije imala protiv mene i da je srećna što me vidi tako blizu pored sebe. Ja joj tada rekoh:

— Da gospodin Kremić zna da si tako bolesna, njemu bi bilo vrlo žao. Hoćeš li mu oprostiti ako te je što uvredio?

Ona mi odgovori:

— Da, on je dobar, on ima dobro srce, ali ti nećeš biti srećna s njim.

To je bilo sve. Više je nisam smela pitati, bojeći se da ne razume kako se plašim za njen život.

Miloše, u nesreći, kao i u sreći, čovek je samoživ. Da, i ja sam vrlo samoživa, ja govorim samo o sebi i onome što me boli. Lakše mi bude kad ti se ovako izjadam. Veruj mi, ja mislim na tebe bez prestanka, ali me sprečavaju ovi poslovi kojih ima tušta i tma posle ovakvog slučaja. Ima vazdan formalnosti da posvršavam. Gde se okrenem, svako mi drži po jedan govor. Sita sam tih izjava sažaljenja. Da znaš, kako ti namešteni uzdasi i lepo sklopljene rečenice padaju tupo na ožalošćeno srce. Zatim, imam toliko da šijem. Sve haljine treba promeniti.

Ranković je bio vrlo dobar prema meni. On se sprema za ispite i juče mi reče da te mnogo pozdravim. Za ovo vreme bio je često pored mene i trčao po varoši te za ovo te za ono što mi je trebalo. On je metnuo jedan veliki venac prirodnog cveća na krst mojoj majci.

Piši mi šta ti sad radiš. Pazi na taj kašalj, bar iz ljubavi prema meni. To nije dobar znak u ovo doba godine. Hvala ti na jutrošnjoj karti. Kako bih ja htela biti u toj tihoj ulici, čiju mi sliku šalješ. Oh, Miloše, da znaš, kako mi je poneki put život dosadan, kako bih želela da se jednom i sa mnom svrši! Kako se osećam usamljena. Ova velika kuća, pa ovi ljudi... Da znaš samo kako sam žedna jednog poljupca, ne ljubavnog, već prijateljskog, poljupca koji daje utehe i hrabrosti, poljupca nade.

Zbogom, Miloše, tvoja Zorka.”

U sobi je bilo tiho.

Sunce je probijalo kroz žute pruge na lanenim zavesama i pozlaćivalo starinski orahov orman u uglu. Jedna velika plava muva zujala je i lupala krilima po zidovima.

— Jest, ja sam to samo sanjao — radosno uzdahnu Kremić.

On sklopi oči da ponovo zaspi. Ali su se kapci otvarali protiv njegove volje, oči gledale ukočeno u okrečen plafon, i srce lupalo uzbuđeno.

— Šta je ovo meni! Kao da sam još deran. Šta sam ja to sanjao? Bogdan Vasić je pisao dnevne vesti na mome mestu u *Preporodu* i rukopis krio od mene. To je bilo sve, ali otkud mi ovaj strah?

Milošu nije bilo prijatno misliti na svoj san i pokuša ponovo zaspati, ali se samo preturao po postelji, obuzet mračnim unutrašnjim mukama, koje nas tako pokatkad obuzmu iznenadno i bez kakvog naročitog razloga.

— Da, da, Vasić je pisao dnevne vesti... na nemačkom jeziku. Zatim su došla nekakva kola... fijaker; da li je to bio fijaker?... ne fijaker nego ona zatvorena bolnička kola sa belim krstom pozadi. Na boku je sedeo urednik... Da, dobro ga se sećam, s tompusom u zubima, i... gospa Selena... je li to baš bila gospa Selena?... kukala je akcentujući po niški. Iz kola je visila jedna mrtva ženska glava, puna blata i rečne travuljine. Ali to nije bila Zorka — zadrhta Miloš i stade se uveravati svim silama... Jest, jest, to nije bila Zorka, znam dobro... to je bila mala radnica iz Oficirske zadruge, ona Anđa...

— Ti si budan? — upita ga majka koja uđe u taj trenutak. — Još je rano; što ne spavaš?... Evo imaš jedno pismo.

To je bilo Zorkino pismo od 21. tekućeg meseca.

— Kad htedneš ustati, samo me vikni. Ja sam dole u avliji. Imam nešto da properem — reče mu majka i diskretno se udalji iz sobe.

Čim majka iziđe, Miloš grčevito dohvati pismo i stade ga otvarati. Kao u inat, hartija je bila jaka, te se izmicala prstima i pismo se nije dalo lako otvoriti. Da je to bilo pismo ma od koga drugog, Kremić bi zacelo iscepao zavoj. Ali, sve što je dolazilo od Zorke, on je poštovao kao neki fetiš, kao svetinju. Ovo pismo mu se činilo kao sveti zapis, koji treba pažljivo čuvati, te je mladi čovek savlađivao uzbuđenje i sa jednom vrstom strahopoštovanja otvarao zavoj.

U pismu nije bilo ničeg naročitog. Zorka je bila žalosna — što je prirodno, i molila ga da je za trenutak poštedi od izliva ljubavi i nežnosti. Miloš pročita pismo pažljivo još po jedan-put. Da, Zorka se cela predavala svome bolu, ali je svaka njena reč disala ljubavlju za njim. I Kremić vrati pismo u koverat, prinese papir usnama i poljubi ove čitke redove, pobožno kao jevanđelje.

Zorkino pismo mu razbi neraspoloženje od rđavog sna. Miloš se oseti potpun, veseo i čio. Pun ovog unutrašnjeg zadovoljstva, koje nije otkrivao nikom, on se obuče upola i siđe da potraži majku.

— Je li još šta došlo, majko? — upita je on kad je nađe.

— Ništa! — odgovori mu ona užurbano. — Pričekaj me malo. Sad ću te ja posuti. Voda je taze... tek što sam je donijela sa česme. Samo da ocedim ovu Dobrinkinu haljinicu.

— Zamisli drskosti! — odgovori on uvređeno, setivši se jedne stvari. — I pisao sam im još. A oni ni da mrdnu. Danas mi je trebao da stigne ili broj ili odgovor. Ta!... najobičnija učtivost nalaže da se saradniku šalje broj kad je na odsustvu.

— Ne ljuti se, Miko. Ljudi imaju posla — razumede majka na šta Miloš misli, i prostre jednu dečju haljinicu od šarenog cica na plot. — To ne ide tako brzo. Možda ćeš sutra dobiti.

— Nije meni, majko, do čitanja *Preporoda*. Kad sve novine čitam u kafani, mogu i to. Ali me ljuti taj prostakluk... to što me zanemaruju, zaboravljaju. Ja to nisam zaslužio, veruj mi!... Šta bi tek radili da sam im tražio nešto više?

— E, moje dijete. Šta ćeš... tako je to! Treba trpeti.

— Treba trpeti — ponovi u sebi Miloš, i htede dokazati majci, da ne treba trpeti, da treba tražiti svoje pravo i otimati se, boriti se za njega. Ali majčine oči behu tako plave i blage, da on zaćuta i okrenu razgovor na drugu stranu.

Iz kuće je izišao, po običaju, pravo u kafanu na kafu. Pročitao je sve novine izuzev *Preporoda*, koji je sricao jedan omalen, pun penzioner, niskog čela i otvorenih usta kao u teleta. Već Miloš htede da iziđe, kad penzioner ostavi novine.

Sa štapom pod pazuhom, Kremić uze *Preporod* samo da ga pregleda, jer od dugog čekanja bio je izgubio volju da ga čita. U dnu *Dnevnih vesti* stajala je beleška:

Novinarske vesti:
G. Miloš Kremić prestao je biti saradnik Preporoda.

Kremić ovo nije nikako očekivao, te u prvi mah primi novost tako hladno kao da se nije ticalo njega. Tek kad ostavi novine i, mahinalno se uputi niz Staru pijacu u park, on oseti kako mu se srce steže i jedan fizički bol pritiska ga u vrhu grudi.

On se seti kako je skupo bio platio ovo mesto. Bio je svršio gimnaziju i upisao se na pravni fakultet. Prilike su se bile izmenile. Na univerzitetu nije bilo blagodejanja. Početkom godine kondicije se nisu mogle naći. Kući se nije hteo obraćati. Živelo se od starog kredita. Ali je gazdarica počela da gunđa, a aščija da prigovara. Nepoznat i potrebit, Miloš je obijao pragove svuda gde se može šta naći da se zaradi, ali je na svima mestima nailazio na sleganje ramena. Naročito je dolazio u Ministarstvo unutrašnjih dela, gde je nekoliko njegovih drugova dobilo mesta za praktikanta. Inspektor je bio neki bolećiv čičica, kome su sva deca poumirala. Primao ga je lepo, divio se njegovoj odličnoj diplomi sa ispita zrelosti, hrabrio ga da ne očajava i obećavao mu mesto za praktikanta čim se koje uprazni. Jednog dana umre neko od Miloševih drugova, Kremić nije bio s njim ni najmanje intiman, jedva ga je i poznavao, ali nemajući druga posla, ode mu na pratnju. Već je sprovod bio došao do Terazija, kad Miloš doču da je pokojnik bio praktikant u Ministarstvu unutrašnjih dela, te ostavi pratnju i mrtvačka kola, pa pravo u Ministarstvo. „Gospodine inspektore, upraznilo se jedno mesto!" „Koje?"

„Taj i taj... sad ga baš opojasmo." Inspektor ga je pogledao jednim dugim, začuđenim pogledom, kojim se posmatraju Gorkijevi tipovi, pa se posle nasmejao. „Dobro, postaviću te, ali nikome ne govori, jer će ih se prijaviti još dvadeset." I taman, posle tri dana, kad poslužitelj iznese potpisan akt, da je Kremić postavljen, uđe u Ministarstvo jedan ugledan vladin čovek sa svojim sinovcem, koji je takođe mislio na ovo mesto. Ali je bilo dockan, ministar je bio potpisao akt o postavljenju, i Kremića svečano uvedoše u sobu za prepis. Četiri punokrvna praktikanta, koji imaju fiks-ideju da se organizuju i koji zalažu zimske kapute, čim pukne prvi zrak proleća, dočekaše ga lepo i posadiše na pokojnikovo mesto. Dadoše mu i njegovu držalju; samo mu promeniše pero, tek da ne bude njegove sudbine. U ovoj memljivoj sobi, gde su pet pera rezignirano škripala po čitav dan, Miloš je proveo dve godine, bojeći se svakog prvog u mesecu da ne bude isteran u interesu štednje. Tu je postao besplatan saradnik *Preporoda* za patriotizam i umetnost. Koliko je morao potrošiti državne koncept-hartije pišući izmišljene dopise iz Sereza i ocene francuskih drama, posmatranih sa treće galerije, dok se urednik nije najzad odlučio da mu odredi platu, uzme ga za stalnog saradnika i izvuče iz *prepisa*. Na listu je radio revnosno kao za sebe samoga. *Preporod* je bio još mlad. Trebalo je zapirati na sve strane dok list ne osvoji publiku. I sad, kad se broj štampa u dvanaest hiljada primeraka, u čemu ima mnogo Miloševe lične zasluge, Miloš je svršio, Miloš može ići.

Kremić nije žalio izgubljenu platu od 150 dinara mesečno. Ljutila ga je samo nepravda, što je tako otpušten, cinički kao pokućar.

Disao je duboko i koračao oštro kao čovek koji se sprema da se s nekim bije.

Ali, postepeno, on pokuša da razume urednika. Ovaj čovek, koji je gospodario javnim mnjenjem u Srbiji, posmatrao je ljude kao poslove. Sve razumeti znači sve oprostiti. I ljutina se pretvori u širok bol koji tišti, bol što je to tako, bol što se tu ne može ništa pomoći i izmeniti.

U tim mislima došao je u park. Divlje brdo, koje je opština pomalo oblagorođavala sadeći po njemu voćke i prosecajući staze, bilo je gotovo pusto. Tek ovde-onde susreo bi se poneki đačić u vezenim čarapama i crvenim opancima, koji se sprema za ponovni ispit. Šljive su rudele po mladim šljivacima. Sagorela trava se belela. Odnekud je pirkao povetarac. U hladu od bagremova šumila je jedna planinska česma. Pegavo opalo lišće, još živo, lepršalo je po putu. Ptice su ćuteći skakale s grane na granu. Sunce više nije peklo. I u bistrom vazduhu se osećao prvi dan jeseni, iako je još uveliko bilo leto po kalendaru.

Miloš se ponovo obre na svojoj terasi od kamena. Kraj njega je bila dugačka klupa, pocrnela od kiše i vremena. Ali on pretpostavi da se izvali u suvu sagorelu travu. Tako ležeći u travi, on je slušao šuškanje lišća i posmatrao Užice, čiji su se jednoliki krovovi crveneli duboko ispod očiju mladog pesnika. Na kraju horizonta primećivale se planine, još krševitije, teške i sive kao olovo.

On ponovo raspozna dva bela dimnjaka i plave prozore svoje kuće. Ali mu sada ova kućica nije više izazivala lepe spomene iz detinjstva. Misli koje su ga sad obuzimale bile su teške i sive, kao te planine na kraju horizonta. Mladi čovek se osećao daleko od one naivne sreće koju je poznao prvog dana kad je po povratku iz Beograda posmatrao sa ovog mesta ove dimnjake i prozore.

Na um su mu dolazili spomeni koje dotle nije nikom govorio. Sećao se mračne figure svoga oca. Sad je razumevao one njegove tri duboke bore, koje su mu stajale između veđa čak i kad se smeje. Seti se neveselih slava, oskudnih Božića i postova za vreme mrsa. Seti se svog prvog odlaska u Beograd, po noći i peške.

Jedna ptica prolete pored njega.

— Kažu — pomisli Miloš — da, kad ptići izlaze iz gnezda, ako koji ne može leteti, majka ga pomaže svojim krilima... Ko je mene pomagao kad sam poleteo u svet?

Tada Milošu padoše na um reči njegovog starijeg brata, policijskog pisara, kad mu je mladi pesnik prebacio što se ne ženi?

— Nije brak što i pesma, gde je sva muka da se *um* slikuje sa *drum* — odgovorio mu je on. — Pored ljubavi ima i dužnosti, pored dragane postoji i porodica. Mi smo svi bili pesnici, ali... Videćeš, posle zanosa dolazi doba kad je čoveku potrebno da zauzme jedno ozbiljno mesto i da bude uvažen.

Te reči su bile popraćene jednim kiselim osmehom, koji je govorio ono što usta nisu htela da kažu:

— Zar ti misliš da pod policijskom bluzom ne sme kucati jedno čovečje srce? I ja sam voleo i imao uzvišenih želja. Zar ja ne bih mario biti učen pravnik, načelnik ministarstva, profesor univerziteta, finansijski ekspert ili konzul? Svi mi volimo stvari lepe i ugodne. Ali trebalo je spasti kuću, trebalo je da onaj starac, koji sad spava u Dovarju, ne ostane bez krova nad glavom, trebalo je spasti ovu decu. Tebi je bilo lako... Imao si već šesnaest godina kad si kuću ostavljao.

Kako je pak Kremić drugojačije govorio Zorki o svemu što se nalazi ispod ta dva bela dimnjaka. On je bio zaboravio na mračne dane krize. Nije se sećao žandarma i okružnog inženjera, koji su premeravali tu kućicu sa tri plava prozora, da je spreme za javnu licitaciju. U njegovim pričama nije bilo ni senke od drame; priče su bile idile, gde otac seče badnjak, majka riba tepsije za medene kolače, sneg se kravi, potoci žubore i čuje se pesma popaca srebrnastog zvuka.

Miloš se maši u džep, da nađe ma šta čim bi se zabavio i oterao ove crne misli. On nađe dva poslednja Zorkina pisma i stade ih čitati ponovo.

Tek sad, ranjen svojim sopstvenim bolom, Miloš shvati svu širinu rane koju je smrt zadala njegovoj dragani. Pre toga, on je iz njenih krika čuo jedino tonove koji su odisali samo ljubavlju prema njemu. On nije poimao šta znači izgubiti poslednjeg srodnika, izgubiti majku i ostati sâm u svetu, bez ikoga na koga se čovek može otvoreno i s pravom nasloniti. Sad je pak tim jasnije video svu bedu svoje dragane i duboko razumeo kako se ovo srce, koje je on toliko voleo, neutešno kida i krvari. To je jedan živ čovek vikao za pomoć:

„Ja sam zdrava, ali utučena. Ja osećam kako mi se srce kida i ja sam se cela predala svome bolu. Ostavi vremenu ovu otvorenu ranu. Razumi me ako te zapostavljam i ako moja pisma više nisu ljubavna. Ipak, ti nisi manje moj najbolji prijatelj. U mom slomljenom srcu ima sad mesta samo za prijatelje... Na tebi je da pokažeš koliko me voliš; i, ako me voliš, ti ćeš me razumeti i dati mi svu tvoju naklonost.”

„Oh, Miloše, da znaš kako mi je život poneki put dosadan, kako bih želela da se jednom i sa mnom svrši. Kako se osećam usamljena. Da znaš samo koliko sam žedna jednog poljupca, ne ljubavnog, već prijateljskog, poljupca koji daje utehe i hrabrosti, poljupca nade.”

Sve je bilo tiho oko njega. S časa na čas vetar bi blago pokrenuo lišće i ono bi zažuborilo gotovo nečujno. Užice je ležalo pored Đetinje mirno i umiljato. Sunce se primicalo zenitu i kraljevskom raskoši prosipalo sjajnu srmu svojih zraka na ovaj izvikani grad. U toj srebrnastoj svetlosti sve je postajalo jasnije: crkva u sredini, velika zgrada Realke, artiljerijski krug i prosjačke krovinjare oko Bijelog groba.

Slično tome, u ovom trenutku, jaka svetlost saznanja je prodirala u Miloševu dušu i osvetljavala mu i najzabačeniji kut.

— Ja sad tek vidim šta sam radio — mislio je on. — Ja sam radio kao dete koje pruža svoju ruku za sve što ugleda: svoju igračku ili mesec.

Do ovog trenutka, on je verovao da je dobro sve što je želeo, da je tačno sve što je radio. Ali sad za prvi put, kad se ova iznenadna svetlost prosu po njegovoj duši i osvetli sve, pred njim se život pojavi kao zagonetka. Trebalo ju je rešiti da bi se moglo živeti. Biti moćan, značilo je zaboraviti na druge, biti čovek značilo je zaboraviti na sebe. Biti i jedno i drugo krilo se u magli zagonetke.

Mladi čovek podupre se na laktove i zagleda se u plav vazduh koji je treperio ispod njega. On oseti da će ovaj trenutak, proveden na kamenitoj terasi, imati odlučan uticaj na njegov život.

— Šta da radim? — pitao se on.

U jednom čoveku sakriveno je više ljudi.

— Trebalo je ostati ovde, ne ići dalje, živeti onako kako je tvoj otac živeo, radovati se njegovim radostima i žalostiti se njegovim žalostima — govorio je jedan čovek u Milošu. — Šta si ti sad? Ostavio si ono što si imao, a šta si našao tamo gde si otišao?... Ostao si došljak, čovek koji ide trbuhom za kruhom, čovek koji hoće da zauzme tuđe mesto, pas koji otima komad mesa iz usta drugog psa. I tamo je sirotinja kao i ovde. Zemlja je svuda jedna. Samo, ti si tamo tuđ, nepoznat, bez sredstava i potpore. Protiv tebe su svi, a ti si protiv svih. Trebalo je...

— Šta: trebalo je!... — čuo se drugi čovek, hrapaviji i sebičniji. — Što je učinjeno više se ne da izmeniti. Zar se možeš vratiti nazad u ovaj zamrli grad, među ove spomenike, gde ljudi ne žive već trunu? Treba napred!

— Kuda napred? — pitao je prvi čovek. — Okupi oko sebe ono što voliš, i živi za njega. Da znaš kakva je slast činiti dobra drugome, kako je slatko živeti za drugog! Čovek ne oseća uvrede nezadovoljenog slavoljublja ni muke od nemanja sredstava. Zadovoljan je sa onim što radi, sa onim što može. On pred sobom vidi jasno plodove svoga dela i uživa što je njegov život neuzaludan.

— Ali to je život sitnih ljudi — odgovori drugi čovek. — Njime bi se iscelile sitne rane čovečanstva, a ugušili svi veliki plodovi ove ogorčene utakmice u životu. Velika dela izmiču sa sitnim obzirima. Za velike mahove treba i velike slobode. Kosač ne žali za bulkom koju pokosi. Ti nisi za sitan život...

— Ali, ti nisi ni za svirepstvo bez koga se ne može u velikom svetu.

Tada se začu i treći čovek, onaj čovek koji je Miloša obuzimao celog kad bi se domašio pera i stihova.

— Ova mučna zagonetka koju ti život postavlja — reče mu on — jeste večita drama, u kojoj se krši ljudski rod. Ti si toliko tražio jedan veliki predmet. Evo ti ga, pa radi.

Mladi pesnik se obradova ovoj misli, ali se ona oba glasa nasmejaše podrugljivo.

— Reči su vodenica bez brašna. Zar pisati, kad treba raditi?

Miloš obori glavu.

Pred njegove oči se pojavi kiseo osmeh njegovog brata. Taj osmeh pade na Zorkina pisma. Sva tri ona čoveka su ćutala. Ali Miloš oseti u dnu srca, da se rešenje zagonetke nalazi u to nekoliko redova, napisanih Zorkinim čitkim rukopisom:

„Na tebi je sad da pokažeš koliko me voliš; ti ćeš me razumeti i dati mi svu svoju naklonost.”

Kremić uzdahnu.

Zašto ovaj uzdah u momentu kad se čovek rešava na dobro delo? Je li on bio uzdah zadovoljstva ili uzdah za otkup dobrote?

Dole, daleko ispod Miloša, belela se dva dimnjaka i osmehivali se prozori, obojeni izbledelom plavom bojom.

Mladi čovek se seti stare žene, koja je dala celu sebe za tu kuću i njene reči.

— Da, treba trpeti! — ponovi on njene reči i uzdahnu još jedanput.

Ali ovaj uzdah nije više bio nejasan. On je dolazio iz dubine sa koje je bio spao težak teret neodlučnosti.

Jača nego smrt

„Kragujevac, 2. jula.

Draga Zorka, tek što sam se skinuo sa voza, osećam potrebu da se s tobom porazgovaram, bar ovako preko karte. Jutro je. Tek četiri sata. Preko puta od mene na pijaci se skupljaju nadničari s motikama na ramenu. Vreme je divno za putovanje. Sve je tako veselo oko mene, a ja sam sâm i tužan. Sad žalim što sam se krenuo na put. Ovde se neću zadržavati. Čekam poštu pa da se odmah krenem. Kako si ti? Ne budi nevesela, moje zlato. Ja ti šaljem hiljadu slatkih poljubaca, i volim te više nego ikad, ako je to mogućno. M."

„Požega, 3. jula.

Mila moja mala, pozdravljam te na ulasku u moj okrug. Već mirišu kleke odnekud. Samo još tri sata, pa ću biti u Užicu. Moja majka će se obradovati mnogo. Preda mnom se već ocrtavaju užičke planine, sumorne i familijarne. Putovao sam udobno, jer nije bilo mnogo putnika. Do viđenja prekosutra. Sutra treba da se odmorim. Ja te volim i grlim nežno. Uvek tvoj, Miloš."

„Užice, 5. jula, utorak posle podne, 1 sat i četvrt.

Moja draga Zoro, dobar dan.

Odmorio sam se, prošetao se po varoši, pročitao tvoje drago pismo, koje je jutros došlo i mislio na tebe. U tim mislima evo došao sam u svoju sobu, da ti pišem i da te razveselim. Tvoje pismo me je jako obradovalo; pročitao sam ga nekoliko puta, i još toliko puta poljubio tvoju milu fotografiju.

Moji su vrlo dobri; majka je večito oko mene; stariji brat je prestao da se podsmeva mojim pesmama; deca ne idu u školu, te su povazdan u polju. Mala Dobrinka već počinje da pomaže majci. Ume da plete čarape i trebi boraniju. Da znaš kako je smešna, kad pripaše majčinu kecelju, uozbilji se i počne da radi. Pravi je majmun. Ja je neprestano diram.

Užice mi se dopada više nego što sam to očekivao. Ulice su čiste i prave. Nema palata kao u Beogradu, ali ni onih čatrlja koje se podižu pored tih palata. Kuće su proste; ipak nisu turske kao što ti misliš. Tome je uzrok požar koji je pre četrdeset godina uništio glavni deo varoši. Tada je Užice još radilo sa Bosnom, te se odmah podiglo iz pepela. Još samo poneki ćepenak, na kojem samardžije kucaju u samarice, opominje me da je Užice bilo nekad tursko. Ali sad, ne daj bože, da se desi nešto tako, moja varoš bi ostala crno zgarište, a ovo malo meštana, što se još ovde zadržalo, razišlo bi se *po svijetu* kud su otišli i drugi njihovi rođaci i prijatelji.

Nekada je ova gomila mirnih kuća bila naša prva varoš posle Beograda. Ja se još sećam pesme kojom je majka uspavljivala decu:

Oj Užice, mali Carigrade,
Dok bijaše, l'jepo li sijaše!

Kroz tebe se proći ne mogaše,
Od dućana i od bazrđana,
Od ćošaka i od ćepenaka,
Od zumbula i mirisnog đula,
Od momaka i od đevojaka.

Stariji Užičani se sećaju sa slašću toga doba. Turci u Užicu bili su rodom odatle, bogati, mirni, pitomi i u dosluhu s hrišćanima. Naročito se njihove žene pazile. Moja baba Manda družila se samo sa bulama i s njima pila rakiju iz ibrika. Turski uticaj se održao još u govoru i karakteru. Jezik, koji je inače čist kao suza, pun je turskih reči. Stariji Užičani su kod kuće još u mnogome kao Turci: žene ih dvore, jedu prstima, i vole da se razmeću. Ima i sad primera da koji stari meraklija legne ženi u krilo, i dok mu ona šuška po glavi, on spava. Nije retko da koji gazda šeta izjutra po dvorištu u spavaćem odelu, dok kirajdžike, koje nisu iz mesta, kikoću se i pružaju prstom na njega. Vole titule. Kad je jedan moj zemljak dobio za vladinog poslanika, nedelju dana je stajao pred ogledalom, lupao se po prsima i ponavljao: „Matkoviću, kraljev poslaniče!" Žene retko kad izlaze same na ulicu, a kad iziđu, strogo paze da kome muškarcu ne preseku put.

Ne znam da li te ovo zanima, ali je meni sve to tako blizu i prijateljski, da mi je milo da ti pričam o tome. Ja bih bio potpuno srećan da si ti još ovde. Ali ti si tako daleko!... daleko iza Sarića osoja, gde šum breza ožalošćava zelenu vegetaciju kleka i kupina. Pa ipak, ti si blizu, ti me čuješ.

Hteo bih još da ti pišem, ali je i ovo mnogo za jedno pismo. U mislima, ja uzimam tvoju glavu obožavanu u svoje ruke, i ja je stežem na uzdrhtalo srce. Ja ljubim tvoje trepavice, vlažne od suza; draga dušo, ne budi tužna; budi vesela onako kao što si kad sam ja pored tebe. Da znaš kako si mila kad si vesela! Budi radosna, moja dragano, jer je naša ljubav velika. Zoro vrlo voljena, moje srce me boli, vrlo boli, ja osećam u grudima jednu duboku ranu. To je rana od našega rastanka. Ona me boli, ali je to sladak bol, jer dolazi od naše ljubavi. Šaljem ti najslađe poljupce i svoje najnežnije misli. Tvoj Miko.”

„Užice, 8. jula.

Hvala ti na karti koju si mi poslala, moja draga prijateljice. Koliko smo puta prošli zajedno tom ulicom!... Ah, kako je teško biti bez tih šetnji. Kad gledam tu sliku i mislim na Beograd, čini mi se da je to neka druga zemlja, neki drugi svet, srećniji od nas u ovoj maloj palanci, gde trava raste po sokacima. Nadam se da ćeš mi skoro pisati opširno. Primi svu moju nežnost i milovanje. Tvoj Miloš.

P. S. Nadam se da gospa Selena nije ozbiljno bolesna. Ne brini se. To će proći. Piši mi. Još jedan pozdrav i poljubac. M.”

„Užice, 10. jula.

Tvoje kratko pismo jako me je zabrinulo. Sirota gospa Selena, kako tako da nazebe! Bila je uvek zdrava. Šta joj bi najedanput da padne u postelju? Ali, ne treba očajavati. Sve će to proći za dan-dva. To je samo nekakav jači nazeb. Nadam se da ćeš mi skoro javiti da je sve dobro. I ti ćeš biti vesela, je li, Zoro? Neguj svoju majku, ali čuvaj i samu sebe, da se mnogo ne umoriš, pa da se i ti ne obolestiš, daleko to bilo od nas —

kako to kaže moja majka! Molim te, izveštavaj me što češće o stanju bolesti i ne plaši se. Veoma te voli tvoj Miko."

„Užice, 11. jula.

Tvoje pismo me je zaprepastilo. Uzimam najveće učešće u tvom ogromnom bolu. Kako se sve menja, kako planovi propadaju, sve prolazi, i juče ne naliči na danas. Čuvaj svoje zdravlje, koje mi je najskuplje na zemlji. Svi moji te pozdravljaju i učestvuju u tvojoj žalosti. Budi hrabra i voli me. Sutra pismom opširno. Tvoj M."

„Subota, 17. jula, poslepodne.

Mila moja Zoro, danas je pazarni dan, te je cela varoš oživela. Ima vazdan stvari da se vidi, ali ja više volim, da se ovako zaklonim u svoju sobu i da ti pišem. Pišući čini mi se da sam zajedno s tobom, tamo iza onih suncokreta, da me miluje tvoj zaljubljeni pogled i da sam okružen tvojim prijateljskim brigama. U mislima, ja se tebi približavam i ljubim ti tvoje obrve, tanke i crne kao krila u lastavice. Ja se ogledam na tvojim očima, mirnim kao vode u hladu vrba moga zavičaja; i ja te volim celim vetrom moga vrelog srca i svom poezijom moje duše, koja trepti za tobom kao vazduh iznad usijanog krša, što se beli preda mnom.

Nema ničega dovoljno jakog u svetu da uništi moju ljubav, pa ni da je smanji. Ja te volim i biću srećan kao što sam do sad bio; pa i ako me sreća ostavi jednog dana, ja ću te voleti isto ovoliko, pa i više ako je mogućno. Ja verujem u tebe kao pustinjak koji veruje u svog boga; ja i znam da me ti voliš, jer si mi dala sve što može jedna žena dati ljubljenom čoveku. Ali meni to nije dovoljno, ja sam nezahvalan, ja ne znam granice mojim osećajima, jer ja te volim bezgranično, a ti si tako daleko od mene. Sve drugo je tako malo, i zavičaj i porodica, i život i smrt. I zbog toga što si daleko od mene, ja žalim i oplakujem sreću koja je prošla, dane, šetnje i trenutke kad si bila mom srcu najbliža.

Oprosti mi što te bunim u tvome kultu mrtvih; izvini me što ne vidim tvoju crninu, jer je moja ljubav bacila veo na sve drugo što nisi ti. Da, ja te više nikad ne mogu zaboraviti i teško mi je kad te znam daleko od sebe. Nasloni tvoju glavu, moje jagnje ožalošćeno, na moje grudi uvek široke za tebe i tako uske za ostali svet, o svete mojih misli, o moja lepa Dorćolko, koju više volim nego svoju majku, više nego grob svoga oca, više nego braću i sestre, više no i moje pesme, o pesmo moje mladosti.

Poštuj i čuvaj moju ljubav, voli moje osećaje prema tebi koji ispunjuju sve moje srce. Da ti možeš zamisliti kako sam ja ukrasio tvoju sliku u mome srcu, kako ja brižljivo čuvam spomene naših dana i noći, provedenih zajedno, kako ja poštujem, kao sveti putir, najmanju stvarčicu iz našeg zajedničkog života, ti bi se ponosila sama sobom i našom ljubavlju, lepom i velikom, kakvu svet još ne poznaje.

Ja prolazim kroz svoj zavičaj kao stranac, ja posmatram ova brda, ljude i stvari, nekad tako duboko vezane za mene, samo da bih ti mogao pisati o njima. Moja duša ostala je u Beogradu, moje biće rasuto je po obalama Dunava i Save, u nekaldrmisanoj Banatskoj ulici, tamo „gde je bio žandarm", po Jaliji, Bulbulderu, po bedemima beogradske tvrđave, po tvojoj sobi, oko tebe, po tvojim očima i tvome prijateljskom nedru.

Zaboravi svoju crninu ćerke misleći na mene, kao što sam ja zaboravio sve što nisi ti; voli me kao što te ja volim, poštuj našu ljubav kao što je ja poštujem, zalij njeno cveće svojim suzama kao što ga ja zalivam svakog jutra i večera, te cveta bujno i krvavo, o cvete moga života, o dušo moje duše.

Ja te volim toliko da se bojim da ti nisi sposobna da me dovoljno voliš. Oh, ne! To nije istina. Ti me voliš... ja znam kako me ti voliš.

Neću više ni o čemu drugom da ti pišem. Neka ovo pismo govori samo o mojoj ljubavi. Piši mi mnogo. Zagrli me i zataškaj ovu ranu, koju je otvorio naš rastanak, poljubi moje čelo koje gori kao u groznici, i moje usne tako suve. Ne misli da je naša ljubav protiv crnine; ne preziri je, jer ćeš prezreti ono što je najbolje u nama. Naša ljubav jeste nagrada za smrt, ona je cena našeg života, pa je jedina lepa stvar nama data u ovom svetu tako hladnom i rđavom. Voli me, dakle, još više ti, tako obučena u crne haljine; ne steži srce koje kuca za mnom čak kad ga pokriva crni krep, i ukrasi našu ljubav tvojom tugom, rosnim cvećem koje se rađa u bolu. Tvoj Miloš.”

„Užice, 24. jula.

Juče sam primio tvoje dobro pismo, draga dušo, i tek sam te juče razumeo kako treba. Oprosti mi što ne mogah zadržati bujicu moje ljubavi, te naruših tvoju crninu. Danas te volim isto toliko, ali sam mnogo prisebniji.

Ti ćeš se začuditi kad ti kažem, da sam juče tražio od majke blagoslov za naš brak. Ona se obradovala i pristala odmah. Dok ja ovo pišem, u moju sobu dopiru glasovi naših susetki.

To moja majka daje čast za našu veridbu. Moj brat stariji se začudio, ali se nije protivio. Oni će ti svi pisati sutra.

Ja ostajem ovde do polovine avgusta. Tada treba da me vojna komisija pregleda i poslednji put. Izgleda mi da otud nećemo imati nikakvih smetnji. Čim se to svrši, ja ću doći u Beograd i potražiti kakvo mesto u državnoj službi. Dakle, do skorog viđenja, draga ženice. Ti si već pred Bogom moja žena, a tada ćeš biti i pred ljudima. Ti si me umela uvek razumeti. Tvoja ljubav je bila moćna i pobedila je sve prepreke. Od sad se sve menja. Između nas nema ništa što nas rastavlja. Samo nas smrt može rastaviti. Ah, ja te toliko volim, da mi se čini da ni smrt nije dovoljno jaka da nas rastavi.

Mi ćemo se ponovo sastati, je li?... ostati uvek jedno pored drugog i deliti dobro i zlo naše sudbine. Kroz otvoren prozor, ja vidim plavo nebo tako vedro i veselo, i meni se čini da će naša sudbina od sad biti tako vedra i nasmejana. Ja tražim od tebe samo ljubav. Ne misli, da je to malo. Dajući mi svu tvoju naklonost, ti se cela predaješ meni. Moja volja biće tvoja, moju sreću, moju nesreću ti ćeš podnositi sa mnom. Znaj da moj život neće biti veseo uvek, ali tvoj zadatak biće da ga razveseliš.

Zdravo sam što i tebi želim. Ovamo nema velikih novosti. Da, reći ću ti, počeo sam da mislim o jednoj drami. Materijal mi daje naša ljubav. U njoj sam zapazio nekoliko važnih momenata, koji se, povezani jednom idejom, fatalno privlače u jednu celinu. Čini mi se, da će se moći naći dosta radnje i života. Pokušaću da počnem. Stvar je vrlo teška. Treba dosta rutine, zanatstva, dobrih detalja i sigurnog stila. Ali, šta me staje da pokušam!

Izvini što moram da prekinem ovo pismo. Komšinke me neprestano zovu da im pričam o tebi.

Ja te volim. Tvoj Miloš."

Melanholija

Zadovoljstvo da se učini jedno dobro delo — koje je Kremić osetio kad je svojoj dragani ponudio svoje ime — nije trajalo dugo. Mladi čovek je još dovoljno voleo sebe samog, da ova biljka jedne više ljubavi uhvati korena u njegovoj duši. Hiljade raznih sitnica običnog života, tako napunjenog sebičnošću i brigom za što bolji komad hleba, nizale su pred njim i kvarile mu blage misli ljubavi za bližnjeg. Miloš je nesvesno upoređivao što su drugi radili u ovim prilikama, ispadao osobenjak u svojim očima i sumnjao u budućnost koja ga je čekala. Sve je bilo protiv njegovog rešenja: njegove godine, zarada, dužnost da pomogne starijem bratu koji je uzeo na se ceo teret njihove kuće, navike, pa i sama priroda.

— Šta će biti posle deset godina? — pitao se on. — Hoću li je ja i tada voleti?

Kad se već počne sa pitanjima šta će biti posle deset godina, čovek zaboravlja na najobičniju sitnicu, pad s tramvaja ili drugi nesrećen slučaj, koji se sutra može desiti i pokvariti sve planove. Njegova mašta teži da prodre do kraja pomrčine i zaustavlja se tek na ambisu koji se, pre a posle, pojavljuje u tim mislima.

— Svet će se zgledati kad nas vidi ruku pod ruku. Šta će

reći ova mala palanka, koju ne potresa nikakva strast i koja u tim prilikama ne dopušta nikakvu izmenu, već traži da se radi onako kako je od oca ostanulo sinu. Ljudi će se prćiti, a žene će praviti glasne primedbe. Svet neće hteti da razume šta se krije u našim srcima.

Kremić je često puta govorio da ga se ne tiče taj svet, čiji se bič zove rekla-kazala, ali je sad priznavao sebi, da nije govorio iskreno. Da, on je sad išao i dalje, i video, da mnogo štošta što je radio i što radi, bilo je ne zbog ovog određenog prijatelja i poznanika, već zbog tog sveta, zbog te gomile ljudi, koji nisu svi prijatni i mili, ali koji tako u gomili čine nešto zajedničko, jednu celinu, što je veća ma od koga pojedinca i zaslužuje da se za nju radi, da se prema njenom mišljenju upravlja i prema njenoj volji povija.

— Naš brak će biti objava rata celom ovom svetu, koji ume tako svirepo da bije svojim bičem. Hoće li Zorka biti srećnija u toj borbi nego ovako, mirna i povučena u svoj stan na kraju varoši i života? Hoću li ja moći izdržati ovo teško iskušenje, u koje nas stavlja naša ljubav? Nećemo li mi biti kao dva zlikovca, vezana za jedan lanac, koji se najzad omrznu?

Dok se mladi čovek borio sa ovim mislima, do skora tako dalekim od njega, njegov izgubljen pogled preletao je užički pejzaž, surov i težak, kao njegov dotadanji život. One dugačke ulice, sa iskvarenom kaldrmom, po kojoj se sijaju još bare od poslednje kiše, ove kuće sazidane prosto i praktički, bašte po kojima raste boranija i praziluk, i ovo sunce, koje klizi po horizontu, natmureno i sažaljivo, defilovali su pored njega, a zajedno s njima i njegovo detinjstvo i sve tamne slike njegove prošlosti. On je video sebe kao dečaka, koji posle mršave večere bulji nad knjigom pred čkiljavom lampicom, obešenom o zidu; sećao se sebe i u najsrećnijim časovima školskog života, časovima školskog izleta, kad se morao da krije u kakav vrbljak da pojede parče proje i sira, koje mu je majka spremila, dok su njegovim drugovima donosili momci pune korpe pečenja i kolača. Na um mu dolazile beogradske aščinice, u kojima je započeo prestonički život pored prljavog štamparskog šegrta i sa đuvečom, u koji je zamakao svoje crne nokte čokalija iz Magareva. Ti trenuci su bili svirepo teški, ali ih je on podnosio, jer ga je pomagala i tešila zelena nada, da će to sve jednom proći i on će postati svoj čovek. Kako je on tada zamišljao svoj ulazak u državnu službu, napredovanje u njoj, svoju bećarsku sobu, trenutak kad se čovek rešava na ženidbu i svoju verenicu, koja je trebala da mu pomogne da učini još poslednji korak u ono što je nazivao život. Taj život... to su bili široki horizonti, večito obasjani suncem, gde su vode tihe i gde se živi srećno kao u onima rimskim vrtovima, koje je viđao po anzihtskartama, punim senke od kiparisa i opojnih mirisa, koji se dižu iz belih mermernih urni. I sad, kad mu je trebalo još malo, još godinu-dve dana strpljenja, pa da ostvari taj san, zar da se vrati natrag u skomračenje, u gorku sirotinju, u svet prezrenih i gladnih, u crnu oskudicu, koja je još gora nego što je bila njegova, jer je bez nade, jer je večita.

Kad bi tako sa svojim mislima došao do kraja, i osetio nužnost da raskine sve što ga vezuje sa Zorkom, pred njim bi se raširio taman ambis, pun jeze i smrti, i iz te jezovite pomrčine podigao bi se blag spektar njegove dragane, one Zorke koja mu se urezala u dušu onog proletnjeg dana kad joj je poklonio jednu ružu, govorio o novcu i prvi put se posvađao sa njenom majkom. U beloj haljini od lanenog platna, s glavom nagnutom unapred, njena meka kestenjasta kosa, zabačena u stranu, kupala je njeno sjajno čelo. Blaga i duboka vatra je izbijala iz njenih očiju, a njen pogled koji se nije video prosipao je svetlost po njenim bledim obrazima. Dve tamne crte senčile su kutove njenih usta i otkrivale bolećiv osmeh njenog srca. Krupna rumena ruža presijavala se u krv, rascvetavala se na njenim još nerazvijenim grudima i bacala crvenu svetlost na njen vrat i podbradak. Ona ga je posmatrala, tako blaga i bela, i sanjala jedan san.

— Oh, nije mogućno, ja ne mogu pokvariti san ove žene — govorio je Miloš u sebi. — On je pravedna naknada za njen promašen život.

Ali je zanos opet trajao do prve pojave stvarnosti. Bio je dovoljan osmeh kakvog ogorčenog bećara na brak ili kakva *mudra misao*, pročitana u kome dnevnom listu:

„Čovek tako voli... Unosi celog sebe u taj osećaj. Kiti ljubljenu ženu najlepšim ukrasima svoje mašte. Ali uskoro ljubav prelazi u naviku, telo se umara, dušu obuzima razočaranje, čovek negoduje, pa se čak i gadi, a žena — đinđuva koja se zamišljala da je idol — pada sa svog amvona nisko, sasvim nisko.”

Tako je mladi čovek išao iz jedne krajnosti u drugu. Prelomi su bili vrlo nagli. On je patio. Nikome nije smeo da govori svoju muku, koja ga je grizla kao otrov i osvajala iz dana u dan. Kako su mu bili dugi dani, jedući tako samog sebe i živeći u ovoj mirnoj palanci, koju ništa nije trzalo iz njenog mrtvačkog sna. Umornim okom on je posmatrao kržljave kleke, rasute po Zabučju, slušao tiho oticanje Đetinje preko plićaka u kaljav splet nepotkresanih vrba, i tražio smisla belim stazama, koje su se iz varoši pele u brda i gubile se u gustoj šumi šičuraka i glogova. Ova teška tišina je vladala preko celog dana u varoši; sve je izgledalo kao zaspalo, kao pomrlo. Uveče, jedan narandžast plamen sine kroz ulice; sijalice se zapale i ova grobnica živih ljudi se predstavi još mrtvija prema hladnoj elekričnoj svetlosti.

— Šta li sad ona radi? — pitao se Miloš. — Tako sama... u one tri velike sobe?

U svirepoj borbi njegovih misli, ova palanka, kleke, nepotkresane vrbe, staze po brdima i ovi ljudi koji prolaze pored njega zamrli i jednoliki, činili su se Kremiću da su se naročito skupili oko njega da ga muče. U tom trenutku on je želeo najviše da bude pored Zorke da joj metne ruku na rame, zagleda se u njene dobre oči i zapita je šta da radi.

Tek je bio mesec dana otkako su se rastali, a njemu se činila čitava večnost. Daleko od Zorkinih nežnosti, mladom čoveku je izgledalo kao da je u izgnanstvu. Ceo ovaj mesec dana nije mu vredeo jednog minuta provedenog pored njegove dragane. Nedostajalo mu je nešto što mu je bilo najprijatnije u životu. Materinske brige i čar rodne zemlje su bile daleko od toga da mu zadovolje tu prazninu. Jer navike potpune ljubavi drže dušu i čula pod jarmom isto tako svirepim kao i navike na alkohol i kocku. Miloš je patio svirepo. On je izazivao sliku svoje dragane. Ili još češće, njen bledi lik ga je posećivao sam, nepozvan i privučen instinktom njegove zadovoljene strasti. Tek što bi izjutra otvorio oči, već su se njegove misli rojile tamo daleko, u Banatskoj ulici, nad onom velikom kućom i Zorkinom sobom. I najmanja sitnica u životu se utiskivala u njegovo srce i izazivala mu upoređenja sa životom, provedenim pored njegove dragane. Ceo njegov duh se unosio u tu misao, ispunjenu uspomenama na preživele nežnosti, i postepeno ju je pretvarao u fiks-ideju. Najteže je bilo uveče. Varoš opusti još u prvi mrak. Na Miloševo srce strovali se crna težina planinske noći. Kako su mu izgledale duge ove noći, kad je legao, uvek s istom fiks-idejom i uzalud se borio da uništi pokretljivost svoga duha u slatkoj nesvesti sna. Tek što mu san dodirne trepavice, a jedna pojedinost iz života, provedenog pored dragane, iskrsne mu pred oči, i mladi čovek se preda sav mislima i maštanju. Već petli uveliko pevaju po okolnim dvorištima, a često puta zora zabeli na prozorima kad se san smiluje i zatvori mu umorne oči.

U ovim mukama, koje su pretile celom njegovom biću, njegova priroda se uzbuni protiv njega samoga i on se zapita:

— Pa šta je ta žena? U čemu je ona drugojačija od ostalih? Ako je lepa, još ima lepih žena; ako je dobra, ona nije jedina dobra žena na svetu. Šta je ovo sa mnom? Jesam li ja toliko ostareo, da sam postao rob jedne navike?

Ali bi Miloš odmah osetio, da on ne voli ovu ženu što je lepa, dobra, plemenita ili pametna. Mogao je mnogo štošta naći na njoj što bi se moglo popraviti. Nego ju je on voleo takvu kakva je, voleo je što je osećao da je ona njegova, da njemu pripada, da je jedan deo njega samoga. Pored toga, on je osećao da njemu ne nedostaje toliko Zorka, koliko njihovi sastanci, zajedničke šetnje, koje su činili svaki dan, poverljivi razgovori o porodičnim brigama, planiranje budućnosti i sve one sitne nežnosti kojima zaljubljena bića obasipaju jedno drugo.

U ovim momentima čame, Kremić je najradije bežao van varoši, u šumu, i tu, izvaljen na modru uvek vlažnu mahovinu i glavom naslonjen na čvornat koren kakve bukve, provodio je po nekoliko časova gledajući kako između vrhova drveta oblaci jezde jedan preko drugoga. Ovi časovi provedeni u tišini prirode umirivali su buru, koju je nezasićena ljubav unosila u njegovo srce, i uveravali ga da je potrebno da vodi više računa o sebi i svom zdravlju. Njegova muka je bila teška i bolna, da je morao tražiti leka. Rad, u izvesnim trenucima, zabavlja čoveka i umanjuje jalovu borbu misli. Rad koji se voli jeste iluzija da se čovek približuje željenom cilju. Miloš je to i tražio: da oseti kako ide napred k onome što mu je potrebno, k onome što traži cela njegova duša, te se sav baci na posao, na rad oko svoje drame.

Isprva je mislio da napiše dramu samo u jednom činu. Ali njegovo srce, nabijeno patnjom i ljubavlju, davalo mu je materijal koji se izmicao uskom obimu jednog čina. Nekoliko glavnih pojedinosti, koje je zapazio u svome bolu, oživljavali su mu sklop radnje jedne velike drame, u kojoj se žrtvovala dva ljudska srca, i ona misao da je život zagonetka koja ubija, onaj sfinks koji mu se pojavio pre nekoliko dana na kamenitoj terasi, obasjavala mu je ceo događaj vatrom jedne ideje.

Kremiću je bilo teško započeti, a posle je već išlo. On je bio od onih bića, koja vrede više nego što se o njima misli, bića koja pod svojom skromnošću kriju duboku dušu i silinu stvaralačkog dara. Ovi ljudi prolaze život sa licem vrlo tihim. Ništa na njima ne svraća pažnju okoline. Svet ih smatra gotovo za neosetljive. Tek kad uspeju, njihova okolina otvori oči, iznenadi se pojavom ovih ljudi, koji su dotle tako mirno prolazili ne svraćajući pažnju nikoga, i sagleda lepotu njihove duše, neokaljanu i svetlu, kao što je lepota planine, pokrivene snegom. Tu ledenu lepotu potresa nemirna osetljivost srca, kao zemljotresi vulkanske predele. Oni rade ne štedeći sebe, predajući se celi svome poslu, poštujući bol i ne stideći se svojih suza.

Nahranjen lektirom, životom, zapažanjima, stalnim razmišljanjima, i zagrejan toplinom misli koja ga je oduševljavala, mladi pesnik, ozbiljan i tužan u isti mah, bio se presavio na starinski sto njihove velike sobe i pisao. Žute zavese na prozorima su ga odvajale od ostalog sveta i sadašnjeg momenta, a njegova mašta, raskošna i krilata, prenosila ga sa celom njegovom ljubavlju u svet misli, osećaja i iluzija. Sivi tabaci proste nešpartane hartije, kupljene u istoj knjižari gde je nekad kupovao bukvar i kopirajuće slike, postaše mu dugo tražena ispovedaonica. Po njima je cičalo pero, kao dete koje se zacenilo od dugo zadržavanog plača, rilo po duši i srcu, razdiralo ožiljke, otvaralo zarasle rane, stavljalo melem na skorašnje bolove i beležilo na ovu sivu hartiju, možda i protiv Miloševe volje, sve što je do sad osetio, pa i ono što je tako brižljivo krio od stranih ljudi, poznanika, drugova, braće, roditelja, svoje dragane, pa i sebe samoga. Kaplja po kaplja crnog mastila padala je na ove neispisane tabake, i stvarala maticu filtrovane rečitosti. Reč je vukla reč. Jedna ličnost je izazivala drugu. Njegova misao, koja se u običnim razgovorima otimala njegovim usnama, poslušno se predavala šiljatom peru i izražavala se, tačno i jasno, u dijalozima dramskih junaka.

Ali ovog raspoloženja nije bilo uvek. Na Miloša su napadali, kao jato čavki, trenuci crnih sumnjičenja u sebe samog, raznolika razočaranja, tehničke teškoće i mučne malodušnosti. Trebalo je znati meru reči, kazati onoliko koliko je potrebno da pisac kaže, a uputiti glumca da dopuni i gledaoca da oseti. Trebalo je naći vazdan sitnih troškova, da ličnosti izlaze na binu po logici situacije, a ne po komandi reditelja. Morala se jedna ličnost iz života dopunjavati drugom sličnom, da bi tip ispao potpun. Trebalo je premazati mnogo štošta, da se ličnosti ne poznadu same između gledalaca. U tim trenucima muke i malodušnosti, pero je visilo nad hartijom suvo i bez pokreta. Međutim, trebalo je produžiti. Da, trebalo je produžiti ne zbog honorara u izgledu ni zbog tašte slave da se ime štampa u novinama, već je trebalo produžiti, što neka tajanstvena sila, usađena u dušu, nije dala nazad, nije dopuštala odmor i gonila je napred, kao umornog vojnika što podiže marš na juriš i goni ga u smrt ili pobedu. Tada je trebalo pokrenuti celu volju, naterati glavu da se veže za igru zamišljenih lutaka, ljutinom cigare kazniti grudi što traže odmor i prisiliti pero da se povlači po hartiji, pa ma pisalo šta bilo. Misli su ispadale blede, reči nezaokrugljene, razgovori nategnuti, ali se pero postepeno zagrevalo, misao ponovo kapala kroz kaplje mastila, srce padalo u nervni zanos i, na Miloševo čuđenje, pojava ispadala dobra, a često bolje nego da ju je napisao kad je bio najbolje volje za pisanje. Tada je on, jednim nemim gestom, sam sebi stezao ruku i čestitao.

Napred, pa šta bilo!

— Ne, nemoj majko, nazepšćeš!... Da nisam šta zaboravio? — zamišljeno reče Miloš i okrenu se oko sebe.

— Samo do kapije. Nije hladno... Poštar je odneo kufer. Ključevi su kod tebe?

Majka i sin iziđoše iz sobe, povučeni svako u svoje misli. U velikom predsoblju hrkala su dva mlađa brata. Starinski časovnik je izbijao sekunde, strpljivo i uspavljujuće. Prema prozoru se sijao krov prizemne kuće u dvorištu, opran od kiše. Spolja je dolazio huk vode.

— Velja će se sutra vratiti iz sreza? — upita Miloš u pola glasa, da ne bi probudio decu.

— Da, sutra. Bogami će se namučiti. Otkud baš noćas da udari ova kiša? — odgovori majka i uzdahnu.

Miloš ne reče ništa. Bilo je vreme da se ide. On se okrete po predsoblju, zagleda još jednom starinski časovnik, koji je visio iznad ognjišta na svod, veliki drveni krevet, u kojem su spavale dve zajapurene dečje glave, i sliku jedne crnomanjaste devojke čudno obučene, koja je bila prilepljena na duvar, sliku sa kolača, što je kupljen na poslednjem vašaru. Obuzimalo ga neko naivno raspoloženje; nije mu se išlo iz ove kuće, gde je sve poznavao i razumevao, gde je sve bilo njegovo, blisko, voljeno.

Na crkvenom tornju časovnik izbi tupo dva sata.

— Da probudim decu da se pozdraviš? — upita ga majka. — Biće im žao da tako odeš.

— Ne, ne, bolje je nek spavaju. Evo ti ovo sitnine, pa im podeli kao pohodnju — odgovori Kremić sumorno i pođe da siđe, ali se zaustavi pred stepenicama, priđe krevetu i naže se nad braćom. Jedna suza se skotrlja sa njegovog oka i pade na Borkov obraz. Dečko se bunovno diže, pogleda oko sebe unezvereno, pa se opet spusti u postelju i produži spavati.

Kad majka otvori vrata, sa stepenica udari svež i mokar miris na raskvašenu zemlju. Kiša je lila kao iz kabla. Sve okolne streje pevale su nekakvu pesmu, neveselu kao odlazak.

— Zavrni jaknu. Biće ti hladno — reče mu majka promenjenim glasom. — Pa piši mi... ne zaboravi me. Pozdravi verenicu i kaži joj da mi piše i ona. Ne čekaj, dijete, da ti ja uvek odgovorim. Vidiš da ne vidim dobro; naročito kad pišem, oči mi zasenu. A decu je teško uhvatiti... ili su u školi ili u igri.

Milošu se steže srce. Oseti kako mu plač puni gušu. Ali se savlada da ne bi rasplakao majku, i reče:

— Tebi je zima. Što nisi obukla što toplije?... Treba da se požurim. Pozdravi Velja, i decu... Borka, Nikolu i malu Dobrinku.

Mladi čovek htede reći još nešto slatko, nešto što umanjuje bol, ali se ne seti ničega pametnog, te se saže i pritisnu topao poljubac na majčinu ruku. Ona mu uze glavu u svoje ruke i poljubi ga u obraz. Još jedan poljubac u obraz i ruku, i sve bi svršeno.

Miloš se nađe nasred ulice.

Nije se smeo okretati. Bojao se, da se još više ne razneži i odloži put. Tek kad dođe na dno ulice, on se okrete. Daleko, u mraku i kiši, gde se belasala dva dimnjaka, nazirala se jedna prilika. Ostatak neke svetlosti, koja nije dolazila niotkuda, obasjavao je njenu porhetsku reklu i žuto ostarelo lice. Kremić ubrza korake i pokuša oturiti misao, koja ga je sad svega obuzimala:

— Kud ću sad ponovo?... Šta će biti sa mnom... s nama?... Dokle ću se potucati po tuđim krovovima i tražiti nege kod tuđe majke?... Šta će meni Beograd, ona očajna borba tolikih njih kao što sam ja? Zar nije bolje ostati ovde i raditi među svojima koliko se može i kako se može?

Ali on se otimao ovoj misli, koračao brzo i gledao da je zabašuri, misleći kako će izgledati njegov prvi sastanak sa Zorkom. I mladi čovek je sve više odmicao od te male kuće, sa tri prozora obojena izbledelom plavom bojom, i od one prilike u porhetskoj rekli koja je stajala kao okamenjena u kiši i mraku.

Noć je bila još duboka. Oštra hladnoća, koja je dolazila iz kiše, ledila je sumoran pejzaž. Iz crne atmosfere je pljuštala voda, presijavajući se na uličnoj svetlosti. Kuće su se sagibale pod teretom vode i izgledale još sirotnije i jadnije. Po rđavoj kaldrmi se pravile duboke bare. Električne sijalice, na grubim stubovima od neobojenog drveta, obvijale su se maglom od kapljica i tinjale ružičastom svetlošću. Tajanstvena tišina je vladala u ovoj kišovitoj noći uprkos strujanju oluka i kapanju streja. Dva bleda lampiona označavala su glavnu gostionicu u varoši, gde je trebalo sačekati poštu. Pred njom je kisnuo izbušen čador, koji su momci zaboravili da skupe. Na tro-toaru se nije videlo žive duše. Dalje, u brdu, videle su se još nekolike sijalice, čija je svetlost, vrlo bleda, drhtala kao da se htela ugasiti na kiši. Gore, sasvim gore, nebo je bilo crno kao bezdan. Tek s vremena na vreme, zaparala bi ovu crninu jedna munja, jedna od onih kratkih munja koje ne grme, i više glave Miloševe bi se ukazao stenovit venac Zabučja, divalj i osenčen neprovidnim padinama, do kojih svetlost nije dopirala.

Kafana je zjapila pusta. Prljave i pocepane novine su visile za vratima, obešene o štapove. U kelneraju je spavala jedna čupava glava. Lopte i takovi su stajali na bilijaru onako kako su ih ostavili oni koji su poslednji igrali ove večeri. Iz trpezarije, zaklonjene kratkim zavesama, čulo se zveckanje srebra i češljanje karata.

Kremić pođe tamo da prekrati vreme, ali se seti da igračima možda ne bi bilo pravo, pa se predomisli, primače stolicu ka ulazu u kafanu i zagleda se u kišu, koja je padala ravnomerno i revnosno kao da nikad neće prestati.

Miloš je strpljivo čekao poštu. Već je više mislio na Zorku. Ali radost što će videti svoju draganu i žalost što ostavlja kuću sudarale su se u njegovom srcu, te ga pravili ravnodušnim prema svemu. U tome trenutku bilo mu je svejedno da pođe što ranije ili da se vrati kući, pa se čak ne bi protivio da večito ostane tako slušajući melanholičan topot vremena po opštinskoj kladrmi.

Utom se začu i tutanj nezgrapnih poštanskih kola. Sivi pokisli arnjevi se pojaviše iza jednog ugla i ustaviše pred mehanom. U kolima je već bilo putnika. Oni se zbiše i načiniše mesta mladom čoveku. Ovaj se nespretno uvuče unutra, nasloni glavu na kufer, koji je poštar bio metnuo u šarage, i kola se krenuše.

Pored njega prođe Stara pijaca sa kamenom česmom koju je podignuo opančarski esnaf, *Dva panja*, Realka, crkva, rabatne kuće po varoši, i već se ukaza Carina, kraj Užica.

Koliko je mladi čovek želeo da dođe taj trenutak kad će se krenuti svojoj dragani! Sad pak, kad je ovo vreme došlo, on je ravnodušno gledao izmicanje ovog mesta, koje ga je dotle zadržavalo i nije verovao da će za dva dana biti u Beogradu, sići na onaj isti peron, koji je ostavio u suzama, i zagrliti toliko željenu ženu, onu istu koja je tada, u cimetastoj haljini, očajnički trčala za vozom.

Kola su išla polako uzbrdo, ali stalno napred. Već su bili izišli iz Užica, prošli Ajdučko groblje, gde na jednom spomeniku piše: „Poginu od zlikovačke žandarmske ruke", i već se primicali Trešnjici, poslednjem užičkom brdu na ovom putu.

Kiša je počela da prestaje. Pored puta su strujali mutni potoci u vidu malih vodopada. Sa istoka je svitalo. Oko kočijaša i konjskih glava postepeno se širilo videlo. Pored puta su se sve jasnije ukazivali telegrafski direci, šipražje, plotovi, vratnice, skrivene seljačke kućice, šljivaci puni plavog voća, a za njima se pružale žute kukuruzne njive, i videla se raznolika brda, iza kojih se dizali sivi pramenovi magle i obećavali lep dan. S lišća je još kapala voda i bućkala u blato na putu. Ovde-onde sretali su se seljaci kako idu bosi po putu, a opanke i čarape drže pod pazuhom. Okisli sitni planinski konjčići, s dugačkom dlakom i opterećeni s obe strane svojih pupastih trbuha, sklanjali su se s puta pošti i zamišljeno mahali glavom.

Sa vedrinom u prirodi, razvedravala se i Miloševa duša. Pevušio je, razgovarao se sa saputnicima, dirao kočijaša i psovao rabadžije koji se nisu hteli skloniti s puta okislim arnjevima zvaničnih kola. Već su bili prošli Požegu, kad Miloš izvadi poslednje pismo Zorkino i stade ga čitati, mada ga je do sad bio već nekoliko puta pročitao.

„Moj dragi — pisala mu je ona — hoću da ti napišem još ovo nekoliko reči pre nego što se vratiš u Beograd. Nadam se da će te ono zateći još kod svoje kuće.

Jutros sam primila tvoju kartu. Hvala ti po sto puta. Ali ja već ne umem da pišem, toliko se radujem što ću te ponovo videti.

Tražila sam sobu za tebe, i nadam se da sam našla jednu kako treba. Kaparisala sam je i dala pet dinara unapred. Očekujem još jednu kartu od tebe gde ćeš mi javiti dan i čas tvoga dolaska, da bi se tvoja gazdarica znala upravljati, i da bih ti ja izišla na stanicu u susret.

Soba je vrlo lepa, sa zasebnim ulaskom, okrenuta Dunavu, ah, tamo gde smo toliko puta izlazili zajedno u šetnju. Nadam se da ćeš biti zadovoljan. Evo ti adrese: Takovska ulica broj 42, kod gospođe Nešić. Soba staje 30 dinara. Ako hoćeš doručak, onda još 6 dinara. Druge pojedinosti kazaću ti između poljubaca.

Ja ću gledati na svaki način da iziđem na stanicu. Ako hoćeš vozom u četiri sata, onda ćemo ostati zajedno na večeri. No, ne mari, možeš doći i izjutra, ja ću poraniti.

Oh, ja ne mogu ništa više da kažem. Luda sam od sreće što ću te videti ponovo. Znaš li ti dobro koliko te volim?

Hvala na marami, koju mi je poslala tvoja sestrica. Da znaš kako mi je bilo milo kad sam je primila! Kako bih ja stegla na srce tu devojčicu i volela je, jer je ona od tvoje krvi! Kako ih ja volim, njih sve, tvoju celu familiju dragu! Kako bih ja htela da ih vidim, da su me oni već primili među se, da bih im pokazala koliko ih ja volim. Da znaš kako mi je jutrošnja karta prijala gde mi kažeš da me oni vole. Oh, ja hoću da me tvoji vole, ja to hoću. Kad bi samo zaboravili da sam starija od tebe! Miko, kaži im, da mi to oproste, ja te molim. Ja nisam kriva i ja to ne mogu popraviti.

Sad ti šaljem želje za srećna puta; poljupce ćeš naći u svojoj novoj sobi. Tvoja iskrena Zorka.

P. S. Ti možeš znati da sam omršala od sve žalosti koju sam imala, i nećeš se začuditi kad me takvu vidiš. Juče sam bila kod moga doktora. Dao mi je dobrih saveta. Naročito mi je preporučio da štedim snagu. Do viđenja, moj anđele. Z.”

Miloš je čitao ovo pismo i u sebi ponavljao da je ova ljubav najlepše što mu je život dao. I ova žena, kod koje je ljubav zagospodarila celim njenim bićem, voli ga onako kako je on želeo da se voli. Ali mladi čovek nije bio zadovoljan sam sobom i sad, kad se primicao žuđenom cilju, gde ga čeka ljubljena žena raširenih ruku, on se osećao manje srećan nego onog dana kad mu je ta ista žena upola obećala prvi sastanak.

Put je bio zamoran i dugačak. Kola su silazila s jednog brda na drugo. Sunce koje je obasjalo posle kiše počelo je dosađivati. Kufer je žuljao glavu. Kremića je hvatao putnički polusan s časa na čas, posle koga se mladi čovek budio još umorniji. Oko osam časova uveče stigli su u Kragujevac. Miloš nije hteo konačiti, već je produžio put noćnim vozom.

Umoran od vožnje u neudobnim poštanskim kolima, zaspao je odmah posle Lapova. Već je bilo uveliko svanulo kad se probudio. Oko njega je bio sasvim drugi predeo. Nije bilo više divnih užičkih brda, obraslih u šumu i bujad, ni rasutih sela gde se seljaci dovikuju s brda na brdo, ni posnih njiva gde mršava stoka krivi leđa orući kamen i prljušu. Voz je jurio kroz talasaste ravnice Šumadije. Unaokolo je bilo sve obrađeno i pitomo. Ogromne njive bujnog kukuruza talasale se oko železničke pruge kao nadošle prostrane vode. Podmlađena trava u livadama odisala je poljskim mirisima. Iz rogoza se dizala magla. Žive ograde, načinjene od sitnog bagrenja, bile su se uresile srebrnim đerdanima rose. S vremena na vreme ugledalo bi se kakvo bogato ušoreno selo, gde se jasno raspoznavala škola i sudnica. Ovde-onde videli su se radnici, ljudi i žene, koji su ostavljali rad i začuđeno gledali u vatrena kola što su huktala pred njima.

Pored sveg sumnjičenja, koje ga je mučilo, Miloš je osećao strujanje jednog prijatnog nestrpljenja da se što pre primakne svome cilju. On je video jasno da je blizu Beograda, poznavao je taj rogoz iz koga se diže jutrenja para, te zaspale sporedne stanice, vijadukt koji je vodio preko jednog ambisa, voćnjak na jednom kupastom bregu, gde su visile kruške pocrvenele i pozlaćene jesenju, dve bele stene između kojih se jedva promicao voz; on je poznavao i to sunce, koje je sijalo iznad jedne grupe okresanih hrastova, gospodstvenije, mnogo gospodstvenije nego u njegovom golom zavičaju. Mladi čovek je pozdravljao osmehom ove kruške, stene, vijadukt i ovo gospodstveno sunce bogatih krajeva, jer su ga oni uveravali da je sve bliže Beogradu. Već se pojavi Avala, u čijoj jesenjoj golišavosti se pokazivao razoren Porčin grad, za njom se pojaviše beli parmaci ograde u Košutnjaku, pa onda srne, Topčider s hladovitim uređenim stazama, šećerna fabrika... Voz pisnu i uđe u beogradsku stanicu.

Kremić se požuri i skoči na peron. Nosači, koji su ulazili u vagone i putnici s vrha voza smetaše ga da pregleda ceo peron. On se obzirao oko sebe. Ali nije video nikoga. Iznenadno kraj jednog gvozdenog stuba on se obre pred jednom ženskom prilikom.

— Miko!

Dva blaga oka su ga gledala ispod velikog crnog vela, optočenog po krajevima.

Miloš je začuđeno gledao taj crni veo, haljine i šešir žalosti, i pitao se otkud te oči da padnu u tu crninu.

— Miko! — još je zvonio Zorkin glas.

Kremić je bio spremio čitavu besedu, lepo izabrane reči kao u pesmi, kojima će pozdraviti svoju verenicu, ali ovaj prizor duboke crnine ga zbuni i on promuca:

— Kako si crna, Zorka!

Ali se brzo trže, spusti stvari, koje je držao u ruci, na kaldrmu, i zagrli svoju draganu nežno i bolećivo.

— Jesi li mnogo umoran, Miko? — upita ga ona i jedna suza zablista u njenom oku.

Jedan nosač uze sam Miloševe stvari i upita uslužno:

— Treba li fijaker!

Mladi čovek nije ispuštao ruku svoje verenice i išao je napred kroz svet, ne poznavajući nikoga i ne čujući ništa. Zamalo još, pa se pred njima počeše nizati nejednake beogradske kuće i konji kaskahu strmim, rđavo kaldrmisanim ulicama.

DEO ČETVRTI

Hoću u tvom srcu, posle tamnih jada,
Da ostavim jednu nostalgiju dugu:
Pa sve kada prođe, da se sećaš tada
Sa bolom na sreću, s radošću na tugu.

Jovan Dučić

U hodniku

Načelnik je primao od 10 do 12 časova, ali je već bilo prošlo jedanaest, a niko od publike koja je čekala nije bio primljen. Poslužitelj koji je stajao pred njegovim vratima, mršav starac, čist kao nov marjaš, a ozbiljan kao mitropolit, prezrivo je merio očima užurbani svet i odgovarao zvanično na sva pitanja:

— Načelnik ne prima. Ima jedan gospodin. Ne poznajem ga. Sigurno je nešto važno. Već sam im dvaput donosio kafe.

Milošu je bilo svejedno da li će biti primljen pre a posle, pa je strpljivo šetao kroz dugačak, mračan hodnik, koji je služio za čekaonicu, i razmišljao šta će reći kad ga puste unutra.

S načelnikom se upoznao na jednom patriotskom zboru, te je mislio, da je najbolje da se njemu obrati za službu. To je bio čovek iz naroda, bez velike školske spreme, ali učtiv, pažljiv i pristupačan. Svojom vrednoćom je postigao da naknadi ono što mu škola nije dala i postane stručnjak u carinskim poslovima, a bistrinom, umeo je da se načini potreban i prokrči sebi put. Ovaj tih čovek, koji je sklapao suve stavove carinske tarife, interesovao se i ostalim vrstama javnog reda, uzimao je živog učešća u politici, i, na Kremićevo veliko iznenađenje, poznavao je njegove stihove i znao načiniti nekoliko pametnih opažanja.

— Pišite... pišite, gospodine Kremiću — govorio je on mladom pesniku. — Vi umete da pišete iskreno i iz srca. Vi znate za šta živite. Jer to je sve što nam od života ostaje, po nekoliko trenutaka pesničkog zanosa. Videćete kako je sve drugo ništa, državna služba i udobno kanabe, puna plata i orden Belog orla. Ne malakšite, ne očajavajte; priznanje jednom mora doći. A šta vas se tiče najzad šta misli ovaj ili onaj. U gomili koja ne piše, ima mnogo ljudi koji trpe isti bol; oni će vas razumeti, i njihova zahvalnost biće vaša najbolja nagrada.

Svetlost je dolazila u hodnik samo s jednog prozora, koji se savio u dnu, naprskao i zamrljan. Vazduh je bio neizvetren, pun prašine. Iz kancelarija je udarao zadah na staru hartiju i buđ. U tami, koja je gospodarila ovim hodnikom, jedva su se nazirale zamišljene glave što su džedžale pred načelnikovim vratima. S časa na čas zatandrkalo bi električno zvono. Mršavi čiča bi zagledao leno u numeru, pa kad bi video da to ne zvoni načelnik, popravio bi svoju mitropolitsku ozbiljnost, i, kao doajen poslužitelja, odsečno bi naredio jednom od svojih kolega, koji su pušili u vrhu hodnika, da vidi šta ima. Jedan bled sekretar, s pohabanim kancelarijskim kaputom, leno se vukao kroz hodnik, i pravio lice kao da ga ubi posao; a svežanj akata koji je držao na prsima govorio je uplašenoj publici:

— S puta! Ne smetajte gospodina u zvaničnom poslu.

Vrata od arhive su bila širom otvorena. Gust oblak od duvanskog dima je lebdeo iznad sagnutih glava, koje su nešto pisale stegnutih zuba i praznih očiju. Svuda je počivala kancelarijska tišina, svečana i dosadna, ali se Milošu činilo, da čuje tup bât neke zarđale mašinerije, koja lupa i okreće se a ne izrađuje ništa, dostojanstvene i trome mašinerije, koja se zove državna služba.

Već je bilo prošlo tri godine otkako se Kremić bio odvojio od ovih mračnih hodnika, ozbiljnih poslužitelja, sekretarskih veličina i ove zarđale državne mašinerije čiji se rad svodi na punjenje arhive i pijenje kafe. On je šetao kroz taj hodnik, zagledao presavijen tabak hartije koji je držao u džepu, očekivao da načelnik počne da prima, ali još nije mogao da veruje, da je on došao ponovo tu da traži, da moli da ga prime u te neizvetrene kancelarije, da se pomeša u tu gomilu praznih glava, da ubije vreme pijući kafu i ispunjavajući beskorisne obrasce, sve radi toga, da bi jednog dana mogao prolaziti kroz taj hodnik, pun plašljive publike, leno, sa izgledom čoveka koga davi težak zvaničan posao, i s aktima pred sobom koji će govoriti:

— S puta!... Ne smetajte gospodina u zvaničnom poslu.

Ali taj neizvetren vazduh i zadah na staru hartiju uvlačio se u njegove grudi kao neki opojan dim. Mladi čovek se navikavao na mitropolitsku glavu načelnikova poslužitelja. Počinjao da poštuje rad praktikanata u arhivi. Osećao svu veličinu odgovornosti koja leži na državnim činovnicima što zavijaju zelene tabake, prevrću debele išpartane knjige i objašnjavaju se nešto između sebe, poverljivo i ozbiljno. Već je zaboravljao šta se događa napolju, da li je lepo vreme i ima li koga kod *Moskve*. Pred njim se gubio i Beograd, sa nejednakim kućama i strmim ulicama, a pojavljivala jedna fiktivna varoš, koja je prestonica, centar državne vlasti, a za ovom varoši prostirala se zemlja Srbija, tako isto fiktivna, bez ičega drugog do granica pojedinih okruga i crvenih tačaka koje su predstavljale sedišta državnih vlasti. Iznad te šarene zemlje je lupala trošna i dostojanstvena mašinerija državne službe, i mladi čovek je pažljivo obilazio namrštene poslužitelje, zagledao se u prazne oči praktikanata u arhivi i sklanjao se sa strahopoštovanjem s puta sekretarovim aktima.

Onaj gospodin, koji se toliko bio zadržao kod načelnika, suv, dug, ukovrčene brade i zadovoljna lica iziđe iz kancelarije. Publika se načeti oko vrata.

— Odbij! — ljutio se poslužitelj. — I stoka se po redu liže. Kako se ti zoveš?

Električno zvono zazvoni, kratko i energično. Načelnik poče da prima. Pre nego što je ma ko mogao ući, poslužitelj je ulazio najpre, klanjao se do zemlje, pitao da li može pustiti toga i toga, i ovaj rad ponavljao sa svakom posetnicom. Posao oko primanja se udvajao time. Ali šta to mari! Poslužitelji tako daju cenu svakom aktu svojih gazda i podižu jednu vrstu kulta oko njihove posvećene persone.

— Šta je novo, g. Kremiću? — upita načelnik mladog čoveka kad ga najzad pustiše unutra.

Miloš se zbuni. Veseo izgled načelnikove sobe, ružičast nameštaj pokriven pirotskim ćilimima, zelena električna lampa na stolu, skeptičan osmeh oko načelnikovih usana, kraljev portret u masivnom pozlaćenom ramu i blistavo sunce koje je ispunjavalo sobu, sve je to bilo tako daleko od onog dugog mračnog hodnika, koji je mirisao na buđ i staru hartiju, da se Kremić morao da pribere.

Načelnik je stajao iza stola, naslonivši svoju veliku seljačku ruku na gomilu akata. Riđa brada mu je rasla u neredu i senčila mu gorka usta. Iznad namrštenih obrva izdizao se mesnat energičan nos. Proređena kosa na temenu presijavala se na mlazu sunca koje je šibalo sa prozora.

— Šta radi g. Stajić? — upita ga ponovo načelnik i zagleda se u Miloša svojim šiljastim i pronicavim okom.

— Ja nisam više u *Preporodu* — odgovori Miloš, pa produži, brzo i ne dovršavajući rečenice, kao da se bojao da ne izgubi kuraž i prećuti ono što je hteo reći. — Zbog toga sam i došao, gospodine načelniče... Vi me poznajete... I molim vas da mi nađete jedno mesto u vašem ministarstvu. Znate ja...

Načelnik nije to očekivao. Njegov skeptičan osmeh se pojača, a obrve se namračiše još više. Ipak njegov glas ne izgubi ništa od svoje prvašnje mekote kad reče:

— Hm... hm, trba mi kakav dokument, diploma. Vi ste svršili?...

— Prava — odgovori Miloš zbunjeno.

— Je li vam tu svedodžba?... Ah, dobro, dobro... Treba još da napišete jednu molbu, na celom tabaku, i da prilepite taksenu marku od pola dinara.

— Napisao sam, gospodine načelniče — odvrati Kremić i iz džepa izvuče jedan presavijen tabak hartije.

Načelnik pročita letimično molbu, zagleda još jedanput diplomu, a naročito univerzitetski pečat i rektorov potpis, pa hartije ostavi na sto i Milošu pruži ruku:

— Ima praznih mesta u carinarnici na Savi; nadam se da vam tamo neće biti rđavo... Vi biste voleli da se ovo što pre svrši?

— Da, molim vas, gospodine načelniče.

— Dobro... dobro, gledaćemo da što pre uhvatimo

ministra. Za nedelju-dve dana biće sve svršeno... O, molim, nema ništa, zbogom!

Vrata na sobi zaklopiše se i Miloš se ponovo nađe u dugačkom mračnom hodniku.

Poslužitelj se klanjao pred njim i trljao ruke očekujući bakšiš. Jedna žena je šaptala da je sad na nju red. Nekakav suv čovek, u masnom policijskom šinjelu, bez propisanih dugmadi, pitao je Kremića poverljivo: je li načelnik dobre volje? A Miloš je, nezavisno od svega ovoga, mislio, kako je sve to bilo brže i prostije nego što se nadao, kako je imao još nešto da kaže; on nije hteo da se primi za carinika, već za pisara ministarstva, ako je mogućno. Hteo je da se vrati, da objasni šta je hteo, da pokaže svoje pravo, da se pozove na slučaj svojih drugova... ali, poslužitelj mu je već zahvaljivao na dobivenoj napojnici; ona žena koja je bila na redu već je ulazila kod načelnika, isterani policijski pisar zakopčavao je svoj šinjel, iz dna hodnika se pojavljivao onaj bledi sekretar s gomilom akata. Zadah na staru hartiju i buđ se osećao još više. Miloš ubrza korake i iziđe iz ministarstva.

Napolju je bio svetao dan, kad jesen seje blago do mile volje. Davno procvetale lale podmladile se pod mrtvim granama jasmina. Po kaldrmi se jurili gušterovi. Finansijski park se kupao u svetlosti nasmejanog sunca, žutog kao ponovo procvetale lale. Lak vetar čarlijao je i mešao suvu prašinu sa riđim jesenjim lišćem, koje je tek spalo sa ćelavog drveća. U isto doba, udaralo je nešto po trotoaru i krovovima, kao kiša. To je zrelo kestenje padalo iz naprslih ljusaka i uplašenom ženskinju izmamljivalo krike iz grudi. A nebo je bilo plavo kao zumbulovo cveće, prosipalo rosu kao da je proleće, smejalo se sa svoje visine i kao da nam je htelo reći:

— Brzo, brzo, ovo je kraj. Ja dajem sve, više nemate šta da očekujete. Ne štedite me, ja umirem sutra.

To je bilo najlepše doba u Beogradu, kad je sve tako lepo i kad svet, koji se vratio iz banja, krstari po ulicama, tražeći kakvu avanturu. Pomodne haljine i svilene bluze su se svetlele po trotoaru. Tramvaji su bili puni. Fijakeri su jurili sredinom ulice. Ono što pesnici nisu razumevali, pogađali su obični ljudi koji su hitali da ne propuste nijedno zadovoljstvo ovog mrtvog lišća i riđe atmosfere, ovog doba godine, kad su dani kratki i skupoceni, retki i raznaženi, dopadljivi u svome poslednjem naporu, da naliče na proleće i mladost.

Pred kafanama su svi stolovi bili zauzeti. Ljudi su se sudarali na trotoarima. Svako se veselo i učtivo izvinjavao. Odasvuda se čuo žagor, mešao se dubok muški glas sa piskavim ženskim grlom, i čula se neka neispevana pesma, koja sadrži setnu žurbu ka sreći koju nismo umeli iskoristiti kad nam se nudila puna i laka.

Ovo žuto sunce, veselo u svom umiranju, drugače je uticalo na Kremića nego na ostale. On je stupao kroz ovo drugo proleće hladan i sumoran. Izišav iz onog mračnog i dugačkog hodnika, on je sad video jasno put svoje sreće, pun tih mračnih i dugačkih tunela, koji su mirisali na staru hartiju. I on je zavideo ovom svetu, što ne vidi tako jasno trasiran put svoga života, što se predaje veselju u prirodi, ne misli na ono odakle je izišao i gde će ući, i juri ka nekim nepoznatim i novim zadovoljstvima.

— Ah, oni su svi na putu ka sreći, oni su slobodni i oni

žive, oni žive... — ponavljao je u sebi mladi čovek i zamišljeno stupao kroz ovaj oduševljeni svet.

— Šta si se ti... kako da kažem... tako zamislio? — iznenadi ga Bogdan Vasić. — Znaš li da Ranković putuje večeras?

— Kuda? — začuđeno upita Miloš.

— Ti ne znaš?... Već su četvorica otišla... kako da kažem... sve po hladu, jedan po jedan. Listovi ćute, jer su poslata i iz opozicije dvojica.

— Ja te ne razumem.

— Vlada šalje deset pitomaca na stranu. Dvesta pedeset dinara... kako da kažem... mesečno. Sve je svršeno krišom, kroz kapidžike i bez konkursa. Dragutin ide za Slovensko pravo...

— Nije mogućno, pa on svršava filozofiju?

— Šta to mari... kako da kažem. Zar u našoj diplomatiji nema ljudi koji su svršili veterinu?... Pet godina na strani... lepa posla, kako da kažem. Niko nije izabran od golodije. Zamisli Kokića... državni savetnik, a to mu je treći sin... kako da kažem... koga država šalje na stranu.

— Kokić je stara lopuža, ama za Rankovića ne mogu da verujem... On bi mi to kazao. Pa njegove simpatije za francusku literaturu i... Ti znaš da se on verio?

— Oko vrbe! Zna on šta radi... kako da kažem. A i ja isprva nisam verovao, pa sam ga pitao... Veli, literaturu može i sam učiti... a ministar navalio na njega da se primi... kaže, nije mogao odbiti...

— Što meni ne ponudi niko ništa? — ote se nehotično krik s Miloševih usta.

— Kako da kažem... ti mu veruješ? Trebao si ga videti ovih

dana kako je obijao pragove od jednog do drugog... kako da kažem... čoveka od uticaja.

— A njegova verenica?

— Zavisi od... kako da kažem... — i Vasić pokaza rukom kao da broji novac. — Što te više nema u *Preporodu*? Navrati koji put... Ah, evo *Cajtovog* dopisnika. U zdravlje!

Vasić se dohvati lako do šešira, opruži svoje noge, dugačke i suve kao šestar, i potrča da stigne jednog ugojenog Jevrejina.

Jedan ostvaren san

Sa dobivanjem službe nije išlo tako lako kao što je Kremić očekivao. Dani su prolazili jedan za drugim, a ukaz o njegovom postavljenju nije izlazio nikako. Međutim, trebalo je plaćati... jer je čovek živ i troši. Pa i posle postavljenja, Miloš se nije nadao velikom dobru. Čitava tri prva meseca mogla se primati samo polovina plate, koliko je ostajalo kad se odbije posmrtna plata, taksa za ukaz, porez i činovničke fondove. Stoga Zorka predloži Milošu da se preseli kod nje.

Mladi čovek odbi u prvi mah. Sve se u njemu bunilo da prima pomoć od jedne žene, ma i voljene. Ljudsko prezrenje koje štedi lovce miraza, pogađa ljubavnika, grešnog što prima, ma bilo u vidu pozajmice, novac od svoje dragane. Kod žena je to druga stvar. One ne zameraju ljubavnicima ako ovi vole iskreno. Njima izgleda sasvim prosto i prirodno da dele i kesu kad dele postelju, i čak smatraju kao znak hladnoće kad ljubavnik ima skrupula. Zbog toga i Zorka prebaci svome draganu, da je on dovoljno ne voli, kad odbija ovo što mu ona još jedino može dati.

— Ali, Zorka, budi pametna... Na stranu, kako je meni... ali šta će reći svet, one sitne komšije koje jedva čekaju da vide šta da bi mogle ogovarati...

— Šta me se tiče svet. On govori i ovako svašta. Ko će svetu zapušiti usta! — odgovori mu ona, sva rumena od ljubavi, od one prave, najviše ljubavi koja se sastoji u tome da se čovek svede na ništa za drugog. — Neka govori šta ko hoće! Ti si moj verenik. Ti si moj voljeni Miloš, pored koga ja hoću da sam večito. Ja neću više da živim ako ne znam da ću od sad ostati zanavek sa tobom. Je li, Miloše, ti pristaješ, zar ne?

Neka se baci kamenom na mladog pesnika svaki onaj koji nije rekao *da* na sva pitanja voljene žene, samo da bi razbio oblake njene sumnje i izazvao na toliko ljubljenim usnama svetlost osmeha i zadovoljstva. Kremić prista, kao što su svi pre njega radili, i predade se svojoj sudbini.

Zorka je udesila sve što je mogla, da svom draganu zasladi život pored sebe. Mladi čovek je imao sve što mu treba. Njegov posao na drami odmicao je neobično brzo. Po ceo dan je ostajao u svojoj sobi i žalio za njom kad bi morao da iziđe u varoš.

To više nije bio sumoran tip sobe za samca, gde je svaki kirajdžija ostavljao po jednu prljotinu iza sebe. Od čaršava na stolu do tacne za sapun na umivaoniku, sve se slagalo u ovoj sobi. Stvari su imale svoju dušu, a život među njima intimnu tradiciju. Sporedna vrata vodila u Zorkinu sobu, svu belu, koja je opet bez knjiga i portreta znamenitih ljudi, a sa nekoliko Miloševih fotografija i gomilom raznih ženskih sitnica, davala drugi utisak, utisak da tu živi žena, a ta žena da voli i da je voljena. Mladi čovek je imao samo da lupne nogom, i ta se vrata otvarala, u sobu dolazio miris na đurđevak i Zorka se pojavljivala, nasmejana i bleda. Gotovo svakog dana, Miloš je primećivao ponešto lepo prinovljeno u svojoj sobi: pepeonicu za cigarete ili zidni kalendar, lepši bokal ili udobniju stolicu; ako ništa drugo a ono je bio promenjen buket cveća koji je uvek bio na njegovom stolu za pisanje. Kremić nije imao ni za šta da brine. Zorka je umela da prednjači njegovim mislima i da pogađa šta mu treba. To je bio život kakav je Miloš sanjao za deset godina otkako je ostavio rodnu kuću i potucao se po tuđim pragovima, život nežnosti, umnog rada, prijatnih briga, život bez tuđinaca u svojoj kući, život tih i ljubavan.

Ali zadovoljstvo prestaje biti zadovoljstvo kad je ostvareno. I mladi čovek, pošto je dobio ogromni dobitak ugodnosti i sreće, oseti prema njemu preziranje, slično onom osećanju nipodaštavanja koje kockari osećaju prema dobivenom novcu. On se osećao u toj sobi, gde je sve bilo njegovo i za njega, kao dragokup. On nije bio navikao na sreću; on se bio srodio sa oskudicom, sa njenim dvema krajnostima: pustom javom i raskošnim snom. Njemu je nedostajalo sad ovog lomljenja iz krajnosti u krajnost, i on je osećao jednu duboku prazninu oko sebe, kao pušač koji je ostao bez duvana, nezadovoljan i nesnosan samom sebi. Ali se dobro čuvao da to Zorka ne primeti, jer je znao koliko bi je to zabolelo. Ipak je Zorka naslućivala, da je Milošu teško da ublaži bol koji mu je zadavao narušeni ponos.

— Ja vidim koliku ti žrtvu činiš meni. Ti možeš naći devojku, mladu i lepu, koja bi ti olakšala stupanje u život. Zbog toga se osećam srećna kad mogu ovako da ti pomognem donekle — govorila mu je Zorka, pribijajući se uz njega. — I ja mislim poneki put, da je baš dobro što se novac ne meša u našu ljubav. Na nama je da stvorimo svoju kuću i da je održavamo zajedno i našom ljubavlju.

Miloš možda nije bio potpuno Zorkinog mišljenja, ali joj je odobravao i govorio:

— Da, mi se možda baš volimo ovoliko što novac nije posredi nas. Bez sumnje, ima nekakav razlog koji mi ne možemo da pojmimo za sad, ali on postoji. Trudimo se da prebrodimo teškoće i ne gubimo poverenje jedno u drugo.

Dani su prolazili polako, vetroviti i kišni dani beogradske jeseni, kad se nebo ne vidi i blato pokriva kaldrmu. Miloš je provodio najviše vremena pored Zorke; tešio je kad je plakala misleći na majku, dorađivao svoju dramu i trudio se da sakrije svoje nezadovoljstvo što stvari ne idu onako kako je hteo. Ipak, katkad nije mogao da spreči uzdah koji bi mu zatresao grudi:

— Šta je tebi, Miloše? Ti nisi dobro?... — upitala bi ga Zorka.

— Vidiš, ovi dani tako crni... puni kiše i vetra. Kad iziđem na ulicu, čini mi se da mi je blato do guše.

— Pa ne izlazi... Ostani večito ovako pored tvoje dragane, koja te voli, Miloše... voli više nego najveće blago na svetu.

— Pa ovo čekanje sa službom?...

— Što? Šta mari!... Kako bi inače dovršio svoju dramu... Da znaš kako mi je prijatno, kad smo ovako zajedno; ti pišeš, a ja radim. Već si pri kraju?

— Još imam da je jedanput pročitam i ispravim ono što je rogobatno. Možda ću je još jedanput prepisati. Ali nemam dovoljno vremena. Prema konkursu, treba da rukopis pošaljem do 1. decembra.

Ali jednog dana Zorka se ne zadovolji ovakvim odgovorom.

— Ti patiš zbog mene, Miloše. Ja se doista bojim da ti se jednog dana ovo ne učini suviše teško...

— Zorka, meni je ovde tako lepo. Iskreno ti kažem, da mi bolje ne može biti. Ovo je bio uvek san moga života, da imam sve što živom čoveku treba da bih mogao raditi. Kako možeš reći da će mi se dosaditi?... Ti me koriš...

— Ne, ne, ne govori mi to. To nije prekor, moj Miko. Nikad, nikad, ja neću moći prekoreti te ni za šta. Ja vidim iz dana u dan jasnije tvoju vrednost. Ja razumem koliko me ti voliš. Ti si iskren prema meni... mnogo više nego što bih se ikad mogla nadati. Što me tako žalosti u našoj ljubavi, dragane, jeste što ja moram razumeti sve više teškoće koje iskaču pred tebe, da ispuniš ono što je uvek bilo moj san, moja želja; te teškoće me muče, Miloše. I ja vidim da ti patiš.

— Molim te, Zorka, nemoj da se žalostiš. Ti preteruješ — blago ju je koreo Miloš, iako je u duši osećao ono isto što i njegova dragana. — Doista, naše stanje nije onako kako bi trebalo da je. Ali pogledaj oko sebe! Mi ne stojimo tako rđavo. Mnogi bi se s nama razmenili, a ima ih koji bi nam mogli pozavideti.

— Ponovi mi to, Miloše, ponovi mi te reči ohrabrenja. Kaži mi da ti ne žališ što me voliš, i reci mi da ću ja biti tvoja žena. Grdi me. Ja se uvek bojim da te ne izgubim što sam starija od tebe, što nemam novaca. Dragi, ne razumej me rđavo: nije to zbog toga što mislim da ti voliš novac, već što su naša sredstva mala; ja se bojim da ona ne budu nedovoljna, i to me ubija, Miloše.

— Mi smo sposobni i zdravi za rad. Mi ćemo moći uvek zaraditi ono što nam treba.

— Ah, Miko, ja ti se divim kad tako govoriš i znam da me

ti voliš još mnogo, kao uvek, ali jednog dana ti ćeš biti sit toga rada i tih odricanja...

— Varaš se, Zorka; ja radim otkako znam za sebe i ja sam se navikao na odricanja.

— Ali ovo je drugo, ovo je večito. Da, ti me dobro razumeš zašto se ja bojim da me jednog dana ne omrzneš. Ah, Miko, oprosti mi... ja ne znam zašto sam na ovoj zemlji? Čim ja imam jednu naklonost, ona mi se otima, a ja sam celog života patila za drugog.

Miloš ju je žalio, ali u isto doba on je bio nezadovoljan. Osećao je da on treba da se jada, da širom otvori grudi i izlije sve ono što ga peče u dnu srca. Ali, on je voleo ovu ženu, mršavu kao kanarinku, toliko da joj nije mogao zadati još veće rane, te je uze u naručje i pokuša da je umiri.

— Pusti me da plačem, Miloše — govorila je Zorka i krila lice sve ukvašeno krupnim suzama. — Ti si u cvetu života, ti ulaziš u njega, tebi treba cela tvoja snaga i tvoje srce, da bi napredovao, živeo kako treba... Da sam bar mlada!... Ali, kad ti budeš svršio borbu, ja ću biti baba, i još jedanput — ti nećeš imati zadovoljstva. Miloše, kaži mi, kaži mi iskreno: hoćeš li da budeš slobodan?

— Zorka, nemoj da si dete. Ti vidiš da se mi volimo, a kad se dvoje vole, oni ne mogu biti slobodni, oni se ne mogu rastaviti jedno od drugog. Našto te crne misli? Mi idemo stalno putem k našoj sreći. Šta nam ovde nedostaje? Još malo, pa ću ja imati svoju platu. Moći ću nešto zarađivati i sa strane. Mi ćemo se uskoro venčati. A ako sad to ne možemo uraditi, to ne smeta da bude naš cilj. Mi ćemo raditi, imati dobru nadu da ćemo jednog dana uspeti. Mi ćemo dakle, kao i svi drugi koji imaju jedan cilj u životu, činiti ono što nam je mogućno, čekati, nadati se, ne zaustavljati se pred preprekama i ne dopustiti da nas teškoće pobede. Pobeda će biti nagrada...

Zorka je bila podigla glavu i slušala Miloša koji je bio bled i zamišljen.

— Daj mi tvoja usta; nasloni ih na moja, ona su tako suva i žedna — prekide ga Zorka, ozarena oduševljenjem i nadom, i baci mu se oko vrata. — Vidiš li ti, Miko, ti si moja jedina radost. Možeš li ti dakle razumeti da ja ne radim iz rđavih pobuda što hoću da sam tvoja žena? Oh, kako je slatka i sama ta misao da ću biti tvoja žena. Poneki put samo, moj dragane — i zaljubljena žena pritište rukom levu stranu grudi — učini mi se da će ti ovaj put biti vrlo težak, pa se bojim da ti ne skraćujem sreću našim brakom, ja koja ti želim najveću sreću, i strah me je, da ti ne zagorčam život, moj živote.

Mlada žena je bila već utešena i osmehivala se na svoga dragana. Međutim, Kremić se mrgodio. On je osećao takođe potrebu da bude utešen. Kod njega je u tom trenutku izbijala najjače jedna psihološka protivurečnost, koja sadrži celo jedno zaljubljeno srce: Miloš se hteo osloboditi Zorke, a da se Zorka ne oslobodi njega. I on ne mogade da zaustavi reč koja mu se otrže sa usta.

— Da, mi ćemo raditi. Ako ne uspemo, mi ćemo imati bar moralnu sreću da smo sve učinili što je do nas stajalo.

Srećan izraz se izbrisa sa Zorkinog lica. Ono posta tako bledo kao jesenji dan koji se u tom trenutku s mukom provlačio kroz oblake.

— Ne govori mi, da nećemo uspeti — reče mu ona, i ponovo mu se baci oko vrata, pripijajući se oko njega kao da se bojala da će joj ga neko oteti. — Ne ubijaj moju nadu, Miloše. Kako se možemo drugače voleti nego nadajući se u večnost naše veze, u brak, i verujući u sigurnost naših obećanja. Ja ću te voleti celog svog života. Ako se možemo voleti i posle njega, ja ću te voleti i posle života, za grobom i večno. Ne gubimo nadu. Mi ćemo pobediti ako budemo živi i zdravi; mi ćemo postići svoj cilj, ja to verujem, i ja još verujem da i ti tako misliš. Ali, Miloše, ja hoću tvoju sreću, jer ja neću moći biti srećna po cenu tvojih odricanja. Još jedanput te pitam: hoćeš li da budeš slobodan?

Miloš se oseti ponovo obeshrabren pred bolom ove žene koji je zjapio kao otvorena rana kroz njene zenice. On uzdignu s čela svoju razbarušenu kosu, potčini se Zorki i prista da čeka da nešto dođe, nezavisno od njega, i uredi sve teškoće.

Na zamrzlim obalama

— Znate li da vas je opet referisao? — reče Milošu
njegov novi kolega, jedan mlad carinski pripravnik, koji je
toga leta bio svršio Trgovačku akademiju i u kancelariji učio
„esperanto”.

— Ko?

— Gospodin Jakov. Kaže, ovog puta nećete mu izmaći.
Kakvi su to, veli, pojmovi o državnoj službi da se dolazi uvek
posle osam sati... Ali, molim vas — i pripravnik načini jedan
izveštačen gest kavaljerstva — ne govorite mu da sam vam ja
to kazao.

— Šta me se tiče! — odgovori mu Kremić mrzovoljno. —
Neka me dostavi i ministru, ako mu to čini zadovoljstvo. Gore
mesto ne mogu dobiti.

Već je bilo mesec dana kako je Miloš dobio za carinika
i stupio na dužnost. Pre toga on nije znao ni gde se nalazi
carinarnica. Mislio je da se posao sastoji u tome, da čovek iziđe
na lađu koja dolazi iz inostranstva i prisustvuje izlasku put-
nika. Međutim, posao je bio sasvim drugi, grub i nezanimljiv.
Trebalo je sedeti u mračnim magacinima, koji su, neosvetljeni
i rešetkama osigurani, ličili na robijaške radionice, otvarati
džakove, razlikovati vunu od pamuka, svađati se sa trgovačkim

pomoćnicima, klanjati se prema starešinama, voditi glupe razgovore sa kolegama, i računati razne sporedne takse, dok promaja bije sa sviju strana. Sposobnost se merila brojem posvršavanih paketa na dan, a inteligencija se određivala prema vrsti robe koja se carinila. Ko je pregledao broširane knjige, kalendare i mustre bez vrednosti, bio je invalid, kreten; dok se sa najvećim poštovanjem govorilo o nekolicini činovnika koji su umeli da carine zlatne predmete i apotekarske proizvode.

Prvih dana Miloš se interesovao poslom, zanimao ga je specijalni carinski jezik, nepoznate reči kao pozamanterija i rastovana hartija, slušao je hiljadu sitnih intriga koje su se plele iza leđa, smejao se neslanim vicevima, posmatrao tuču s bombama od hartije i uživao kad bi se ponekad *personal* složio i zajednički zapevao poznatu sokačku pesmu:

Neka uzdiše ko mora,
Suze nek lije!
Pevaj, Jelo, veselo, nek se ori glas:
Pesma moga života jedini je spas.

Ali to nije trajalo dugo, a Kremiću se dosadi ovaj posao koji se radi savijenih leđa i praznih očiju, mahinalno kao što volovi oru. Glava ga je bolela od promaja. Magacini mu izgledali kao galija na koju je prikovan. Odvratan mu bio carinski jezik, pun grubih pogrešaka kao berberska ljubavna pisma. Bunilo ga je što niko nije hteo da oceni njegovu pravu vrednost, koja se nalazi dalje od carinskog ručnika i sveske deklaracija. Samoljublje mu je zaoštravalo bol i njegovo srce se punilo mržnjom, sebičnošću i lenošću. Trudio se na svaki način da izbegne od posla, zadocnjavao, otezao rad, a kad ništa drugo ne bi mogao, Miloš je izlazio u dvorište i šetao sam, misleći na Zorku, na dramu koju je bio dovršio i iluzije svoje mladosti koje su ga ovamo dovele.

Bila je već uveliko zima. Gust sneg je pokrivao krovove, dvorište i ulicu. Sava se bila zaledila. Žalosno su izgledale konture sanduka i greda u pristaništu, zanemarenih i pokrivenih snegom. Daleko, sve do kraja horizonta, prostirala se snežna pustinja. Žuta železnička stanica u Zemunu mrzla se u zimi i ledu. Po celoj poljani se videli samo gladni gavranovi, koji su zlokobno graktali. Pred carinarnicom su tapkali nogama nosači, uzalud očekujući posla. Preko leda se primećivala jedna zelena pruga hladne vode, koja je vezivala obe obale; to je put kojim austrijski finansi prelaze na našu stranu i kupuju rakiju. Bledo sunce se jedva naziralo u vazduhu, nakostrešenom od zime. Leden vetar, koji je duvao sa Vračara, rezao je kao oštrom sabljom. Miloš se mrzao od zime, šetajući se po ovim zamrzlim obalama, ali je voleo više i ovaj mraz napolju, nego da se vrati u smrdljivo carinsko *smestište*.

Činovnici nisu to hteli da trpe, pa su ga tužakali upravniku carinarnice.

Upravnik je bio visok, pun, razvijen čovek, mišica kao u atleta a ženskih očiju. On je bio čovek, koji je mogao imati velikih sposobnosti i zamašaja u životu. On je jedini donekle razumevao ovog mladog čoveka, koji je tražio od života nešto više nego što mu je carinarnica mogla dati, pa se pravio gluv na sve tužbe Miloševih starešina, i čak ga nije nijedanput opomenuo. Upravnik je zvao Miloša *pjesnikom* i s njim govorio samo u desetercu.

— Smestište ti ljuto dodijalo, te se kreni malo statistici, ne bi l' ti se muza raspjevala — govorio je on i iz jednog odeljenja carinarnice premeštao ga u drugo.

Ali se Miloš ni u statistici nije mogao zadržati. I, kao onog Gašu iz pesme, gurali su ga iz jednog mesta u drugo, dok ga najzad ne strpaše u administraciju.

Ovo odeljenje se smatralo na beogradskoj carinarnici na Savi kao luda kuća. Ko se nije mogao ni za šta upotrebiti, tamo je slat. Kancelarija se nalazila u jednom lagumu, koji je nekad bio sastavni deo beogradske tvrđave. Docnije je ovaj lagum pretvoren u katoličku crkvu, od koje je ostala još ikona nekakvog strašnog sveca sa mamurnim očima i zverskim ustima. Posle crkve, ovde se smestilo jedno diletantsko pozorište, dok država nije ponovo otkupila ovaj lagum i upotrebila ga za carinarnicu.

Šef administracije bio je gospodin Jakov, omalen, star čovek, koji se spekao i za koga godine više nisu značile ništa. Na nosu mu se videla duboka brazda, koju mu je naneo jedan njegov kolega, još kad su carinici nosili sablje. Ipak, nije bio ružan, jer je ličio na tolike druge, prazne i obične ljude. Imao je rumeno lice, bezbojne oči, obraze brižljivo izbrijane, usta kao u lepog psa, čistu košulju, ropsko čelo i lep rukopis. Sa sebi ravnima kritikovao je svoje pretpostavljene, održavao iste navike i želeo istu povišicu. Pred pretpostavljenima je stajao sa plašljivim licem, očima punim divljenja, i govorio je zaslađeno, upola zatvorenih usta: „Ja sam potpuno vašega mišljenja, gospodine upravniče!" Pred mlađima, smatrao je da mu je dužnost namrštiti obrve, raširiti nozdrve, dati svome glasu oštar ton zvaničnosti i ljutito zamakati pero u mastilo.

Mladi maturant Trgovačke akademije, iako je kritikovao krišom gospodina Jakova, kao čoveka koga je vreme pregazilo, trudio se možda, ni sâm ne znajući, da usvoji sve njegove manire. Jer je u carinarnici malo ko umeo važno podići glavu, kao gospodin Jakov, kad mu dođe ko iz publike zvaničnim poslom, narediti odadžiji da donese čašu vode, previti tabak s leva u desno, pa onda odozdo naviše, raskoračiti se pored furune, pa, sa rukama u džepovima od pantalona i ćilibarskom muštiklom u zubima, debatovati lična i načelna pitanja, izbegavati oštre reči, hvaliti seljački, napadati uvijeno i odbijati guste dimove kroz drugi kraj usta.

Treći činovnik ove kancelarije je bio Anto Oštrilo. Što su ga zvali oštrilom, niko nije znao. Otac mu je bio zakupac svih mezulana na Carigradskom drumu. Posle smrti mu je ostavio veliko imanje, koje je ovaj čovek, bledih usana i poniznog cincarskog lica, upropastio za nekoliko godina. Po carinarnici se pričaju čuda koja je tada činio. Kažu da je usred leta posipao džakovima sitan šećer po Jagodini, pa se onda vozio na saonicama. Pošto je proćerdao sve, stupio je u državnu službu. Za dvadeset godina činovničkog života doterao je do carinika treće klase. Ceo njegov život, zamoren dvadesetogodišnjim zevanjem, opustošen praznim činovničkim mislima, i izmrcvaren kancelarijskim obrascima i strastima, sveo se samo na jednu potrebu: da kupuje lozove Klasne lutrije.

— Sad bih se ja ubio, kad bih znao da neću biti bogat... Bogami vam kažem — govorio je Oštrilo raspoređujući lozove na svom stolu. — Siromah čovek... kakvo poniženje, gospodo!

Ante Oštrilo je voleo Miloša kao star čovek kome je milo,

što su drugi još mladi te mogu praviti gluposti. Zbog toga ga je sklanjao od gospodina Jakova kad god je mogao i savetovao ga:

— Beži odavde! Vidiš li, ova matora kljusina doći će ti glave. Svakog dana po jedan referat. Sreća tvoja što je gospodin Lukić upravnik, inače... Idi ti, brate moj, u sud, među tebe ravne... tri godine, pa si advokat, svoj gazda, bogat čovek. Šta ćeš ovde, među ovim slepcima?... Oh, pusto što nisam gazda! Kažem ti, da još nema Klasne lutrije, ja bih se ubio, bogami!

Posle dugog čekanja, kad se kratki zimski dan otezao kao gladna godina, najzad se čuo časovnik na Sabornoj crkvi kako izbija pet sati. Gospodin Jakov bi pažljivo zatvorio mastionicu jednom rukom, drugom bi važno pritisnuo dugme električnog zvonceta, i huknuo kao da je bogzna kakav posao svršio.

— Jovane, silaze li?

Pitanje se odnosilo na činovnike sa drugog sprata carinarnice, koji su motrili na upravnika; i čim bi ovaj izišao, silazili su niz prostrane stepenice od crvenog kamena i izlazili u varoš, dostojanstveni kao mandarini.

Odadžija Jovan, razdrljenih grudi i pocepanih džepova na kaputu, pojavljivao se na glas zvonceta, sa jednim velikim hlebom pod pazuhom, i odgovarao je promuklim glasom, kratko i grubo:

— Silaze!

Gospodin Jakov je oblačio svoj plavi ibercig, koji je nosio usred leta kao i usred zime, ušmrkivao se u jednu veliku maramu i ostavljao kancelariju bez zbogom ostajte.

Miloš bi požurio kući, s jednom gorčinom u srcu, osećajem poniženih i uvređenih. Obuzimala ga je malodušnost i on se jadao Zorki:

— Ja patim, meni je teško. Osećam da me treba utešiti kao malo dete. Da, Zorka, ti imaš pravo, ja više nisam dete, ali je meni koji put toliko potrebna jedna dobra reč, reč utehe i ohrabrenja.

Ona ga je uzimala za ruku, privlačila pored sebe i tepala mu:

— Ne budi takav, dragi. Sećaš li se još onog doba kad si ti bio u Užicu, nesrećan što si daleko od mene, a ja ovde sama, ostavljena mukama koje mi je smrt zadala. To je prošlo i bolji su dani nastupili. Ja sam naslonila glavu na tvoje srce i tu našla utehe. Očekujmo bolje dane. Oni će doći. Ti ćeš pobediti, ja sam sigurna. Oh, moj Miko, kako si ti veliki.

— Ali mene boli što to i drugi ne vide, to... moje prave sposobnosti, pa prema tome da mi dadu rada. Ti drugi, za koje ja radim, taj svet kojem dajem najbolje što imam... Da, doista, ja čujem oko sebe puno lepih reči; moji se radovi hvale, ali meni treba, kao i ostalom svetu, nešto više od golih reči, meni treba jedna sigurna zarada, jedan položaj u društvu, kao i tim urednicima, kritičarima i toj publici. Moji prijatelji...

— Ostavi prijatelje. Oni se javljaju u trenucima slave, kad treba čestitati. Doći će ti trenuci — govorila je Zorka, a glas joj drhtao iskreno i uvereno — ali samo posle borbe.

— Zorka, ja nisam kukavica, ja se ne bojim borbe, ja se borim otkako znam za sebe. Ali, ja sam čovek, mojoj snazi ima granica, meni treba pomoći, kao što se i drugi pomažu. Zašto mene niko ne pomaže, zašto mi niko ne ponudi svoju ruku i nešto da valja... Šta su bolji od mene oni koji se pomažu, kojima su nađena dobra mesta, koji su poslati na stranu...

— Miloše, ti preteruješ. Da, ti zaslužuješ pomoć, ali te još ne poznaju dovoljno, i zatim...

— Znam šta hoćeš da kažeš... ja sam došljak. Ostalo je kao i pre toliko godina, kad sam došao u beogradsku gimnaziju i kad su nas iz unutrašnjosti odvojili u zasebne klupe: vi, došljaci, da vidimo šta vi znate!

— Ne, moj dragane, ne računaj uvek na pomoć drugoga. Pomogni se sâm. Ne dopusti da na tebe utiču stvari koje ne idu onako kako bi ti hteo. I pomisli, da ti nisi sam, da ti imaš jednu dušu... vaj, došljak kao i ti, ali koja živi i misli jedino za tebe i koja ti pruža ruku koju tražiš da pređeš mučne trenutke ovog života.

Ova plemenita uveravanja, ovi velikodušni Zorkini razgovori, ova hrišćanska razlaganja padala su Milošu u ovaj čas kao rosa koja je osvežavala uvenulo cveće njegove mladosti, ili bolje: oni su dolazili kao prijatne slike njegovih prvih snova, kojima je on video slomljena krila u maglovitoj daljini prošlosti.

— Ja želim za tebe najsjajniju i najveću karijeru, ne zbog drugog čega već da te vidim zadovoljna, srećna — govorila mu je mlada žena, prekidajući rečenice poljupcima, kojima mu je pokrivala usne. — Ne malakši, tvoj položaj biće bolji, pred tobom stoji široka budućnost, koja će umeti da oceni tvoje sposobnosti, ti ćeš pobediti, ali treba čekati.

— Oh, kako si lepa, Zorka, u toj ulozi utešiteljke — prekidao ju je Miloš. — Kad te tako slušam, meni se povraća hrabrost, moja blaga i slatka dušo.

— Treba biti čovek — oduševljeno je nastavljala Zorka. — Treba se lečiti od slabosti i mekuštva. I ako hoćeš da to postigneš, ne treba ponavljati svakog dana: „Ah, kako mi je teško! Ah, što su nepravedni prema meni! Inače ćeš biti nalik na one ljude koji pate od čestih nazeba, i koji oblače po dva prsluka, mesto da se trljaju hladnom vodom. Treba biti hrabar, treba se boriti protiv bola, protiv crnih misli, i treba se sećati svakog trenutka da ti imaš jedan cilj u životu koji moraš dostići.

Utešen tako, mladi čovek bi stegao uza se svoju draganu i ljubio joj rumena, slatka usta, dugo... sve dotle, dok u zanosu svoje ljubavi ne bi zaboravio na svet oko sebe, tvrd i hladan svet, pokriven snegom i ledom.

Poslednja idila

U nedelju 8. januara 1906. godine beogradski listovi su objavili rezultat stečaja koji je Narodno pozorište bilo raspisalo za jednu originalnu dramu. Od dvadeset i četiri ponuđena komada primljena su samo tri. Prva nagrada je pala na *Sfinks*, dramu u četiri čina. Pisac je ostao i dalje nepoznat. U zavoju gde je trebalo da bude njegovo ime, ocenjivački odbor je našao samo ovu kratku rečenicu: „Pisac će se javiti lično posle prve predstave".

Listovi su nagađali ko to može biti. Jedni su govorili da je to ovaj ili onaj naš dramski pisac, koji se boji pristrasnosti kritike, drugi su pak obećavali novu zvezdu na polju naše drame; jedan list se pravio tajanstven i procеđivao kroz zube, da je novi pisac jedan poznati državni savetnik, koji neće da se izlaže ogovaranju publike pre potpunog uspeha, a *Preporod* je u jednoj notici pozivao pisca da ga intervjuiše, obećavajući mu veliki honorar i potpunu diskreciju.

Samo Zorka i Miloš su znali tajnu ovog bezimenog čoveka, koji je već sad interesovao ceo Beograd. Mladi čovek je osećao punu i opojnu radost uspeha onako silno kako su kadri da je osete samo ljudi koji su dugo patili sami. Trljao je ruke, nervozno pregledao beleške u svima novinama koje su pisale o *Sfinksu*, pevušio nekakav žalostan stih na veseo glas, išao iz jedne sobe u drugu, tražio neprestano Zorku, govorio joj nešto bez veze i ljubio je po očima, nosu, vratu i po celom licu.

Kuća, ulica i varoš bile su mu tesne. Sve je to bilo malo da obuhvati njegovu radost. Napolju je padao sneg. Pa ipak, on predloži Zorki da iziđu u polje.

Zorka je delila s Milošem radost njegovog uspeha; prijalo joj je što je osećala da tu ima nešto i njene zasluge. Ta drama je ponikla u njihovoj ljubavi, opisivala je njihove najslađe trenutke i sadržavala svu groznicu njihovih radosti i bolova. Uspeh ju nije iznenadio. Ona je verovala u svoga dragana, u njegovo osetljivo srce i duboku dušu. I njoj je radost ispunjavala celu unutrašnjost, i kao poplava navirala na njenu malu, pametnu glavu. Ali ta je radost ostavljala drugi utisak na nju. Zorka je ostajala tiha, želela je da njih dvoje ostanu sami u svojoj toploj sobi; Miloševi poljupci i udobno kanabe, na kojem su sedeli, bili bi joj dovoljni. Ipak, ona ne htede kvariti volju svome draganu, obmota svoju skromnu mačku oko vrata i siđe s njim na ulicu.

Tramvaj koji su bili uzeli vodio je samo do Senjaka. Miloš nije hteo čekati drugi, da se vozi do Topčidera, nego uze Zorku ispod ruke i krenu se s njom jednim zapuštenim putem, koji se provlači kroz vinograde i vodi na Carevu ćupriju.

Put je bio beo od snega. Tamna samoća zime odjekivala je od koraka ovog zaljubljenog para. Miloš se osećao potpuno srećan. Jer čovek nije zalud uvek vezivao polje sa ljubavlju. Ništa tako lepo ne uramljuje voljenu ženu kao prostrani vidici, brda, šume, seoska imanja, slobodno nebo, mirisi, cveće, povetarci i samoća.

Ovog zimnjeg dana nije bilo cveća, mirisa ni povetarca. Ali je polje u zimi imalo svojih lepota, koje su zamenjivale proleće i mirise.

To je bio januarski dan bez sunca. Sneg je padao krupan i mek. Svaka pahuljica je silazila na zemlju ne žureći se, kao da je htela izabrati mesto gde će pasti. Tek kad bi Kremić podigao glavu, video bi milijarde belih pramenova kako se odvajaju sa hermelinskog neba, igraju i okreću se, veseli kao deca. Nije se osećao ni najmanji dah vetra. Svuda unaokolo vladala je tišina, topla i božanstvena.

— Kako je lep ovaj put! Nikad ga nisam videla — reče Zorka, tiho kao da se bojala da ne pokvari ovu snežnu tišinu i pribi se uz Miloša.

Mlada žena je bila obučena u crninu. Njen mali nos se crveneo. Čelo joj je bilo još bledo od žalosti koju joj je smrt bila zadala, ali se ona činila Milošu bela, sva bela kao zimska ruža, kao vila, bela kao ovaj sneg što je padao s neba tako tih, topao a detinjast. Kremić se ne mogade zadržati nego je poljubi u njen nos koji je virio iz crnog krzna obmotanog oko vrata, i duboko oseti koliko voli ovu ženu, tako belu i krotku.

— Ah, Zorka, oprosti mi što sam se nekad ustezao da te nazovem svojom ženom. Ti si moja mala žena, moj anđeo i moja dobra vila.

Put je vodio između dve obale. Izgledao je kao pravi seoski drum. Po obali je rastao glog, koji se savijao pod teretom još neopalog, rumenog ploda i odvuglog snega. Na jednom mestu se videla crvena zemlja, iz koje je pištala voda u krupnim blistavim suzama. Sneg je pravio kapice na direcima od ograda. Šumski vrapci, odrasli i uhranjeni, slobodno su skakutali po šiblju. Iz jedne pojate je režao veliki žut pas. Inače, nigde žive ljudske duše.

U ovoj veličanstvenoj samoći bliske prirode zanimalo ih je sve, seoski put i crvena zemlja, šumski vrapci i kapice na direcima; Zorka se smešila, a Miloš se topio od zadovoljstva.

Blizu Careve ćuprije put izbija na vrh brda. Kremić se tu zaustavi, da se Zorka odmori. Njegov pogled merio je širinu njihove samoće. Na istoku, jedan niz ostarelih jablanova vodio je u Topčider, koji je počivao ostavljen i mračan; u njemu se videle šumice i buketi drveća, po kojem se još crnelo lišće i protivilo se truleži i smrti. Dalje, u sivini i snegu, nazirala se ogolela crna Avala. Na zapadu je bila obala, zamrzla Sava, kržljavo vrbovo šiblje po Ciganliji, a iza nje: gvozden kostur mosta na Savi, gora od kat-araka i dimnjaka parobroda skupljenih u zimovnik. Dalje, na severu, video se Dunav, a zatim varoš, sura i gola, i ostareli bedemi beogradske tvrđave, koji su se gubili u kiši od snega. Na jugu se belelo Banovo brdo, po čijim se njivama širio celac, zarovašen samo tragom kakve divljači, a uvrh brda se ćućorila drumska mehana. Ova kuća, sazidana po starinskom planu, sa zidanim doksatom na svodove i jednim visokim dimnjakom, iz koga su kuljali pramenovi belog dima, bila je jedina stvar koja je davala nečeg ljudskog ovom samotnom pejzažu beogradske okoline.

— Jesi li umorna? — upita Miloš svoju draganu, pa ne čekajući odgovora, produži:

— Hajdemo do one mehane. Ništa nije dalja od Topčidera. Meni je tako prijatno da gacam po ovom snegu. Čini mi se da je ovo jedna velika i mirna kraljevina koju je Bog stvorio samo za nas dvoje.

Oni se kretoše napred, ne bojeći se zime. U njihovim srcima je goreo jedan veliki plamen koji ih je zagrevao po celom telu i pretvarao ovaj januarski dan bez sunca u mlake časove aprila. To je bio plamen njihove ljubavi. Široka kao svet, svetla kao sunce, moćna kao Bog, ona je gorela u njihovim srcima, plamtela pred njihovim očima, vodila ih sve dalje kroz staze zavejane snegom i ništa nije bilo ravno njenoj veličini i sjaju.

Nasred mehane je buktala velika plehana peć, čiji je sulundar bio proveden kroz celu sobu. Toplota ove dobre vatre razveseli dvoje dragih. Oni sedoše za jedan sto u prikrajku i, kao radoznala deca, stadoše da ispituju mesto gde su se našli.

Mehana je bila gotovo prazna. Nekoliko Švaba, radnika iz fabrike šećera, crvena nosa i suznih očiju, sedeli su za jednim stolom, pili rakiju i razgovarali se ozbiljno o nečemu na nemačkom jeziku, mešajući po kakvu psovku na srpskom. Kelner, još dečko, u seljačkim haljinama, bio se podnimio na kelneraju i pažljivo slušao Švabe kao da ih je razumevao.

Zorka pronađe više svoje glave jedan lisni kalendar, gde je ispod svakog datuma stajala po jedna mudra reč. Ona ocepi današnji datum i pokaza list Milošu. Na listu je pisalo:

8. Nedelja. Srce nema bora.

Miloš spusti ruku na Zorkino rame, i opijen svima ovim stvarima, reče joj:

— Vidiš, Zorka, kad sam ovako sâm sa tobom, čini mi se da sam u nekoj drugoj varoši, u nekom drugom kraju, zemlji, na nekoj drugoj planeti. Ova samoća mi prija. Čini mi se da mi ti u njoj više pripadaš. Nema ničega što nas rastavlja, obzira šta će reći svet...

Mlada žena ga je gledala očima punim ljubavi i govorila mu:

— Ljubi me uvek, Miloše. Istina je što ovde piše. Srce nema bora... Imaj hrabrosti, moj dragane. Ja sam uvek tvoja, to ću uvek i biti, i samo me smrt može rastaviti od tebe.

— Moje je srce puno tebe, Zorka — odgovarao je Kremić. — Ja te volim tako duboko, jedino tebe, da ti možeš biti srećna. Ja nisam znao da je ljubav ovoliko jaka. Pored tebe ja zaboravljam na sve, na majku i braću, na...

— Miko! — prekide ga Zorka. — Ja neću da me voliš više nego svoju majku i svoju kuću. Treba da nas voliš sve podjednako. Ja isto tako volim tvoje kao tebe... da, tebe nešto malo više. Ne poznajem ih, a čini mi se da sam ih videla, i volim ih, jer u njima ima nečega tvoga. Naročito majku voli, Miloše. Voli je celim svojim srcem... ona je žena, a žena, majka pati više nego ljudi. Meni je milo da ovako govorim o tvojima, kao da su me oni već primili među se, i čini mi se...

Kelner, koji donese užinu, prekide ih u razgovoru. Vino je bilo nešto nakiselo, sir tvrd, a kajmak preslan. Ipak se njima sve to činilo vrlo dobro. Miloš je govorio, da tako pitkog vina nigda nije pio, Zorka je tvrdila da se tako dobar sir ne može naći na pijaci, a obadvoje su se slagali, da je kajmak odličan.

Zorka je jela dobro i pripijala vino. Lice joj je oblivala rumen. Sve se manje obzirala na Švabe i na seljače koje ih je služilo.

— Vidiš, Miloše, ja ti ne donosim ništa više do moje srce — čavrljala je ona. — Ali mi ćemo umeti raditi i raspolagati sa onim što zaradimo. Svake nedelje ćemo priređivati ovako...

po jednu malu čast. Ti ćeš videti... naš život će biti lep. Ja ću ti pomagati u tvojim poslovima; ja ću umeti da te razumem i podstičem. Ja ću se posvetiti tvome delu. Tebi je potrebno da imaš jedno biće potpuno uza se. Ja ću ti načiniti život slatkim, da će ti se militi naše ognjište. Šta me se tiče da li ćeš biti bogat ili siromah, slavan ili nepoznat! Ti ćeš za me biti uvek veliki i imati ljubav... punu, veliku ljubav, onakvu kakvu sam ja želela, kakvu si ti sanjao, ljubav pravu koja je najređa stvar na ovome svetu.

— Ah, moja ženice, kako te ja volim!

— Tvoje obećanje me izvodi na čistinu, spasava me iz mračnih predela sumnja i niskosti. Ja više ne crvenim kad mislim na našu ljubav. Oslobođena sam od srama, od života koji nije za mene. Ja te volim. Ja sam tvoja žena. Ja ti se sva dajem i pevam ti pesmu zahvalnosti. Neka je blagosloven čas kad si mi prišao... Uh, šta je ovo?

Zorka kriknu. Jedno kuče s dugom dlakom i blagim, crvenim očima bilo joj je laznulo ruku.

— Marš! — podviknu mu Miloš, naljućen.

Kuče se odmače u stranu, stidljivo podavi rep i ostade tako, posmatrajući ih oboje svojim pametnim, crvenim očima, kao da je htelo reći:

— Ne terajte me... Ja to nisam hteo... Ja vas obadvoje volim... Dajte mi šta sa vaše trpeze.

Zorka se brzo umiri. Bi joj žao kučeta, pa ga zovnu, tepajući mu:

— Hodi ovamo... slobodno, lolo jedna, što si me uplašio. Hodi da ti dam malo hleba. De, zini...

Pas dočepa hleb još u vazduhu, ali ga oturi brzo i stade gledati da mu se da šta drugo, bolje.

— Kako i psi traže nešto više od hleba! — pomisli Miloš.

Zorka mu baci parče sira, koje kuče proguta na najveće zadovoljstvo; ona mu baci još, i najzad sve što im je od mrsa ostalo; kuče je slatko jelo i zahvalno vrtelo repom.

— E, sad malo hleba, da ne budeš mnogo žedan.

Pas poslušno uze u usta hleb, pa se onda sakri iza Zorke i krišom ga ispljuva. Zatim umekša svoj pogled i ponovo dođe da traži sira.

— Pogledaj ti mangupa, kako te je hteo da prevari. E, nema više sira, seljačka položaro — vikao ga je Miloš i pretio mu prstom.

— Ne viči ga. Ovako kad smo nas dvoje srećni, ja bih htela da je ceo svet zadovoljan... Ti voliš tvoju ženicu? Mnogo, mnogo? Daj poljubac, brzo, ne gledaj Švabe — i ivice njihovih usana dodirnuše se blaženo kao što su se njihova srca doticala.

— Ah, samo jedan poljubac!... On nije dovoljan — blago je korela mlada žena, ugrejana vinom i ljubavlju. — Ja osećam jedan živ bol što te u ovom času ne mogu da zagrlim i upijem se sva u tvoje grudi. Oh, kako bih ti htela dati još jedan poljubac, jedan jedini, od onih dugačkih poljubaca koje ti voliš. Ah, moj Miko, kako te ja volim!

Zorkine oči su se bile zapalile jednom vatrom koja je dolazila iz tamnih dubina bića, a njeno bledoliko lice se rumenilo od tog požara. Miloš se trže.

— Ne, Zorka, budi pametna! Gledaj Švabe... — reče joj on oštro, pa videći da ju je ražalostila oštrina njegovog glasa, pokuša da to zagladi. — Oh, siroto srce, i ja želim taj poljubac, ali ne budi žalosna, sad ćemo poći, pa ću te napolju ljubiti koliko hoćeš. Neće nam smetati niko do šumskih vrabaca.

— Mene više nije stid ni od koga. Ja sam tvoja. I ja sam sigurna kad bi moja majka mogla sad čitati u našim srcima, ona ništa ne bi imala protiv nas. Tvojom ljubavlju ti si mi vratio sve što mi je život uzeo. Nikad, nikad, ne kaži mi više da nećemo ostvariti naše nade. To bi me jako zabolelo. Da ti znaš koliko sam srećna što te znam da si moj i da je moja ova ljubav koju mi daješ!

Napolju su padali sneg i noć zajedno. Večernji vetar je tresao mrtvo drveće, čije su se grane pružale očajno u mrak kao crna rebra nekih davno istrulih, ogromnih lešnika. Iz smrzlih šuma i skrivene zemlje su dolazili nejasni glasovi puni jeze.

Zorka stegnu krzno oko vrata. Uvuče usta i nos u meku dlaku. Uze pod ruku svoga dragana i pribi se uz njegovo razvijeno rame. Miloš je bio zavrnuo jaku od kaputa, na oči nabio šešir i trudio se da svojim leđima zakloni mladu ženu od vetra.

A vetar je duvao sve jače. Noć pokrivala usamljeni predeo. Sneg postajao prosen i leteo u oči.

Očiju izgubljenih u pomrčinu, dvoje dragih se žurilo da stignu na prvu tramvajsku stanicu, dok je mećava zavijala sve više njihovu stazu.

Dragutin i Ljubica

Miloš dovrši jedan akt, upućen Ministarstvu finansija, onako kako je hteo gospodin Jakov: tačno po ministarskom raspisu, zaokrugljeno, bezbojno, u onom takozvanom zvaničnom stilu, koji se plaši neposrednog izraza i ima za cilj da se reči troše, a da se ne kaže ništa. On baci taj akt na, pažljivo raspremljen, sto svoga pretpostavljenog, gde je i najmanja stvar imala svoje tačno određeno mesto, pa, kad se vrati na svoj sto, izvuče iz džepa jedno pismo, adresovano na gospođicu Zorku. Pročitao ga je već dvaput, i oba puta se naljutio. Ipak ga ponovo uze da čita, kao da je hteo da namuči sebe.

Pismo je bilo od Dragutina Rankovića, i glasilo:

„Lajpcig, 26. februara po novom.

Draga gospođice, ovih dana se navršila godina otkako sam imao čast da poznam Vas i svoga malog crnookog đavola, Ljubicu. Ja sam sad daleko od Vas, u ovoj kulturnoj nemačkoj varoši, gde je sve uređeno vrlo lepo, ali me ipak spomen goni da Vam napišem nekoliko reči. Prvo, ja Vam želim da ste zdravo i želim Vam sve ono što se želi prijateljima. Drugo i naročito, ja Vas lepo molim da mi oprostite što sam Vas toliko vremena ostavio bez novosti o sebi. Nadam se da ćete mi oprostiti, gospođice, kad pomislite koliko sam bio zauzet operom, koncertima, muzejima i svima onim novim stvarima koje čovek sreta u kulturnom svetu, u inostranstvu. Uostalom, ja sam mislio na Vas; ja nikad neću zaboraviti ono veličanstveno doba, tako lepo i bezbrižno, koje smo proveli lanjskog proleća nas četvoro: Vi, gospođice, pa Kremić, đavolasta Ljubica i moja malenkost. Oh, kad pomislim na one bajne proletnje noći, na *belu* sobu, na cipele pod pazuhom, pa onda na naše šetnje po Malom Kalemegdanu i duž Dunava, i kad se setim još mnogih drugih stvari... ah, to je bez sumnje bilo više nego lepo. I sad smo svi tako daleko. Moja mala je još u Leskovcu, piše mi dosta retko, jer veli da je bolesna. Ipak se dopisujemo... to je još sve! Ljubica je nameravala da dođe ovde, u Lajpcig, da produži studije, ali roditelji — kao uvek — nisu joj dopustili. Mi znamo (ova je reč bila podvučena) da od naše veridbe neće biti ništa. To je žalosno, a istinito. — A Kremić? Kako je on? Šta radi njegova drama? Ništa mi ne piše. Ne dajte mu da se sasvim prolenji. Je li naučio da razlikuje vunu od pamuka?

Pišite mi skoro, i, ako hoćete da mi učinite jedno veliko zadovoljstvo, pošaljite mi Vašu fotografiju. Šta još ima novo? Pozdravite Kremića mnogo i kažite mu da mi piše. Primite, gospođice, uverenje mog odličnog poštovanja.

Vaš Dragutin Ranković."

Kad pročita pismo, Kremić se ljutito diže iza stola i stade krupno koračati s kraja na kraj kancelarije.

— Kako je sve lako — mislio je on — kad se strasti suzbiju. Život teče bez smetnji. Volja se podudara sa zakonima i običajima. Muče se osrednje muke. Veruje se u sopstvenu vrlinu.

Od svega što teče ostaje samo spomen *bez sumnje više nego lep* i lako se uzdiše: to je žalosno, ali istinito. Zašto ja nemam ovu sposobnost napuštanja, zaborava, ovu savitljivost savesti, koju uživa većina ljudi?

Ali se u Milošu pobuni onaj tajanstveni čovek, kojem je imao da zahvali za svršetak svoje škole, za književnu reputaciju, za svoju dramu i za sve što je bilo u njegovom životu. Dostojanstven, kao glumac stare škole, koji pravi tragičnu minu i deklamuje, ovaj čovek se uspravi u njemu i kriknu:

— Ha! Zar ti hoćeš da svršiš kao toliki drugi, kao svi obični ljudi, i da Zorka ostane naprosto jedna prljava naložnica? Ne, ne, ti je voliš toliko da je ne možeš takvom učiniti.

— Ali — branio se Miloš protiv toga dela samog sebe — mi živimo među tim običnim ljudima; mi idemo za zakonima i navikama tih ljudi. Treba dakle da izbegavamo, kao što rade i oni, sve što je prekomerno i preterano.

— Ne, ti nemaš pravo, Miloše. Mi nismo išli za zakonima tih ljudi, mi nismo usvajali mišljenje sveta. Ljubav nije nepristojnost, umetnost besposlica, nauka bezboštvo; istina nije cinizam, i ako svet tvrdi da je tako. Jak čovek ne sluša šta će reći svet. Njemu zavide, sumnjaju u njega; napuštaju ga. On ostaje usamljen, iznad ambisa, ali uvek na vrhu, obasjan zlatnim suncem talenta, i njegovo srce bije za sve što je dobro i visoko.

Da se ne bi više lomio u ovim raspravama sa samim sobom; da se ne bi okretao u tom večito istom krugu i mislio na stvari, koje su ga toliko mučile, Kremić priđe prozoru i stade posmatrati kako se topi sneg.

Napolju je bio svetao dan. Sunce je toliko prelazilo plav

nebesni svod. To više nije bilo ono varljivo zimsko sunce, koje sija a ne greje. Zraci više nisu bili kosi, već su padali pravo, u svojoj obnovljenoj metalnoj boji; milovali, grejali i uveravali, da više neće biti zime, da su mrazevi prošli. Poslednji sneg, jugov i sjajan, topio se naglo; iz crne kore na drveću, koja se presijavala kao lak, curila je voda. Crn crep po krovovima od kuća se pokazivao pri vrhu i ispuštao laku, jedva vidljivu paru. Sneg je sve više silazio na streje. Puni oluci su se kupali belom zapenušalom vodom. Po zemlji se pravile bare i rasli su prolećni potoci, koji su se čuli kako teku, a još zaostali sneg se prevlačio crnkastom navlakom, načinjenom od prljotine i raskravljene zemlje. Celo dvorište je bilo potonulo u blistavu svetlost novog svetlila i vuklo sunce u zanos i pesmu.

Sunce je navaljivalo i na prozore od kancelarije, ali se ova jedina protivila proleću i ostajala mračna i sumorna. Okna su bila prljava. Na fasciklama se rogušili redni brojevi. Po rafovima je počivao debeo sloj prašine, miran i neprikosnoven kao gospodin Jakov. Hartija koja je pokrivala zajednički sto bila je izmrljana mastilom i burekom. Mladi pripravnik zevao je nad gramatikom esperantskog jezika. Gospodin Živan je bio odvratan u svojoj činovničkoj gospodstvenosti, a Oštrilo duboko žalostan onako nagnut nad lozove Klasne lutrije, iz kojih kao da je hteo pročitati tajnu života.

— Kad je iduće vučenje, gospodine Anto? — upita ga Miloš, tek da se nešto kaže.

— Šestog marta — odgovori mu Oštrilo, pa kao produžujući tok svojih misli, dodade:

— Aja, gospodine Kremiću, hiljade se ne stiču na pošten način.

Miloš je bio spremio jednu pošalicu povodom idućeg vučenja, ali ga ova Oštrilova misao pomete i pokuša da ga ponovo zavede u lavirint misli o spoljnjem i unutrašnjem životu, koje su ga toliko mučile. On priđe prozoru ponovo. Osećao je kako ga buni sve u kancelariji, da mu sve smeta, bode i dosađuje. Međutim, proletnje sunce ga je zvalo napolje, u slobodu i svetlost.

— Neka bude što bude! — reče on u sebi, i iziđe iz kancelarije ne govoreći nikome ništa.

Sava se bila otkravila, narasla i jurila mutna i prljava. Sante su plivale polako. Poneka od njih bi iznenadno potonula u vodu koja ih je nosila. U suncu se mestimično zelenela trava, izbijajući iz zemlje, još mokre od istopljenog snega. Po ravnom sremskom polju ukazivali se komadi crne zemlje, dve-tri zemunice i neodređeni okrajci šuma na kraju horizonta. U pristaništu se osećala izvesna živost. Nekoliko brodarskih momaka nameštalo je štek za lokalnu lađu između Beograda i Zemuna. U agenciji parobrodarskog društva su bili otvoreni prozori i vrata; unutra se videla dva uniformisana čoveka kako raspremaju kancelariju. Jedan amalin se sunčao na trotoaru, uzjahavši na svoj samar.

I po ulicama se osećala veća živost nego zimus. Proleće, koje se objavljivalo, ulivalo je u sva bića jedan novi sok koji preporađa. Grudi su se širile, srca kucala slobodnije. S krovova se cedile ledenice, umirući pod dahom sunca koje ih je milovalo. Šegrti su pevajući razbijali led po kaldrmi i brisali ispred dućana. Pred vratima se presavijao nov espap, naročito dobavljen za proletnju sezonu. Jedan trgovac iz unutrašnjosti, sa astraganskom šubarom na glavi i debelim zlatnim lancem na prsima, išao je sredinom ulice, posred blata, i plašljivo se obzirao, kao seoski pas kad zaluta u varoš. Na Kalemegdanu je opština već bila metnula nekoliko prefarbanih klupa. Đaci, guvernante i penzioneri su se već šetali po stazama. Mijat čuvar, odrastao i naočit Crnogorac, nadziravao je opštinsku svojinu, pušio i važno lupkao prutom po svojim ofiksanim čizmama.

Iza jednog kioska neko viknu Kremića, i dve dugačke noge, kao u šestara, podignuše pred njim Bogdana Vasića.

— Znaš li šta je bilo sa Ljubicom? — upita Vasić Miloša, sav blažen što mu može da saopšti jednu novost.

— Sa kojom Ljubicom?

— Ah, kojom Ljubicom... kako da kažem! Ti još kriješ Rankovića ljubav! Ona se verila sa jednim artiljerijskim majorem.

Miloš se iznenadi i mahinalno reče:

— To nije mogućno!

— Veruj mi... kako da kažem. Nema ni dobar sat kako je došao u *Preporod* njen verenik i dao oglas. Da ga samo vidiš! Što je čizma... kako da kažem. Čitavu povest razvezao da priča administratoru o svojim principima... kako da kažem... za brak. Muž treba... kako da kažem... da imponira u svemu svojoj ženi, da joj nabije đem na usta, pa kad džarakne... kako da kažem... mamuzom u levo, onda: ženo, na levo, marš, kas!

Pošto ga prođe prvo iznenađenje, Kremić se ujede za usne, i kao u teškim trenucima kad je pisao dramu i sam čestitao na izdržljivosti, reče gordo i potreseno.

— Ja se divim sebi, što volim ludo, protiv svih principa, protiv zdravog razuma, uprkos svega i bez nade na budućnost.

Bogdan je voleo Miloša odano, bez zadnjih namera i surevnjivosti, te je imao da zahvali toj dubokoj drugarskoj odanosti, što je u tom trenutku razumeo, da se ova novost jako kosnula Miloševa srca. Stoga reporter *Preporoda* pokuša da zagladi utisak, govoreći:

— Kako da kažem... možda je ženska imala pravo. Šta sve može biti s Rankovićem u Lajpcigu! I zatim... kako da kažem... pored života idealnog postoji život materijalni. Ne treba se ljutiti... i najčistije odluke su vezane za zemlju. Treba primiti... kako da kažem... život je onakav kakav je.

Milošu tada pade na um Zorka. Koliko je laži, pretvaranja i briga morala pretrpeti mlada žena, samo da održi san svoje ljubavi. Valjalo se pribojavati majke, trebalo je prezati od suseda i ostalog sveta. Njen život nije bio više život, nego mučenje, gde je zavisilo sve, njena čast i budućnost, majkino poštovanje i spokojstvo, samo od jednog izgubljenog pisma ili dostave, od jednog znaka ili nesmišljenog koraka. I sad je ostaviti, jer pored života idealnog postoji život materijalni... jer treba primiti život onakav kakav je!

— Ne, nikada! Ja ga nikad neću primiti takav kakav je, jer onda treba i ja da budem tako varljiv, tako lažan, zločinački. Ah, taj život je jedna razbojnička komedija gde mrak krije pravu boju stvari, a ljudi garave svoja lica. U tom životu je slobodno zlostavljati, ubijati...

Kremić se brzo razljutio i mlatao rukama po vazduhu kao da se hteo odbraniti od uticaja toga života, koji je kao orlušina nasrtao na njega.

— Ti imaš dobro srce... kako da kažem, Miloše. A to ne

valja — reče mu mirno Vasić. — Ljudi sa srcem... kako da kažem... pate uopšte, jer je srce nesrećan drugar u životu.

Bogdan htede još nešto dodati, ali zaćuta, bojeći se da ne kaže više nego što je trebalo. Miloš takođe ne progovori više ništa. I oba mlada čoveka produžiše svoj put pored mladih borova, posmatrajući jedno parče gradskog platna, koje se videlo uvrh staze, i prateći za se svaki svoj tok misli.

Tek kad dođoše do tog bedema, podignutog od cigli, Miloš progunđa, za sebe, nastavljajući svoje misli:

— A meni su prebacivali, ljutili se na mene... i to oboje, kad sam se ja trzao pred bizarnošću budućnosti koja mi se otvarala. A oni su žrtvovali sebe, svoju ljubav, jedno za Lajpcig, drugo za majorske epolete... I to tako lako: mi znamo da od naše veridbe neće biti ništa!... Da li je mogućno da se to tako bedno, žalosno svrši!

— Kako da kažem? — trže se Bogdan, misleći da se Miloš obraća na njega. — Sve se na ovom svetu žalosno svrši: nov kaput i mladost, nova banka i velika strast!

— To ti je dobro! — gorko se osmehnu Kremić.

Dole, ispod njih, tekla je mutna Sava. Po njoj su se videli komadi leda. Sante su plovile polako. Iznenadno bi jedna od njih potonula u vodu koja ih je nosila.

Veče svenulih mimoza

Suvišno je što zakonodavac propisuje kaznu za preljubu. Nezakonita ljubav sadrži sama u sebi svoju kaznu.

Dvoje zaljubljenih živelo je jedno pored drugog i obasipalo se uzajamnim nežnostima, ali je jedno podnosilo jaram sramne sadašnjosti, a drugo je prezalo od utvara budućnosti. Ove dve muke su podržavale između Miloša i Zorke jednu vrstu potmulog neprijateljstva, koje nisu hteli priznati ni samima sebi. Ipak, oni su osećali da ne mogu biti jedno bez drugog, te su, pred strahom od razvoda i priznanja, ugušivali ovo osećanje neprijateljstva, dosta sličnog mržnji.

Jedne večeri sedeli su oni u Zorkinoj sobi. Miloš je držao glavu nad knjigom, a mlada žena je vezla monogram na jednoj servijeti.

Kremić je pokušavao da razume smisao onoga što je čitao, ali su oči uzalud preletale preko naštampanih redova, jer se misao nije dala privezati za knjigu, i lutala je po opasnim regionima sumnje i malodušnosti.

— Kako je lepo kad ovako zajedno radimo — oslovi ga Zorka posle dugog ćutanja. — Treba raditi. Rad krepi i uliva nade.

— Misliš? — upita je Miloš rasejano. — Istina, kaže se, da

je rad sladak. I ja sam to ponekad osetio. Ali to je neko suvo zadovoljstvo.

Razgovor opet zape. U sobi nasta tišina, koju je narušavalo samo puckanje vatre u peći.

Kremić oturi knjigu i reče isprekidano:

— Vidiš, Zorka, ja kod tebe imam sve što mi treba... sve što sam mogao samo u snu tražiti. Ti si mi dala sve što jedna žena može dati, ali... Ponekad, ovako kad sam neraspoložen, čini mi se da bih sve to dao da se vratim u ono doba kad sam bio đak, živeo bez ičije pomoći i bio slobodan. Upravo... — i on zastade.

Miloš nije hteo ovo reći; on je hteo da sebi prebaci za ovu zlovolju, koja ga je obuzimala pored sveg dobra što mu ga je Zorka činila, ali se on ne popravi, jer ne umede da nađe onaj izraz, reč, koju je hteo.

Zorka ostavi rad, i pogleda ga zamišljeno. Ona htede da sazna pravi smisao ovih reči. Čar radoznalosti učini je najzad nesrećnom, što biva uvek pri svim dubljim istraživanjima kad ona imaju za predmet jednu ljubav.

— Šta ti nedostaje? — upita ga ona. — Ti imaš mesto, ukaznu službu...

— Ne, Zorka, ti se varaš. Ja baš kažem da mi ne nedostaje ništa. Ja imam sve, toplu sobu i tebe. Ali... meni nije dobro, osećam nešto neprijatno što će doći, nešto nedostojno mene što me ubija. Pa onda, baš i to mesto, gore nego ijednoga moga druga...

— Nešto se mora raditi. I ranije, ti si bio izložen mukama zarade.

— Da, Zorka, i to još kakvim mukama! Ali mi je taj posao

izgledao privremen, bio pomešan sa nadom; ja sam mogao računati na nešto bolje, na sreću!...

— A sad? — upita ga dragana, i jedan nervozan osmeh zgrči njene usne.

Miloš ne odgovori neposredno na pitanje, već ustade da zapali cigaru, i kao nezavisno od svega, progunđa, kao onaj njegov kolega u carinarnici što kupuje lozove Klasne lutrije:

— Siromah... ostati uvek siromah, kakvo poniženje!

— Miloše, to mi do sad nisi nikada rekao! — uzdahnu mlada žena.

Kremić oseti da Zorka trpi užasno, ali nešto jače od njega, nešto sebično i fatalno, što se bori i ne dâ se ugušiti, teralo ga je da govori.

— Budi mirna! — reče joj on, a glas mu je bio leden i suv. — Ja neću više lagati... Ljudske snage imaju granica. Ja sam se suviše pretvarao i trpeo. Ja to ne mogu više. Ali mi ne prebacuj. To je bilo za tebe.

Zorka je bledela i očekivala šta će Miloš reći dalje.

— Ja znam šta je sirotinja — produži mladi čovek, i oseti kako mu srce zaigra bolno. — Ona ne dopušta ništa, ona ubija sve, ljubav i porodicu; ona se podsmeva najčistijim mislima, ruši veru. Čovek nije čovek kad je siromah. Ja te volim, Zorka, ali ovo je jače od mene: ja se ne mogu ponovo vratiti u sirotinju.

Zorka ne reče ništa. Ona saže glavu, zaroni je u ruke, i osta tako nepomična. Tek s vremena na vreme, moglo se primetiti kako joj drhti jedno parče haljine na ramenima.

Kremić joj se približi i pokuša da joj odvoji glavu od dlanova, govoreći joj:

— Za ime boga, Zorka, ne budi takva. Ja ne mogu da te gledam kako patiš. Mi smo oboje nesrećni. Ljubimo se i gledajmo da umanjimo muke jedno drugom. Da, Zoro, ja te volim uprkos naše sirotinje, uprkos budućnosti koja nam preti, uprkos onoga što sam ti rekao, uprkos svega najzad.

Mlada žena je bila podigla glavu i slušala ga. Nada joj se povrati: jedna od onih ludih nada koje se uspravljaju i pred očitošću.

— Nema situacije kojoj se ne može naći izlaza — reče mu ona blago. — Mi smo zapali u jedan tesnac, to je istina. Ali mi ne reci da se iz njega ne može izići. Vodi me kuda hoćeš, ali me ne teraj od sebe. Vidimo u čemu je stvar... da, ljubimo se i gledajmo da umanjimo naše muke.

Miloš još nije dobro znao, da žene ne uživaju u stvarima koje se kriju i da ih sreća raduje potpuno tek kad je mogu saopštiti svakome. On učini istu pogrešku koju je dotle nekoliko puta činio, tražeći iz njihovog položaja izlaza u slobodnoj ljubavi.

— Zaista — reče joj on — ti preteruješ kad toliko polažeš na brak. Neka on bude naš cilj, ali ne mislimo više na njega: stvari vrede samo onoliko koliku im vrednost mi pridajemo. Jeste, nas dele svetski i božji zakoni. Ali zar među nama ne postoji cela jedna zajednica srca koja je utoliko uža, jača, ukoliko više ima da pređe prepona.

— Ne, ne, Miloše. Ne svodi našu ljubav na obično teranje kera. U njoj bih ja bila naprosto odvratna!... Ah, kako je bedna sreća kad je grešna, kako je u njoj svaka radost puna gorčine.

Miloš, davno odvojen od svoje kuće i odrastao u društvu gde se materijalističkom, jednom naročitom materijalističkom shvatanju dizao kult, nije razumevao svoju draganu. Njene patnje zbog nedopuštenosti njihovih veza razumevao je kao sujetu što ne može još reći svakome da je udata. Stoga se naljuti, i prekorno reče:

— Ja te ne razumem. Kad te čujem da tako govoriš, čini mi se da iz tebe sujeta govori.

— Ne, Miloše, ti se varaš. Ako sam ikad toliko želela da postanem tvoja žena, to nije bilo, možeš mi verovati, zbog sujete da nosim nečije ime, ni ma iz kakvog računa. To je bilo samo zato, da imam javno pravo da živim pored tebe.

Oni se pogledaše u oči. To se gledao večito nesložan ljubavni duet, čovek i žena, čovek kojem prija zabranjena ljubav, jer ga ne obvezuje ničim, i žena koja traži priznanje i večnost svojim osećajima, jer su posledice tih osećaja teške i večite. U njihovim očima je odsjajivala varnica odlučnosti da svako brani svoj zahtev do kraja.

Zorka prekide mučnu tišinu prva i prebaci Kremiću da je postao ravnodušan prema njoj i da je više ne voli. Ona je bila žena, i one su takve: one neće da ih ljudi izbegavaju, one ne veruju nikad da ljudi, koji ih čupaju iz srca, jesu oni koji ih vole najviše.

Kremić ne htede da primi bitku i pokuša još jedanput da stvari legnu na miran način.

— Šta je nama večeras! — reče on. — Umiri se, Zoro. Ja te volim iz dna duše. Daj mi da poljubim tvoje oči. One nisu lepe kad su ljute.

Mlada žena ne oseti drhtanje Miloševa glasa, kad je govorilo, da je ovo, što čini, poslednji napor za mir. Ona je mislila da je u svome pravu i nije razumevala jedan karakter drugači od njenog, jedan način osećanja suprotan njenom.

— Meni je potrebno da se nadam nečemu — nastavi ona, bez obzira na šalu o njenim očima. — I kad te volim, ja te volim zbog toga što si, što ćeš biti, za budućnost koje sam ja žedna i koju mi možeš dati. Ne izmiči mi tvoju ruku. Ne guraj me od sebe. Mi ćemo biti i suviše nesrećni ako se razdvojimo.

Ona je bila slaba i skrušena; gotovo je molila, u nasušnoj potrebi jedne žene, da bude uverena... da bude uverena ma kako, ma bilo s pomoću jedne laži, i da se izvuče iz situacije koja ju je pritiskivala.

— Nekoliko puta već do sad, kad mi se činilo da razumem da ovaj zadatak traži od tebe mnogo žrtava, pomišljala sam se odreći jedine sreće koju sam tražila od života. Ja ne mogu trpeti da se ti zbog mene spuštaš na prostački posao i da ne dobijaš ni sto dinara mesečno. Ako taj dan mora da dođe, kad mi se treba tebe odreći... eto, ja ću to učiniti, ali, Miloše, danas je još rano za taj bol i ne govori mi da će to doći.

Zorka briznu u plač.

Njeno jecanje se zabadalo kao oštar mač u Miloševe grudi, i on pokuša da je uteši.

— Pusti me da govorim i plačem — odgovori mu ona, grcajući. — Kad god dodirnem ovo osetljivo mesto, ja se osećam uvređana sama sobom. To nije što me ti ne voliš niti što mi tvoja ljubav nije dovoljna. Tvoja ljubav je tako velika. Ja je znam; ja je osećam. Ali pravi razlog to su moje godine. To je užasno. Ti tek ulaziš u život, a ja, još malo pa ću prestati biti žena. Miloše, Miloše, šta mogu da radim?... Ja neću da živim bez tvoje ljubavi.

Mlada žena uzdahnu duboko, kao kad neko meće na jednu kartu sve što ima, pa produži:

— Ja te preklinjem, ako te ovaj brak mnogo brine, ostavimo ga jednom za svagda. Ja ga neću više. On nas je mnogo puta mučio, dugo nas je rastavljao i izmamio nam je mnogo suza. On će nas omrznuti... Miloše, Miloše, ja sam vrlo nesrećna.

Zorka briznu u još veći plač.

Mladi čovek pokuša da je uteši. Ali ovog puta ne pomogoše ni reči ni poljupci. Zorka je osećala da se toga trenutka odrekla svega, odrekla onoga što joj je bilo naknadilo ceo njen dotadanji život, prava da umre pored Miloša, na njegovim rukama i pod njegovim imenom, pa se predavala plaču, u koji je izlivala sve svoje razbijene snove.

Kremić nije mogao da trpi ženske suze, pa da bi ih zaustavio, on pokuša, da uplaši Zorku i reče joj:

— Dobro, kad nećeš da ućutiš, ja odoh u kafanu.

Metnu šešir na glavu i pričeka da mu ona kaže: da ne ide. Obuče kaput, iziđe u hodnik, a Zorka ne odgovori ništa nego plakaše kao ucveljeno dete. Kad se Kremić nađe u dvorištu, bi ga sram da se vrati, pa pođe u varoš, iako nije imao nameru.

***

Napolju je bila žalosna i vlažna noć. Ulice su se punile ledenom maglom. Kuće su iščezavale pod ovim sivim pokrivačem. Jedan pas je lajao negde u daljini.

U misteriji ove poslednje zimske noći, mladi čovek se još teže osećao. Vazduha mu je nestajao i teška magla mu pritiskivala grudi. Pred očima se ništa nije videlo do neodređenih masa maglene sivine. Ipak, on je koračao sigurnim korakom i brzo, riskujući da svakog časa lupi glavom o kakvo drvo ili električnu banderu. Nešto divlje ga je teralo sve dalje od one kuće u Banatskoj ulici, koju je toliko voleo, i šaputalo mu:

— Spasavaj se... spasavaj se.

U prvi mah nije želeo ništa. Dosta mu je bilo što je ledena magla hladila njegovo čelo, u koje je borba misli unosila groznicu. Ali brzo, opustošene ulice i vlažna zima, u kojoj se čula samo vika onog gladnog psa, pokvariše mu zadovoljstvo samoće. Kremić požele da nađe koga drugog od toga psa, koji ga je pratio žalosnim urlanjem... koga prijatelja, druga ili poznanika, koji će ga upitati: kako ti je, šta ti je? Išao je iz kafane u kafanu, ali, kao za pakost, nikoga nije mogao naći. U neko doba noći, on se reši da više ne traži nikoga, uđe u prvu osvetljenu kafanu i poruči kafu.

U kafani, protivno našem običaju, nije bilo mnogo sveta. Dva gimnazista, ozbiljna lica i s cigaretom o usnama, igrali su bilijara. Za jednim stolom, prekrivenim zelenom čojom, igralo je jedno društvo domina. Za vratima je spavao Ljuba Čap, naslonjen na štap i češući se u snu po potiljku. Pored prozora su promicali gusti oblaci magle, kao kakve prljave poderotine.

Miloš se nervozno vrteo na stolici i tražio da se čime zabavi. Dugo se uzalud mučio, dok slučajno ne ugleda *Policijski glasnik*; u njemu nađe interesantan opis jednog kockara, te se udubi u čitanje.

— Evo lepog cveća! — trže ga Sotir Turobni, cvećar, kolega Kremićev po poeziji.

Miloš je poznavao ovog tipa, kao i Ljubu Čapa, bez kojih Beograd izgleda da ne bi bio Beograd, i kupovao mu cveće tek da mu što pazari i istera jedan osmejak na sumornom licu nepriznatog pesnika.

Stoga mu i sad reče:

— Dede, da vidim šta imaš?

Cveće je bilo svelo i promrzlo, ali Kremić ipak odabra nekoliko strukova mimoze, koja se još ponajbolje držala.

Šta ima u cveću da nam ono tako budi uspomene i izaziva suznu nežnost u srcu? Mimoza nije imala ni lep miris ni lepu boju; bila je stara i nagnječena, pa opet ona razneži mladog čoveka duboko, do srca. Nesvesno je on uporedi sa Zorkom, njegovom draganom tamo dole, u nepokaldrmisanoj ulici, na kraju varoši, i zamalo mu suze ne poleteše na oči. To cveće, svelo i promrzlo, činilo mu nem oštar prekor.

On se seti svega što se desilo večeras između njegove dragane i njega. Na um mu dođoše sve pojedinosti njihovog razgovora. Ovako daleko on uvide ništavnost povoda njihove svađe, kontradikcije u koje su oboje upadali i pravo Zorkino, da traži večnost i priznanje svojoj ljubavi.

Mladi pesnik sastavi pažljivo struk do struka, pa onda pohita kući. U sebi je osećao neodoljivu potrebu da teši i bude utešen, da voli i bude voljen, da utire suze i plače. Put do kuće mu je izgledao kao preko bela sveta. Trčao je kroz maglu, sapletao se o kamenje, posrtao i padao, ali se dizao, i hitao sve više i dalje.

U Zorkinoj sobi nije bilo svetlosti. Siva magla, kao jato sovuljaga, nadirala je na njene prozore. Miloš zasta za trenutak neodlučan.

— Kako li će me dočekati? — zapita se on, ali pribra odlučnost i pođe na vrata.

Na šum koji su pravili njegovi koraci, Zorka skoči sa postelje, i, kao ranjena, obesi mu se oko vrata.

— Mislila sam da mi se više nikad nećeš vratiti — reče mu ona, savlađujući jedan jecaj.

— O, moja draga, ti si se varala. Nikad ja neću moći ostaviti te. Da ti znaš koliko mi je potrebna tvoja ljubav; da ti znaš kako me tvoja misao prati i koliko te volim!

Uverena u ono što je htela, mlada žena pusti plaču na volju, i suzama oblivaše ponovo zadobivenu sreću. Miloš se pak trudio, da približi svoja usta njenom licu, ali je Zorka uporno držala svoju glavu na njegovom ramenu i plakala sve više i slađe. Duboki jecaji su potresali ovo mršavo telo. Kremić ju je preklinjao da ne plače više i oprosti mu: on nije hteo izići, govorio joj je, on je čekao da ga ona zamoli da ne izlazi, da ga pozove natrag.

— Miloše... Miloše, voli me dokle možeš, ja ću te voleti uvek — odgovarala mu je ona između dva jecaja. — Ja te volim celom snagom moga sirotog bića. Ti si moj jedini cilj u životu... Ne brani mi da plačem, ah, kako je slatko i plakati na tvom ramenu.

Kremić nije mogao da trpi ove suze. On je hteo da uteši svoju draganu. Ah, koliko je puta mladi pesnik ismejavao dramske junake, romantične ljubavnike, koji padaju na kolena pred voljenom ženom. I sad, on se, ponizno kao rob, prostre pred noge ovog deteta u suzama.

— Siroto srce, pusti mi da previjem tvoje rane — reče joj on, grleći njena kolena, i produži joj tepati ljubavne reči, nežnije no ma koja žena. — Ne plači, draga, mi smo stvoreni jedno za drugo, ti si moj anđeo, moja dobra vila, moj obećani raj, naknada moga života; ne plači, jer tvoje suze padaju kao ključala smola na moje srce...

— Ti si sve moje dobro na ovoj zemlji, Miko. Ja nisam ništa, ništa drugo. Večeras sam ja osetila smrt... ovde, u mojoj glavi. Ne ostavljaj me, Miloše. Pomisli, prijatelju, kako bi bilo svirepo uzeti mi ovu jedinu nadu da ću večito ostati pored tebe. Miloše voljeni, voli me, voli me mnogo, ali ne budi tužan. Evo, ja neću više da plačem, mada je ovo prava slast: plakati ovako blizu tvojih grudi i srca. Ustani, moj anđele. Oh, kako mi je teško videti te da patiš. Ustani, Miko, i reci mi da me voliš. Oh, kako te ja volim!

Mladi čovek se podiže, tek upola, na kolena, zagrli svoju draganu oko pasa, i, u ekstazi svoje ljubavi, on joj reče is-prekidano:

— Ja ne mogu zamisliti, veruj mi, da nam je mogućno postojati jedno bez drugog. Ti i ja, mi činimo jedno jedan. Naša budućnost možda neće biti mirna, ni za tebe, ni za mene. Biće sirotinje, crnih dana. Ali biće isto tako i sreće, te još kakve sreće!

— Tvoja sreća!... Ali dok mi ostane i poslednji dah života, ja ću biti rob tvoje sreće, ja ću ti dati sve, žrtvovati se cela za tvoju budućnost. Ja znam da me ti voliš isto tako. Šta nas se tiče sirotinja i drugi svet. Ti ćeš videti kako ću ja umeti načiniti te srećnim.

Ova dva bića, ujedinjena pravom ljubavlju, ljubavlju koja je načinjena od sladostrašća i samopregorevanja, drhtala su ovako pribijena jedno uz drugo u prohladnoj misteriji ove maglovite noći na kraju zime. Njihova koža se ježila i zubi su cvokotali od hladnoće, ali se oni nisu mogli odlučiti da se, ma i za trenutak, odvoje jedno od drugog.

— Je li, Miko, ti ćeš me zadržati pored sebe, ti ćeš me uzeti u tvoju kuću, kod tvoje majke i tvoje braće. Ja ih sve volim — govorila je Zorka i milovala razbarušenu kosu svoga dragana. — Ja ću biti starija sestra maloj Dobrinki, i oni će me svi voleti. Ja ću imati jednu kuću, jednu porodicu, ja neću više biti sama. Ja ću imati mnogo braće... to je bila moja želja otkako znam za se. Je li, moj Miko, ti ćeš me voleti uvek, i mi ćemo biti srećni svi zajedno. Reci mi: da, moj anđele; ne govori mi više: ne!

Miloš raširi ruke i reče nešto. Ta reč nije postojala ni u kojem jeziku. Ona je bila izbila iz dna grudi, sama, neartikulisana, kao uzdah. Ali Zorka ju je razumela jasnije nego da je o njoj čitava knjiga napisana. I mlada žena se predade svome draganu, sva, kao bolesno dete. Kremić je steže na grudi, i podiže sa zemlje lako, kao da je od hartije. Osećao ju je uza se svu uzdrhtalu. Njegove široke muške grudi su se dizale i spuštale jednim jakim ritmom. I zamalo, ove dve namučene duše uvijahu se kao zmije u grčevitom i slatkom zanosu svoje ljubavi.

— Oh, ovaj zagrljaj, on mi je vratio sve! — reče mu Zorka kad se malo otrezniše od poljubaca, i malo-pomalo, kao jagnje, umiri se na Miloševim grudima.

Dve drame

U svojoj sobi, sa jednim prozorom i okrenutoj Dunavu, Miloš je razgovarao sa Zorkom šta će da obuče. Imao je jedan lep pepeljast kostim koji je oblačio nedeljom. Ali on nije bio crn, te prema tome nezgodan za svečane prilike. Stoga je Zorka navaljivala na svoga dragana, da se reši i obuče redengot. Ovaj crni kaput, koji je još mogao da podnese pre godinu dana kad je pokojna gospa Selena priređivala čaj za oba zaljubljena para, sad je bio već i suviše star. Miloševi drugovi, koji su njim raspolagali kao svojom imovinom, ne bi ga više mogli poznati. Jedno vreme, mladi pesnik je bio jedini u svom klubu na Univerzitetu, koji je imao crno odelo, te ga je morao pozajmljivati uvek kad je ko imao da drži kakvu besedu, da preda venac ili dočeka nekoga. Tako se gotovo cela jedna univerzitetska generacija provukla kroz ovaj kaput, delo jednog skromnog krojača iz predgrađa, i dala mu ime: patriotski redengot. Crna haljina, koja je nekad davala ton ozbiljan i svečan, počela je bila da žuti; na dugmićima se providilo gvožđe; laktovi su bili izlizani, a peševi pogužvani. Da se naši ljudi ne brinu toliko za nasušni hleb, možda bi ova haljina bila pažljivo ostavljena u orman, kao spomen na prošle borbe i bivša oduševljenja, ali se kod nas ne vodi računa ni o ljudima, a kamoli o stvarima, i patriotski redengot se spremao da podeli sudbinu svih kaputa i savije se u kakvu telalnicu. I kao da mu je htela da zasladi poslednje dane i nedostojan kraj, mlada žena uze ga da ga popegla i spremi za još jednu svečanost. Pod vrućim gvožđem i veštom ženskom rukom, stari kaput ožive za jedan trenutak, kao labud pevajući svoju pesmu, i dobi svoj stari, svečani i ozbiljan izgled, te se Miloš reši da ga obuče.

Imao je još vremena do početka predstave, ali se Kremiću sve činilo kao da će da zadocni. Žurio je Zorku da pohita sa oblačenjem, ljutio se na dugme košulje, što se nije moglo da zakači; psovao čivutskog boga vrpcama od cipela koje su se kidale; nije mogao da nađe četku da očisti šešir; kosa mu je padala na čelo, cigara ga pekla. A kad je sve bilo na svom mestu, Miloš je išao od stola do ormana, iz sobe u hodnik, i tražio nešto što mu je trebalo, a što nije znao šta je, dok se ne bi lupio po čelu, po svome čelu zanesenom od radosti, i rekao samom sebi, kao što se nekad šalio sa drugovima iz kluba:

— Glup si kao bilijar!

Zorka se spremila pre Miloša.

Bila je sva u crnini. Pa ipak, ta crnina je bila koketna. Veliki šešir od crnih čipaka davao je njenoj maloj glavi puno neke veselosti, otmene i žalosne u isti mah. Ispod vrata joj je stajao jedan jedini nakit — jedan prost cvet na grančici, oboje od crnog emalja, poklon koji joj je Miloš doneo iz Užica. Haljina od crne svile, sva u faltama, tek je dodirivala njene polurazvijene grudi, ostavljajući do volje posmatraocu da ih zamišlja onakve kakve hoće, pa se onda stezala oko vitkog struka i spuštala se ka zemlji slobodno, ali ipak tako da se s časa na čas sagledaju mala Zorkina stopala, stegnuta u plitku lakovanu cipelicu, po kojoj se lepršali krajevi vrpce od svile.

— Ja sam gotova — reče ona, ulazeći u Miloševu sobu i navlačeći rukavice na ruku, na belu ruku, golu do lakata.

Kad je sve bilo gotovo, Kremić se pipnu za džep, da još jedanput vidi da li su mu tu ulaznice za pozorište, okrenu se nekoliko puta po sobi, kao da se pitao: nije li još šta zaboravio, i iziđe za Zorkom.

Milošu se nije nikad učinio Pozorišni trg tako svetao kao te večeri. Osvetljeni prozori na pozorišnoj zgradi, bogen lampe pred ulaskom u Pozorište, na Kolarcu i Upravi fondova, velika sijalica na Pozorišnoj kafani, četiri fenjera oko Kneževa spomenika, i nekoliko velikih uličnih lampi koje su se slučajno susretale na ovom mestu, davale su ovom malom trgu svetlosti u izobilju i pretvarali ga u velikovaroški kraj. Kola su jurila za kolima. Trotoari su bili puni sveta. Kaldrma je odjekivala od konjskih kopita. Dva tramvaja su stvarala još veću zabunu. Šum gomile je opkoljavao Pozorište. Vrata na ulasku su bila zakrčena. Svet se sklanjao samo kad bi kakva gospa, ogrnuta teškim ogrtačem od svile i krzna, sišla sa fijakera.

— Dobar veče... i vi u pozorište?

— Zdravo, zdravo... Velizare!

— Zna li se ko je pisac?

— Nema mnogo ličnosti... neko izvežbano pero!

— Videćemo... videćemo! Drama je teška stvar. Naše društvo ne daje materijala za...

— E-ej! S puta! — vikao je korpulentan i zvaničan pozorišni žandarm.

I ponovo bi se pojavila kakva gospa, lako podskakajući sa

fijakera, kao da se rodila u njemu, dok se gomila pobožno sklanjala i otvarala put svili i krznu.

Zorka se pribijala uz Miloša. Ove gospođe u skupocenom odelu, fijakeri, cilindri, cvikeri i ova gomila koja je žuborila na sve strane oko njih, plašili su je. Činilo joj se da su sve oči uprte na njih dvoje, i da se hiljadu ruku diže da joj uzmu njenog verenika, koji je pored nje koračao bled i unezveren.

Sasvim nisko, da se jedva čulo, ona se obrati Kremiću:

— Ti me voliš?... Ah, oprosti mi, što te to pitam, još i danas, jer mi je potrebno da mi to potvrdiš, da me uveriš da je to izvesno. Da znaš kako sam ponekad žedna izvesnosti.

Mesto odgovora, Miloš je uze pod ruku. Mnogi u toj gomili su ga poznavali, ali se mladi čovek ne poboja pakosnih osmeha, već uzdignute glave povede svoju verenicu kroz ceo taj svet.

Stara zgrada Narodnog pozorišta bila je toga leta opravljena. Zlatna boja je drhtala na stubovima, nedavno premazanim. Slike velikih ljudi po galerijama su bile ponovo nacrtane. Nova kadifa se presijavala po balkonima i ložama. Obnovljena slika kneza Mihaila dostojanstveno se dizala iznad bine. Sa velikog tavana je visio pozlaćen luster s mnogobrojnim svetlilima i plavio dvoranu talasima briljantne svetlosti.

Kremić je sa svog mesta, koje je bilo s kraja jedne od poslednjih klupa u parteru, posmatrao osvetljenu dvoranu. Pozorište se brzo punilo. Lože su bile zauzete sve. U foteljama su se sijale paradne epolete oficira. Na trećoj galeriji se video venac čupavih glava, koje su, ushićene i radoznale, buljile oči u dubinu partera. U jednoj loži prve galerije Miloš spazi urednika *Preporoda* i iznenadi se, jer je gospodin Stajić vrlo retko odlazio u pozorište. Bivši saradnik pomenutog lista pritiskivao je levom rukom srce koje je jako lupalo od velikog uzbuđenja.

Na estradi od orkestra se pojavi kapelnik. Njegov štapić opisa jedan kratak luk po vazduhu, i orkestar zasvira jedan poznat srpski marš.

Mladi pesnik oseti da je najzad došao čas pravde. Bilo mu je jasno, da je ovaj kapelnik, što sedi na uzvišenom mestu, zbog njega; zbog njega i cela ova gomila sveta, bogata i otmena, onaj niz kola pred pozorištem, one sjajne epolete u prvim redovima i venac čupavih glava na trećoj galeriji, zbog njega i ova muzika, čiji se svečani tonovi razležu čak gore do pozlaćenog lustera.

Zavesa se poče dizati.

U pozorištu nasta tišina. Samo je, ovde-onde, treptao onaj neshvatljiv žagor, koji se čuje kad se gomila iznenadno ućuti.

Scena je predstavljala skroman salon jedne činovničke porodice. Nije bilo svega što je Miloš hteo, a bilo je dometnuto ponešto što nije bio nigde naznačio.

Pade prva reč, obična, svakodnevna. Konverzacija poče. Jedna se pojava svrši. Na bini se pojavi jedno novo lice. Rečenice postajahu markantnije, smisao shvatljiviji. Glumci su igrali sa puno volje.

Miloš pretrpe jedno malo razočaranje. Dijalozi, koji su mu izgledali glatki kad ih je stvarao, činili su mu se sad na mnogo mesta neprirodni i hrapavi. Između njih je osećao vidljive rupe i šupljine. Glumci su isticali stvari koje je smatrao za sporedne, a mnoge rečenice, za koje je mislio da njima naglasi glavnu misao, prelazili su lako, kao preko sitnica. I cela stvar, koja se odigravala na bini, izgledala mu je u mnogome drukčija nego što ju je zamišljao kad ju je pisao.

Publika je odobravala glumcima. Scena za scenom se odigravala. Miloš se postepeno navikavao na ovu neočekivanu promenu svoga dela. Reči, zadahnute celim temperamentom glumaca, zvonile su dobro.

— Nisam nikad mislio šta je na tebi lepo — čuo se drhtav glas prvog pozorišnog ljubavnika. — Jesu li to tvoje oči, tvoj glas?... Ja ne znam. Ti mi se dopadaš sva.

Čin se primicao kraju. Radnja je bila tek počela, ali se već zagonetka života postavljala i osećao se smrtonosni zadah Sfinksa.

— O, moj dragi ljubljeni — tepala je junakinja drame, i kroz svoj osmeh puštala da sine varnica jedne skrivene suze — ti znaš dobro zašto te ja volim... Ni zbog čega drugog već zbog tebe samoga. Ja te volim za svu sreću koju si mi dao... koju si mi otkrio u životu, dotle tako pustom i žalosnom. Ja te volim, moj plemeniti prijatelju, zbog tvoje duše, prave i čiste; ja te volim zbog tvoje zamršene kose, zbog te neobrijane brade koja me bode, i zbog još mnogo drugog koječega. Ti si najlepše u onome što mi je život dao. Od dana kad sam te poznala... naročito od trenutka kad sam postala tvoja, moj život bi nov, i onu sreću koju sam dotle samo sanjala, ja sam proživela sa tobom, u tvome naručju. Ja osećam kako te volim. Evo, ovde u grudima. To boli... Ali to je sladak bol. Ne ostavljaj me, moja dušo, jer ja neću moći živeti bez tebe.

Kad se zavesa spusti, galerije su bile već osvojene. Parter i lože su se držali još skeptički.

— Šta veliš? Nije rđavo?

— Siže je naš, a nov... ljubav prema gazdarici. Do sad ide, videćemo kako će produžiti.

— Prvi čin je kod naših pisaca uvek najbolji!

— Nije rđava ova mala udovica žandarmerijskog kapetana… Intriga se već postavlja: oni se suviše vole, da se ljubav može otkazati, a udovica je odveć rđava partija da se mladi tehničar reši na brak i dramu pretvori u komediju.

— Karakter junakov je ocrtao snažno. Samo… malo je preterano poeta za jednog tehničara.

— Odlična stvar, a, Krnjo? — reče jedan šegrt svome kolegi, silazeći s treće galerije i brišući rukavom nos.

Drugi čin je bio jači od prvoga. Iz tihih rečenica, nenameštenih scena, i iz cele jedne bolne ljubavi, koja se borila da pomiri svoj život sa životom koji ju je okruživao, izlazila je na vidik, malo-pomalo, ali sve jasnije, utvara krvožednog Sfinksa.

Ljubavnik je već jaukao:

— Ova bića koja se neprilično nazivaju bližnjima postaju mi nesnosna. Sit sam ovog Beograda, ovog čopora krupnih i sitnih pasa koji se otimaju oko iste kosti. Ja bih bežao od njih i njihovog urlanja, i otisnuo se ne znam ni ja gde… samo daleko, što dalje sa tobom, u život istine i pravde.

— Oh, to je i moj san — odvraćala je dragana. — Kako bih ja tek želela otići negde s tobom, ostati uvek pored tebe i ljubiti te bez zazora i slobodno. Ovo skrivanje baca tamnu senku na celu moju sreću.

Spoljni život, taj život koji ih je okruživao i nije hteo voditi računa o njihovom sopstvenom životu, stezao se sve više, kao obruč, kao jedan veliki grč, i mučio ih sve jače.

Glumica koja je igrala junakinju, preživljavala je, zajedno sa njom, njenu muku. To je bio istinski plač; prave su bile njene suze, i prirodno je drhtao njen glas kad je govorila:

— Protiv nas je tvoja kuća i društvo, moje godine i tvoja budućnost. Mi smo mali i siroti. Protiv nas je najzad ceo svet. Ja znam da me ti voliš i da si gotov da pretrpiš sve u ime naše ljubavi. Ali ja neću da ti patiš, ja bih htela da te vidim srećna, ja neću da se u ime moje odričeš tvoje sreće. Šta da radim? Kažu da je Bog dobar i pravičan. Ali zar on može dopustiti da mi ostanemo nesrećni kad ne činimo zla nikome? O, Bože milostinje, sažaljenja, Bože pravde, ti koji upravljaš svetovima i čovečanstvom, nauči me šta da radim.

Reči glumičine su padale u mrtvu tišinu u pozorištu. Niko nije pokušavao da što kaže ili zapljeska. Kao okamenjena, lica su bila uprta u binu čak i kad zavesa poče da se polagano spušta. Gledaoci su nesvesno upirali oči u spušteno platno, kao da su iz njega hteli da pročitaju odgovor na pitanje, upravljeno Bogu, na pitanje od koga je zavisio život dva božja stvora, dve čovečje duše. Tek dugo posle spuštanja zavese ču se jedan pljesak ruku, zatim drugi, a za ovim treći, i najzad cela visoka dvorana Narodnog pozorišta odjekivala je od aplauza. S časa na čas se čuo usklik: „Pisac!" Ali, tajanstveni pisac je ostajao veran svojoj reči, i, nevidljiv, nepoznat, ćutao je mirno iza mnogobrojnih leđa, koja su mu bila okrenuta.

Zorka je sa slatkim uzbuđenjem pratila razvoj prva dva čina. Ti događaji su bili njeni događaji; sve te pojedinosti, sitnice, pokloni, poljupci, cveće i uzdasi pripadali su njoj; ona je bila ta prijateljica koja teši, ona je govorila te reči koje sad stotine gledalaca slušaju.

— Ne buni se protiv života, dragane. Baš i da je to što kažeš, zar nam on nije dao ono što je najlepše, našu ljubav? Šta nas se tiče pustinja, kad nam ljubav nudi zelenu oazu koju osvežavaju povetarci zanosa i radosti. Tvoja ljubav je najlepša i najistinitija nagrada za moj život, usamljen i težak. Ja sam toliko žudela za jednom pravom ljubavlju, da je umem ceniti koliko treba. Oh, ja ću umeti sačuvati i povećati ovo što mi je Bog dao. Istina, ja ti ne donosim ništa više do moje srce, ali ja ću umeti da te razumem i podstičem. Ja ću se posvetiti tvome delu. Tebi je potrebno da imaš jedno biće uza se. Ja ću ti pomagati u tvojim poslovima. Načiniću ti kuću prijatnom, da će ti se militi naše ognjište. Ti ćeš videti... naš će život biti lep.

Ali ovo su bili već poslednji vedri trenuci i zagonetka života, zagonetka koja ubija, postavljala se jasno i neodložno: jedno se moralo žrtvovati da bi drugo moglo živeti. I dramska junakinja je bolno ječala:

— Ja ne vidim u budućnosti mogućnost spasa za nas oboje. Ti ili ja, jedno od nas dvoje, mora se žrtvovati za drugog, žrtvovati se sasvim. Jedno od nas mora se odreći života da bi živelo drugo, jedno od nas mora se skloniti da bi načinilo mesto drugome. Inače, ja ne vidim drugo ništa do očajanje i sreću. Ja sam starija i manje vredna...

Na te reči, Zorkino lice se obuče u svečanu strogost jednog mrtvaca, i tako osta do kraja predstave.

Tek u trenutku, kad pri svršetku drame, kad junakinja, da bi se skonila s puta sreće svoga dragana, prekida svoj život samoubistvom, Zorka kriknu. Ceo svet ču ovaj vrisak, ali nikome to ne bi čudno. Iluzija drame bila je gotovo potpuna. I u sjajnoj dvorani Narodnog pozorišta se zbi još jedna drama, jedna od onih drama kratkih, dubokih i iznenadnih, koje su još bolnije baš zbog toga, što se dešavaju među pozlaćenim stubovima i što ništa ne utiče na zadovoljstvo i svetkovinu prisutnih.

Drhteći sva, Zorka pokuša da skine rukavicu, misleći da joj ona smeta. Ali su uze bile mnogo teže, nerazrešljive i nesavladljive. Sudba kojoj treba da se pokloni, pokaza joj se jasno, i mlada žena poče da oseća muku i gubljenje svesti, onu muku koja počinje od kraja prstiju gde se svi nervi šire i gube. Ona klonu i spusti glavu na naslon prednje klupe, sa željom da umre.

Zavesa se već bila odavno spustila. Publika je bila ustala na noge i burno pljeskala. Galerije su grmele:

— Pisac, pi-sa-ac!

Odavno se u hramu srpske Talije, navikle na patetične šupljine i patriotske deklamacije, nisu čule ovakve reči, smele i proste, niti su se videle verne slike ljudskog bola koje su pogađale pravo u srce.

Svet je bio kao opijen.

I u Miloševoj glavi se vrtelo. Nije razaznavao jasno šta se oko njega događa. Čuo je neku strašnu lupu. Pred očima mu je sve izlazilo optočeno duginim bojama. Video je da neki ljudi skaču na sedišta. Htede i on da to uradi. Ali u tom trenutku poče da se oko njega okreće dvorana i on instinktivno iziđe u hodnik.

Hladan vazduh spolja ga osveži odmah. On se malo pribra, i pun radosti, što je slušao kako izbija čas dugoočekivane pobede, pohita na binu.

Ovde je prizor bio sasvim drukčiji. Jedan vatrogasac, sa šlemom na glavi, stajao je pored vrata i mirno gledao šta se oko njega dešava. Glumci su se presvlačili. Jedna maskirana glumica je tražila nešto po bini. Reditelj je psovao nekog pozorišnog momka. Od *Sfinksa* nije bilo ni traga. Samo je upravnik, čovek s francuskom bradom i ženskim glasom, trčao od glumca do glumice, trzao ih za haljine, i vikao:

— Pisac, pisac!

— Ja sam pisac, gospodine upravniče.

Upravnik ga pogleda začuđeno. Poznavao je Kremića iz *Preporoda*.

— Čestitam, gospodine Kremiću!... Gospodine reditelju... reditelju, ej, brzo, objavite publici da je pisac komada: naš mladi pesnik, Miloš Kremić.

Reditelj namesti jaku od kaputa, uze parče bele hartije, i, u pozi predsednika ministarstva, iziđe pred publiku na malu zavesu, pa objavi ko je pisac.

Kao odgovor, dvorana zagrme još jače, i u gomili raznolikih glasova razumevaše se samo jedno ogromno: *ac*.

Velika zavesa se diže.

Miloš Kremić se nađe sam na bini pred jednom bezobličnom crnom masom, koja je pokretala hiljade ruku i osmehivala se.

Mladi čovek bio se nagnuo naivno. Oči su mu svetlucale blago, kao u mlekadžijskog konja. Gvožđe na dugmetima njegovog redengota se sijalo. Iz dvorane je udarala jaka vrućina. Zatim se nešto crno skotrlja pred njim, dvorana iščeze, i pred njim se pojavi ponovo čovek s francuskom bradom, koji mu je stezao ruku i govorio:

— Čestitam, mladi čoveče!

Kremiću odlaknu kao da mu se težak teret svalio s grudi.

Zavesa je bila spuštena. Na binu potrča ceo onaj literarni

i politički polusvet što se kreće između *Moskve* i *Pozorišne kafane*, i stade se rukovati s Milošem. Među njima je najviše bilo gimnazijskih profesora.

Kremić je zbunjeno odgovarao na mnogobrojna pitanja i trudio se da bude ljubazan sa svakim, a u sebi se pitao:

— Je li ovo pobeda?... slava?... Kako je nesnosna!

Iza toga ga trže jedna ruka koja se spusti na njegovo rame:

— Tvojoj verenici je... kako da kažem... vrlo teško.

Novi besmrtnik nije bio sve ni čuo šta mu Bogdan kaže, ali, na pomen njegove dragane, on potrča k njoj kao bez duše.

Poslednje nežnosti

To se desilo u početku proleća, kad su vrapci skakutali po polju, punome slame.

Zorka je raspremila kuću toga dana kao da će u njoj živeti čitavu večnost. Uredila je Miloševe knjige, očistila mu pepeonicu i metnula mu na sto jedno pismo koje mu je došlo toga jutra.

Niko nije mogao posumnjati u strašnu odluku, koja se bila usadila u njeno srce od onog trenutka kad joj je pripala muka u pozorištu. Njeno bledoliko lice je čuvalo onu ptičju ozbiljnost, kao u danima svoje kratke sreće.

Na proletnjem suncu su se sijali opajani zidovi i obrisan pod. Čist nameštaj je mirisao i smešio se kao da očekuje zvanice. Blag povetarac je pirkao kroz otvoren prozor s Dunava. S njim je navaljivalo na sobu i bakarno proletnje sunce, koje seje sa sobom groznicu i crne misli.

Zorka se bila nalaktila na prozor i gledala u pučinu bistrog vazduha koja se talasala pred njom. Ona je htela da još jedanput vidi taj veliki pejzaž, koji ju je tešio u ranijim danima samoće i uramljivao celu godinu dana njene ljubavi.

— Kako je život čudan!... Kako smo mi čudni!... Kako je sve čudno!... — mislila je ona nesvesno.

Ogromna i sjajna masa vode, bela kao nikad, širila se dostojanstveno između dve obale. Iza Dunava se dizali pogorušani šumarci. Ovde-onde zelenele se vrbe, videli se bledi ritovi i belasala se proletnja jezerca.

— Jedna zavesa pada... Čovek se gubi. Ništa se ne zna o njemu, i sve prolazi...

S ove strane džinovske reke, obala je bila kao obrijana. Po goloj zemlji se vukla neka mokra slama i ostaci vodenoga šljama. Tek od železničkog nasipa, koji vezuje Klanicu sa Stanicom, pokazivali se znaci života, zaorane njive i rasute kuće, i umnožavali se utoliko više ukoliko su se približavali varoši. U visoko, beskrajno nebo štrčali su vitki fabrički dimnjaci. Iz njih je izbijao siv dim, polako, ne žureći se, i gubio se u bezdan bistroga vazduha.

Zorka je posmatrala ove sive pramenove, posmatrala ih je kako se dižu i gube, i mislila:

— Kud oni idu? Šta biva s njima?... Niko ne brine za njih, i drugi pramenovi se žure da zauzmu njihovo mesto, pa posle... da se i oni izgube, nepovratni i neožaljeni.

Ulicom je zviždukao jedan radnik, jedan od onih radničkih tipova koji nose redengot, imaju velike brkove i aranžiraju kadril na zabavama.

— Gde sam ja videla ovog čoveka?... U redengotu i s velikim brkovima? — zapita se Zorka.

Mlada žena se seti Pere Jagodića, saračkog majstora u Oficirskoj zadruzi, rodom iz Bežanije... „znate, ovde preko”; i pred njom se pojavi, iznenadno i u celoj opširnosti, njen prvi randevu sa Milošem kraj mrtvačkog odra Anđinog.

Uspomene, pitanja i razmišljanja poleteše na njenu dušu

kao crne ptice, ali ona mahnu rukom po čelu, i udalji se sa prozora.

— Našto gubiti vreme! — reče ona u sebi. — Već je deset sati. Treba se žuriti.

Ona sede za sto, otvori divit, uze pero i potraži hartiju. Sve ove male pojedinosti činile su joj se živi stvorovi, prema kojima treba postupati pažljivo. Na istoj hartiji, optočenoj crnom bojom, ona je pisala nekad ona dugačka pisma svome draganu u Užicu.

Ova hartija joj izazva gomilu uspomena na proteklu godinu dana, na njenu ljubav, na njenog dragana i majku, na mladost i detinjstvo, i za časak, pred njom se pojavi ceo njen život, očišćen od tuge i teških trenutaka, onakav kakav se on javlja u uspomenama.

Zorka je izgubljeno gledala u rupicu od pera, kojim je htela potpisati svoju smrtnu presudu i nije mogla odlučiti da je napuni mastilom.

— Šta li je mislio radnik koji je pravio ovo pero? — premišljala je ona. — Kakva li je muka punila njegovo srce?... Ah, besmislice! Pero kao i ostala pera! Ja sam kukavica. Treba se žuriti.

Zorka snažno zamoči pero u mastionicu, i poče pisati brzo, kao da se bojala da je ko ne spreči:

„Dragi moj Miloše,
Znam da će te jako iznenaditi ovo pismo kad ga dobiješ. Bojim se da te njime mnogo ne zabrinem. Ali ne boj se, ne brini se. Stvar nije toliko važna, i sve će biti svršeno kad ga budeš čitao.”

Kad završi ovu rečenicu, mlada žena oseti da je nešto steže u grlu. Ona pinu malo vode, i nastavi:

„Molim te, budi miran, i strpljivo pročitaj pismo do kraja. Ja te volim više nego ikad, i želim ti sreću. Tvoje dobro je bilo oduvek san moga života. Ja sam mislila, Miloše, da te mogu usrećiti, i zato sam iskreno želela da budem tvoja žena. Ali sad vidim, da ti ja mogu doneti samo nesreću. Put kojim idemo postao je opasan. Ti više njim ne smeš ići. Mi smo bili uspavali našu savest da bi poslušali naše srce. Srce je rđav savetnik. Ono je umelo da sakrije opasnost zla pod zavodljivim oblikom slatkih misli, prostranih nada, plemenitih iluzija. Ja znam da su naše namere bile časne, ali koja vajda! Naš put nije bio prav... mi smo bili na rđavom putu. Sad se zlo sveti, i neko od nas mora da plati krivicu što smo zalutali. Ja sam bila starija; na meni je bilo da budem hladnija i da te odvratim od zla puta. Ja se zato rado žrtvujem, da se ti možeš vratiti."

Ona predahnu i proguta još malo vode.

„Ti si, Miloše, mlad. Ti treba ceo da se predaš životu. Ti ne smeš da se žrtvuješ i da do kraja svojih dana vučeš okove našega greha. Ja sam grešna, Miloše. Nije trebalo da dopustim da me ti zavoliš. Zbog toga se ja povlačim sa tvoga puta. Ja te suviše volim, da bih mogla živeti bez tebe; zbog toga ja ne mogu bežati nigde. U vlasti mi je pak da raskinem sa životom, i ja ga raskidam, srećna, jer je to za tvoju sreću. Ja se ne bojim božjeg suda, jer ovim iskupljujem oproštenje našega greha i sprečavam tvoju propast. Znam da će tvoj bol biti veliki. Ali ti treba da me zaboraviš. Malo-pomalo, moj spomen će izbledeti iz tvoje misli. Ostaće samo neodređen bol jednog teškog sna. Neka on ostane, Miloše, neka ostane taj bol; hoću da nešto ostane od mene u tvom srcu. To što ostane, biće dobro i krepiće te na tvom strmenom putu ka slavi.“

Jedna suza se skotrlja sa Zorkinog oka, i zamrlja reč *slava*. Ona pažljivo izbrisa ovu mrlju mastila, i produži:

„Neka te ova suza ne buni. To je suza zadovoljstva, suza dobrih dela. Ti nemaš ni zbog čega da me žališ. Ja sam, istina, mnogo patila, ali sam mnogo i ljubila. Malo je žena koje je ljubav tako slatko ljuljkala kao mene. Ona je obuzimala najviše vrhove moje misli. I ja mogu reći s pravom: „Hvala ti, Bože, moja sudbina je bila dobra”. Ne pati, misleći da mi je smrt bila teška. Smrt je prosta. Zašto je se bojati? Ona je kao nesvest koja obuzima one koji su dostigli granicu napora. Ja sad vidim koliko se nepravo viče na nju. Nije smrt nego je život ono što nas muči, što nam stavlja mučne zagonetke, umorava nas i cedi nam naše snage. Smrt dolazi posle toga, posle svih tih muka, kao dobar anđeo, i oslobađa nas. Ah, kako je smrt lepa kad čovek voli. Ona je tako blizu ljubavi. Zar one obadve nisu načinjene od besvesnosti i zaborava?”

Časovnik u sobi izbi deset i po. Zorka nastavi pisati brže.

„Vreme je da požurim. Pismo treba da te nađe pre nego što iziđeš iz kancelarije. Ja sam učinila sve da moja smrt načini što manje larme. Ako moje telo nađu, učinila sam, da me ne prenose kući. Vasić će se zauzeti kod dnevnih listova da od toga ne prave nikakav događaj. Ovo malo stvari što imam ne vredi bogzna šta, ali to je još sve što imam i čime mogu raspolagati. Moja poslednja volja je da to pripadne tvojoj sestri, maloj Dobrinki. Učini mi to, hoću da me se ona seća po dobru. Ja sam je toliko volela, i mislila sam da se brinem za nju. Bog je hteo drukčije!... Nažalost, tebi nemam ništa da ostavim... ništa drugo do nekoliko izbledelih pisama i moje vrele želje da uspeš u tvojim planovima za budućnost i umetnost. Ali imam jednu molbu da uputim na tebe: ako hoćeš da budem potpuno mirna s one strane groba, nemoj da mučiš sebe, nemaj griže savesti, ne prebacuj sebi ništa... Malo je ljudi koji bi bili tako dobri da su bili na tvome mestu. I budi siguran, da si ti bio uvek u pravu prema meni, i da ja umirem potpuno srećna.”

Na ove reči, grunuše suze mladoj ženi i ona se jedva savlada.

„Ah, Miloše, iznenadno mi dolazi ponovo cela snaga moje ljubavi. I ja sam srećna. Još poslednji put da poljubim tvoje oči voljene, oko za okom. Ja ljubim tvoje čelo pametno i visoko. Ja zavlačim ruke u tvoje duge kose, tako blage i svetle. Ali najviše, ja ljubim jednim slatkim i dugim poljupcem tvoje usne tako sveže. Oh, ovaj poljubac, ti ga znaš dobro, primi ga u misli, on će ti prijati i sećati te, da nijedan čovek nije ga primio od mene nego ti... Ja ne mogu više... Zbogom, budi srećan! Zorka.”

Kad svrši pismo, mlada žena ga zatvori u koverat i stavi adresu. Tek tada ona diže glavu. Njene oči behu suve. Ali se u dubini njenih zenica, crnih kao voda u senci od vrba, gubila jedna jezovita šupljina, kao u mrtvačkih lobanja, i po čelu se hvatao jedan taman oblak samoubilačke rešenosti. Ona se brzo diže, pažljivo namesti šešir na glavu, prikači ga iglom za svoju krestenjastu kosu, prirodno ukovrčenu, uze pismo i iziđe na ulicu.

Varoš se ljuškala pod poplavom zlatne svetlosti prvog proleća. U prašini, kraj kuća, igrali se vrapci. Jedna muva zujala je oko peći za prženje ćevapčića, koja je stajala pred jednom kafanom na uglu. Besposleni alasi se sunčali, naslonjeni na jednu tarabu. Iz susednih bašta dopirao je miris na preoranu zemlju i proletnje cveće. Osećalo se kako trava raste i da nov život struji u prirodi.

Zorka se oseti, za trenutak, izvan crnih misli koje su je obuzimale. Najveći nesrećnici doživljavaju ovu iznenadnu potporu. To nisu ljudi što im trče u pomoć, to je snažan život stvari koji veselo bruji oko njih i uliva im pouzdanje. I ova priroda, vesela i obnovljena, sa zujanjem muva i nestašnom igrom vrabaca u prašini, sa mirisima iz preorane bašte i svim čudnim zvucima koji u proleće dolaze iz raznežene zemlje i vedrog neba, potrča Zorki u susret, da joj govori o nadi, bezbrizi, miru i uskrsu. Ali to ne potraja ni koliko jedan trenutak, a taman oblak koji joj je pokrivao čelo, pun crnih misli kao crnih krila, posta još gušći, i mlada žena se pravo uputi svome cilju.

Blizu Doma svetog Save, tamo „gde je bio žandarm", na mestu njihovih nekadanjih sastanaka, Zorka nađe jednog nosača, dade mu pismo i dobru napojnicu, pa mu reče, osmehnuvši se na silu:

— Požurite se da predate ovo pismo. Stvar je vesela. Biće još bakšiša!

Od Doma svetog Save, ona pođe Dušanovom ulicom, da se ne bi vraćala istim putem.

Dva mlada čoveka, koji su čekali tramvaj, dobaciše joj neki kompliment, ali ga ona ne ču i savi u prvu sporednu ulicu koja vodi ka dunavskoj obali.

Pred njom se belasala velika reka, modra i topla. Zorka ju je gledala netremice. Njene tamne oči merile su neodređenost vode, gubile svaki izraz života i otvarale se vrlo široko, kao plamen koji se uveličava pre nego što se ugasi.

Svirepi trenuci

Udar koji zadesi mladoga pesnika, kad letimice pročita Zorkino pismo, bio je tako brz i brutalan, da Miloš u prvi mah ne oseti sav bol koji mu je bio spremljen. On pažljivo savi pismo u koverat, kao da se ticalo nekog običnog ljubavnog sastanka, i reče svome pretpostavljenom:

— Vi ćete me izviniti što izlazim ranije... Tiče se jednog neodložnog posla.

Kremić uze šešir i štap, pa iziđe iz kancelarije, a niko ne posumnja da se nešto dogodilo što će izmeniti iz osnova sudbinu mladog čoveka.

Milošu nije išlo nikako u glavu da je to Zorka pisala, nije verovao da je to pismo istina, nije se mogao nadati da je ta mala, mršava žena kadra učiniti jedan tako hrabar i očajan korak, nije najzad mogao zamisliti da njega može zadesiti tako velika nesreća. On je hvatao Velike stepenice, sve dve po dve, trčao i tražio nade i zaborava u svom umoru.

Na ulici nije bilo ničega naročitog. Jedan taljigaš je tukao svoga konja koji nije hteo da vuče uzbrdo. Časovnik na Sabornoj crkvi je izbijao jedanaest sati. Jedna grana je bila preprečila jarak pored trotoara, te se prljava voda razlivala široko po kaldrmi. Ali baš taj taljigaš, tih jedanaest sati koje je izbijalo, prljava voda i sva ta tupa običnost stvari uveravali su ga da se desila nekakva nesreća.

Kod *Krune* mu prepreči put jedna grupa institutki.

One su na sebi imale duge crne kecelje. Ispod kratke suknje su se pokazivali slobodno puni listovi njihovih mladih nogu, malo nakrivih kao u patki. Uz tek napupele grudi su pritiskivale nekoliko knjiga, ukoričenih i uvijenih u hartiju od novina. Sve su govorile, u isti mah i glasno; gledale u plav proletnji vazduh, pun dobrih nada i ljubavnih obećanja... vazduh koji je treptao pred njima. Govorile su glasno i osmejkivale se blaženo.

— One se osmejkuju, jer misle na ljubav! — u sebi je govorio Kremić. — Ah, da one znaju koliko je ta ljubav žalosna i svirepa.

Od *Krune*, naniže, Miloš je poznavao sve ulice, one tihe, nedograđene ulice po Zereku i Dorćolu. To je bio njihov kvart. Koliko puta su oni tuda prošli zajedno, držeći se ispod ruke, ljubeći se u senci kakvog drveta i govoreći o budućnosti.

— Je li mogućno da je to sad prošlo, prošlo zauvek, da se više nikad ne povrati?... Je li mogućno da će ona usta koja sam ja ovuda toliko ljubio satrunuti sad u podzemnoj vlazi i zadahu trulih dasaka?

Sve je stajalo nepromenjeno i isto. Mladi čovek je trčao niz ove strme ulice, ali nije gubio ni najmanji detalj koji se video oko njega. Gomile uspomena su izlazile pred njegove unezverene oči. Ipak se on nije zadovoljavao, i želeo ih je još više... sve više, kao da je srećom prošlih dana hteo da opovrgne svoju sadašnju bedu.

On je poznavao ove natpise ulica po uglovima, mršave

lipe zasađene duž trotoara, fizionomiju kuća i kočničare na prefarbanom tramvaju. On ih je gledao, i nemo im govorio: zbogom, kao i svojoj sreći.

Najzad se pokaza četvrtast sanduk kuće u Banatskoj ulici, milo mesto nekoliko kratkih meseci, gde je on u stvari živeo život, oaza pesme i snova, stan njegove sreće i hram ljubavi, u koji je Miloš sada ulazio kao u kakvo groblje.

Kremić potraži ključ. On je visio kao obično, kad Zorka nije kod kuće, obešen o jedan ekser na vratima. Kuća je bila raspremljena i čista. Nigde se nije video ni najmanji znak borbe. Stolice su stajale u salonu lepo raspoređene, kao da su čekale na zvanice. Divit na pisaćem stolu je bio zatvoren. Milošev portret ga je gledao spokojno iz svoga pozlaćenoga okvira. Sunce, koje je bilo pokriveno jednim oblakom, sinu ponovo, i punom svetlošću obasja celu unutrašnjost ovog napuštenog stana.

Mladi čovek se trže.

Kuća mu se učini pusta, beda surova, svet prazan.

— Zašto sam ja došao ovamo? — upita se on.

Niko mu nije bio ništa kazao; Zorka mu nije rekla u pismu kako će to biti, ali Miloš ujedanput shvati celu stvar; za časak upre oči u plavu traku Dunava, koja se veselo prelivala na suncu, i, hvatajući se za poslednju nadu, da će možda još doći na vreme, potrča ka obali.

Ali smrt nije znala za čekanje, i on prispe kasno.

Na prašnjavom putu, koji je počinjao od obale i gubio se u spletu ulica ovog predgrađa, videle su se samo grupice radoznalih gledalaca, kojima je jedina briga bila da se raspitaju o onome što se desilo:

— Ko je to?

— Šta se to desilo?

— Mlada!... Devojka? Kako se zove?

Radoznali svet se pitao ovako i upirao oči u dno horizonta, gde se uzdizala sumorna zgrada Opšte državne bolnice iza jednog reda jablanova.

Kremić pojuri tamo, ne videći više nikoga, zaboravljajući da uzme kola, udarajući putevima za koje je mislio da su preči, a koji su ga vodili daleko od njegovog nesrećnog cilja, u polje, u bare ili ćorsokake, gde mu je trebalo gaziti po ustajaloj vodi, preskakati bunjišta, i vraćati se da ponovo zaluta. On je trčao kao lud. Kad bi posrnuo, dočekao bi se na ruke. Bol od pada nije osećao, i nastavljao je svoj trk, još brže i življe.

Pred žutim zidom bolničke bašte zaustavi se iznenadno, kao oteti konj kad oseti propast. Kuražan dotle, on plašljivo pogleda sad u ovo žalosno mesto bolesti i smrti.

Iz dvospratne zgrade, s velikim prozorima i šiljastim krovom, udarao je zadah na lekariju. Po bašti su se šetali bolesnici u dugim bolničkim košuljama. Iz jedne sporedne zgrade u dnu dvorišta, načinjene od dasaka i s belim krstom na vratima, pojavi se jedan policijski pisar sa lekarom. Za njima iziđe jedan žandarm i dva bolničara.

Kremića nešto lednu u srce.

On se instinktivno uputi toj zgradi sa belim krstom. Nije pitao nikoga za dopuštenje, a niko ga i ne zadrža.

Vrata su bila širom otvorena. Kroz njih je bilo nešto teško i nakiselo.

Na jednoj širokoj, crno obojenoj dasci ležalo je unutra nešto nepomično, pokriveno parčetom belog platna.

To je bila Zorka. Ona je ležala na rebrima, kao smrzla ptica. Oči su joj bile pokrivene kapcima, po kojima se videla još plava mrežica njene krvi. Oko pomodrelih usana igrao je jedan ozbiljan osmeh. Blizu usta, stajala je jedna crna suza krvi, koja se bila zgusla kao kaplja katrana. Njeno lice, tiho kao od mramora, počivalo je mirno u večitom snu.

Mladi čovek se skruši na kolena pred svojom nepomičnom draganom, uze je za ruku, obuhvati oko pasa, i nadnese se nad njeno lice, kao da ju je hteo spasti iz talasa.

Osmeh je igrao oko njenih usana. Oči su bile skrivene pod plavom mrežicom, duboko u dupljama. Po licu se prostirala svečanost smrti. Jedan mali rak mrdao je u zamršenoj kestenjastoj kosi.

Miloš ga spazi, pusti jedno: ah! i kao da se bojao od ovoga raka, od ovog belog platna, počađilih drvenih zidova i celog ovog prizora u kapeli, on pobeže iz bolnice, ne znajući kako, protiv svoje volje, gologlav i sa licem okamenjenim od užasa.

On pobeže. Kud? Kako? Kojim putem? Nikad nije znao... Nikad nije bio načisto šta je radio toga dana.

Sećao se samo nekih pojedinosti.

U jednom trenutku, sasvim u drugom kraju varoši, video se u jednom izlogu od dućana, unezveren, gologlav; vetar mu je mrsio kosu; u ruci mu stajao zgužvan šešir. Kud je posle produžio, kako se našao na putu za Topčider?

Sećao se kako je išao uvek pravo. Kuća se javljala za kućom, dvorište za dvorištem. Pred Monopolom sretne jedan par. To je bio jedan mlad čovek i jedna mlada žena. Oni nisu obraćali pažnju na njega, držali su se čvrsto ispod ruke... jedno uz drugo, i u govoru primicali usne.

Miloš je bio tako isto mlad; i on je u srcu imao jedan izvor nežnosti, ali ga je on ugušivao, i bežao... Kuda? Kamo? Zašto? On nije znao.

Kako se našao na otvorenom polju?... Sećao se da je jedan gust oblak bio pokrio sunce. Vetar se podiže. Kiša pljusnu. Sve oko Miloša posta sivo od milijarda sitnih kapljica vode. On se sakri pod jedno drvo.

Kad je kiša prestala?... Koliko je bilo sati? Vreme, kao razbijen časovnik, bilo se zaustavilo za njega i nije mu davalo nikakva spomena.

Kako se vratio u varoš? Je li ga ko video, poznao?... To je bilo izbrisano iz njegove pameti.

Toga dana nije bio ništa okusio. Sećao se samo kako je ušao na kapiju od kuće, rešen da se ubije. Vrata su stajala nezaključana, onako kako ih je ostavio. Mesec je kupao svojom svetlošću obe njihove sobe. Miloševo grlo je bilo suvo kao ispečeno, i po njegovim obrazima linuše suze, lagane i duge, bez jecaja, bez uzdaha, kao da je to bila njegova duša koja je plakala. On se baci preko raspremljene postelje i pritište glavu na meku perinu.

— Treba svršiti... treba svršiti, što pre — ponavljao je u mislima, i pripijao se uz ovu postelju njihove ljubavi.

— Zar hoćeš da lišiš onu koja leži sad u mrtvačkom sanduku i onoga što još jedino može očekivati od tebe... da joj ne ispuniš njenu poslednju volju, njenu poslednju molbu? — progovori u Milošu njegova savest. — Ona se žrtvovala za tvoju sreću. Ne odbacuj tu sreću, ona je skupo plaćena... smrću plaćena.

— Zorka nije imala pravo — glasno kriknu mladi čovek.

— Ja ne mogu živeti bez nje. Ja vidim da je moj život svršen... treba svršiti... treba svršiti što pre.

Kremić zapali sveću.

On se bio potpuno rešio da se ubije. Sad je hteo samo da još jedanput vidi mesto gde je proveo najlepšu godinu svoga života.

Sa svećom u ruci i zakrvavljenih očiju, on je išao iz sobe u sobu. U njegovoj sobi pade mu pogled na kanabe, pokriveno crnom šagrinskom kožom. Zorka ga je bila izmestila iz salona, kad se kod nje doselio, i metnula ga tu, u njegovu sobu, da Milošu bude udobnije.

Ovo veliko kanabe, namešteno prema prozoru, sa koga se moglo gledati na Dunav, bilo je naročito milo Milošu. Koliko puta su oni razgovarali na tom kanabetu, upola ležeći, glavu uz glavu, s ukrštenim rukama, i opijali se dugim poljupcima.

Mladi čovek primače sveću da još poslednji put vidi ovo parče mrtvog nameštaja, koji je za njega bio živi svedok njegove ljubavi. Na jednom stočiću, koji je stajao pored kan-abeta, Miloš opazi jedno neotvoreno pismo, naslonjeno na pepeonicu.

On poznade rukopis. Pismo je bilo na njega i dolazilo je od njegove majke.

Predomisli se da li da ga otvori.

On je uvek voleo da čita majčina pisma.

Ova dobra starica, sa dva razreda osnovne škole, umela je pisati onako kako govori, onim lepim jezikom rođenih Užičana, vezujući po tri reči zajedno. Ona je uvek znala naći puno palanačkih novosti, o ovom čoveku ili onoj ženi, koje je Miloš poznavao, i ispričati ih prosto i bez ikakvih pakosti, jer u njenoj duši nije bilo ničega rđavog. I posle... njene upola kazane brige, strahovanja i nežne molbe da se čuva, uvek su se slatko doticala njegovog srca.

Najzad, on ocepi koverat.

Iz pisma ispade jedan amaterski snimak. Kremić ga podiže, ne gledajući šta je; metnu ga na stočić i poče čitati pismo:

„Kroz koji dan poslaću snaji jednu teglu slatka — između ostalog mu je pisala majka. — Ostalo mi je od jesenas. Vrlo je lepo ispalo. To su dunje iz naše bašte. Hoću da vidi kakvo je naše slatko. Čekam samo da ti dovršim čarape, pa ću vam sve zajedno poslati. Kaži snaji, neka te dobro gleda, znaš kako je to ona meni poručivala kad si ti bio ovamo.”

Miloš mahnu glavom i proguta jednu suzu.

„U ovom pismu šaljem ti našu sliku. Slikao nas je Radoje poručnik. Kako ti se dopada? Udarilo mi sunce u oči, pa sam ispala ćorava.”

Kremić pogleda u fotografiju.

Kraj jednog nakrivljenog plota od zašiljenih dasaka, stajala je njegova cela porodica. Mala Dobrinka se bila obesila majci o ruku, kao da se plašila nečega. Brat policajac, mršav i koščat, bio se naslonio na svoju sablju, i, ispod policijske kape, nabijene na oči, smešio se bolećivo i kiselo. Ostala dva brata su stajala ozbiljno i svečano.

Gledajući u majčinu bluzu od jeftinog porheta, u te prijatne i poznate fizionomije svoje porodice, u nakrivljen plot od debelih dasaka i mučenički osmeh svoga brata, Miloš se seti njegovih reči, onih koje je govorio i onih koje nije hteo da kaže:

— Nije život što i pesma, gde je sva muka pronaći da se *um* slikuje sa *drum*. Pored ljubavi ima i dužnosti, pored dragane postoji porodica... Zar ti misliš da pod policijskom bluzom ne sme kucati jedno čovečje srce? I ja sam voleo i imao uzvišenih želja. Zar ja ne bih mario da budem učen pravnik, načelnik ministarstva, profesor univerziteta ili konzul? Svi mi volimo stvari lepe i ugodne. Ali je trebalo spasti kuću, trebalo je da onaj starac, koji sada spava u Dovarju, ne ostane bez krova nad glavom, trebalo je spasti ovu decu. Tebi je bilo lako...

Kremić ponovo pogleda u bled snimak palanačkog amatera.

Ova stara žena mogla bi poneti šta bolje od jeftinog porheta. Ovoj devojčici treba dosta bratske zaštite da se ne plaši pred strancima. Ova dva dečaka imaju takođe svojih potreba. A ovaj policajac, čija se bluza i na slici poznaje da je izveštala, zaslužio je da se odmeni i da se sa njegovog koščatog lica istre kiseo osmeh mučeništva.

Jedna misao, iznenadna i nova, strašnija nego samoubistvo, jer je trebalo produžiti život kad se nema volje za njega, i topla u isti mah, jer je velika, jer je hrišćanska i božanska, zatrese umorenu glavu mladog čoveka.

— Idem tamo, idem da im pomognem. Moja pomoć biće iskrena. Velja se neće više osmehivati ovako. Ovaj plot treba podupreti. Ja ću ih umeti pomoći. Ja ću im dati sve što imam, jer meni ne treba ništa.

On pritište grudi s leve strane. Smrt njegove dragane bila

je otvorila široku ranu na ovim mladićevim grudima, ali na tu ranu padao je neki melem, koji je ne leči, ali je olakšava i održava život. I taj melem, koji mu je dolazio sa blede slike njegove porodice, unosio je u Miloševo raskrvavljeno srce jedan blag dah nove radosti, radosti pune suza, radosti pitome i tihe, one radosti koju je osetio kad se rešio da Zorki da svoje ime, da bi je utešio, radosti koju čovek oseća kad radost čini.

— Ah, sad tek razumem Zorku, kako se mogla rešiti na onaj strašan korak... kako je slatko kad se čovek odriče sebe radi svojih.

Miloš leže na kanabe, i ponovo se zadubi u fotografski snimak koji mu je pismo donelo. Polako su njegove trepavice otežavale, ruka drhtala; fotografija pade na njegova usta, i on zaspa teškim snom koji dolazi posle velikih gubitaka nervne snage, i odakle čovek izlazi sposoban da živi ponovo i da snosi ono što mu se činilo nesnošljivo.

Natrag

— Ja još ne verujem da ti ideš u Užice... kako da kažem... na svagda. To je originalno... kako da kažem... pesnički, ali nije pametno. Sad ti se ukazuje prilika... Treba je ščepati... kako da kažem... Posle će biti dockan.

— Ne, Bogdane, za mene nema više prilika. Ja ne tražim više ništa. Ja idem da dovršim svoje dane i pomognem druge.

— To je poezija, drama... kako da kažem... To se dešava na daskama, na pozornici. Ali u svetu!... Sad kad si... kako da kažem... probio led...

— I razbio glavu! — preseče ga Kremić gorko.

— Vidiš, kako si lako dobio mesto u sudu — ne dade se zbuniti reporter *Preporoda*. — Tražio si Užice, i dobio si ga. Da si... kako da kažem... hteo Beograd, dobio bi i njega. Novine te hvale, kritičari očekuju od tebe novu zvezdu na polju drame, ljudi te dočekuju rado i nude ti... kako da kažem.. svoju pomoć.

— Ne, ne, Vasiću. Ta pomoć dolazi i suviše dockan.

— Ti preteruješ, kao uvek. Zaista, to bi bila... kako da kažem... grdna šteta. Eto, mi smo bili najbolji drugovi, a ja... pardon, Miloše, ja sam uvek verovao u tvoj talenat, ali nisam mogao... kako da kažem... ni u snu sanjati, da ti možeš onako nešto napisati. Ono je bio božanstven trenutak kad mlada žena u drugom činu diže ruke k nebu i upravlja pitanje Bogu: „Šta da radim?" — kako da kažem — recitovao je Bogdan Vasić. — „Kažu da je Bog dobar i pravičan. Ali zar on može... kako da kažem... dopustiti da mi ostanemo nesrećni kad ne činimo nikome zla. O, Bože milostinje, sažaljenja, Bože pravde... kako da kažem... ti koji upravljaš svetovima i čovečanstvom, nauči me šta da radim..."

— Ah, ostavi, Bogdane, to su stvari...

— Nikad nisam čuo burniji aplauz, otkako dolazim u pozorište. Jedna devojka je plakala pored mene. Gospodin Stajić je lično... kako da kažem... napisao onu kritiku, na celoj trećoj strani *Preporoda*.

Miloš se smešio na ove pokojne uspehe, kao na neka pala veličanstva, i gledao celo vreme za amalinom koji je nosio njegov kufer.

— Da, Vasiću, ja volim svoj rad; ja cenim svoju dramu. Ali ja više ništa ne mogu napisati. Ona me je i suviše stala.

— To se tebi samo čini. Posle godinu-dve dana... kako da kažem... Ima vremena. Ti si mlad...

— Ne, ja sam već ostareo. Evo, ja nemam više od 24 godine, a čudim se što moje kose nisu sede. Moje srce je postalo jedna velika krpa, iskidana vetrovima života, uprljana svakovrsnim dodirima, izbledela na velikim kišama. Ja u sebi osećam samo poderotine. Da, Vasiću, te poderotine, ti dronjci... to su moje bivše nade, to su moje nekadanje naklonosti i mrtva verovanja.

Amalin je izmicao uz brdo Dubrovačke ulice.

Dva prijatelja se požuriše da ga stignu.

Miloš je imao na leđima jedan širok havelok, čije peševe je

pokretao lak proletnji vetar. Na glavi mu je bio mek šešir sa širokim obodom. Ispod šešira sijale su njegove blage plave oči, nešto natmurene. Njegovo lice je bilo bledo i ostarelo, kao posle kakve velike bolesti.

— Varaš se, Kremiću — uporno ga je Bogdan branio od njega samog — ti si... kako to rekoh?... mlad, a kad je čovek mlad, on je u stanju da preboli sve. Ne pravi tvoj bol većim nego što je. Ostavi vremenu... Ono ume najlepše da privija obloge i da leči. Na rane... kako da kažem... doći će ožiljci, i sve će proći... To će proći, videćeš.

— Ne, ne... ti to ne znaš, ti to ne možeš znati, jer ti nisi patio. Ovo su rane koje se ne mogu preboleti. One su kao i rak. Čovek živi, ali i rak s njim. Jedan dan dolazi kad je sve svršeno. Ne, Vasiću, ti to ne možeš znati, i neka bog ne da da to saznaš. Ja sam uništen, ja sam pretrpeo bankrotstvo ideala, krah svega; ja ne postojim više, ja nemam više svoje ja, ja sam bivši čovek.

— Dobro, neka je i tako — protivio se Bogdan. — Neka si... kako da kažem... pretrpeo krah ideala, neka si bankrot. Ali ti nisi jedini. Ima toliko ljudi koji su bankrotirali, pali pod stečaj, bili na robiji, ali je to prošlo... Oni su se... kako da kažem... vratili, otvorili radnju. Pokušaj i ti. Ovo nije prvi put kad ti je teško. Oko tebe ni do sad nisu cvetale ruže.

— To je tačno. Bilo je teških dana, vrlo teških. Ali ovo sad... ovo je smrt što se izdiže preda mnom i ne da mi napred, a smrt je nešto drugo nego sve teškoće ovoga sveta.

— Ja te ne razumem.

— Da, ti me ne razumeš, prijatelju. Pre mesec dana ne

bih ni ja sebe razumeo, rugao bih se i podsmešljivo govorio: kaboten, nadrifatalist...

— Pardon, Miloše, ti to ne misliš?... Meni nije ni na kraj uma... kako da kažem... da ti se rugam... Ja te samo ne razumem dobro.

— Da, Bogdane, ti imaš pravo, ti tražiš objašnjenje, ti ne možeš da veruješ. Doista, čovek je takav; on se rađa pozitivista; on ne pristaje da mu ijedna stvar ostane neobjašnjena. Ali, veliki udari i nepogode u životu, koje ruše sve naše planove, samim svojim faktom, samim tim što postoje i što nas pogađaju, uveravaju nas u nešto stalno i nepromenljivo; mi shvaćamo neobjašnjive stvari i primamo postojanje tajne.

— Izvini, Kremiću, ti prelaziš... kako da kažem... na teren metafizike. Ona je bila uvek moja slaba strana. Kad pomislim da ima Boga, ja ga i sad zamišljam... kako da kažem... onako kako sam ga video nacrtanog u crkvi moga mesta rođenja: sa trorogim šeširom na glavi i bradom do pojasa.

— Ja ne znam da li je ovo metafizika. Ja ne znam da li svetom vlada jedna najviša pamet ili postariji čovek, sa trorogim šeširom na glavi, kako ti reče. Da li ima sudbine, proviđenja, kao što veruje moja majka? Ono što ja razumem, gledajući moj život preko svršenih događaja, jasno mi veli, da postoji izvesna duboka logika situacije i karaktera. Ova logika razvija posledice naših radnji, i ako su naši postupci bili nečisti, ona nosi sa sobom ono što će nas slomiti jednog dana. Vidiš, Bogdane, moje radnje nisu bile čiste, prave ni časne. Ja sam hteo da uživam slasti ljubavi, a nisam hteo da primim obaveze koje jedan takav postupak donosi. Sad se pogreška sveti. Ja sam slomljen.

Dva prijatelja su išli, sada polagano, levom stranom Knez Mihailove ulice, u pravcu Železničke stanice, i ćutali. Bilo je lepo proletnje veče. Veliki izlozi pomodnih beogradskih trgovina bili su raskošno osvetljeni. Svet je bio pokrio trotoare. Te gomile crne mase bile su cvet beogradskog društva, što izlazi svakim danom predveče i šeta se ovom ulicom do večere. Pored dva zamišljena mlada čoveka promicali su predstavnici lepote i raskoši, ukusa i otmenosti, učenosti i dobrih položaja. Ta ogromna gomila ljudi bila je svršila svoj dnevni posao, oprala ruke, ostavila na stranu ono što će biti sutra, i šetala se po glavnoj ulici Beograda veselo, kao da Srbijom teče med i mleko.

— Pa kako je to sve bilo brzo? — upita Bogdan Miloša posle dužeg ćutanja, glasom upola pobeđenim. — Otkud to da se baš tebi... kako da kažem... desi?

— Bogdane, nije se to samo meni desilo — odgovori Kremić, polako kao da je govorio o nekoj stvari koja je van njega, nezavisna, neoboriva i naučna. — Ti to bar treba da znaš kao reporter. Kaži mi samo da li je prošlo nedelju dana, otkako ti za ovo tri-četiri godine pišeš dnevne vesti u *Preporodu*, a da nisi zabeležio jednu prevaru ili nesrećan događaj, katastrofu ili bankrotstvo, krizu u ministarstvu ili stranci? Kad bi istoričar naših naravi hteo da razume najviši razlog naših ogorčenih borbi, divljih mržnji i opadanja časti, čak i kod naših ljudi, koje njihove godine ili položaj u društvu trebahu sačuvati; ako bi taj istoričar, velim, hteo da dohvati tajanstveni ključ tolikih sramnih razmena novaca za savesnost i da sazna tešku zagonetku koja se krije u propadanju tolikih karaktera u našem javnom životu, trebalo bi da siđe jednoga dana na beogradsku stanicu oko četiri sata posle podne, kad dolazi voz iz unutrašnjosti. On bi rešio tu zagonetku, kad bi se zagledao u fizionomije, zabrinute i odlučne u isti mah... fizionomije onih ljudi što izlaze iz voza, vukući svoj kufer: ti ljudi dolaze u Beograd sa onim što imaju da nađu ono što hoće. To su došljaci, to su ja, to su ti, to je ceo današnji Beograd, izuzev nekoliko cincarskih i jevrejskih kuća, to je celo naše pokolenje.

Na uskom trotoaru Balkanske ulice jedan dečko im prepreči put. On je gledao u izlog poslastičarnice.

— Pogledaj u oči ovog deteta — obrati Miloš pažnju Vasiću. — Šta čini luda lakomost! Pogledaj te oči zadivljene i, u isti mah, odlučne. Ovaj deran zna šta hoće. On nema deset para da kupi ovaj kolač koji vidi. Ali će se potruditi ipak da ga dobije. Prvo će pokušati na pošten način, pa ako tako ne uspe, on će pribeći laži i prevari. Mi smo kao taj dečko, svi mi: ja, ti, naši drugovi, ceo Beograd i celo naše pokolenje. Svi mi volimo stvari slatke i ukusne. Svi mi nemamo deset para, a hoćemo da imamo sve što vidimo i što nam se dopadne. Da, svi mi pokušavamo da ih dobijemo na pošten način. Ali... u životu ima tako malo srećnih ljudi koji imaju dovoljno sredstava da ostanu pošteni i ne padnu u iskušenje, da ne pribegnu laži i nepoštenju. To važi za sve ljude, ali naročito za nas, jer smo došljaci. Svi smo mi, manje-više, došli ovamo u Beograd, sa poštenim namerama. Ali smo mi svi takođe, manje-više, bili bez sredstava. Iskušenje je bilo još jače, jer je oko nas bio nepoznat svet. Mi smo mislili da nas niko ne poznaje i da nam je tako lakše činiti stvari kojih bi se stideli u našoj varoši, u svojoj kući. I dalje... taj svet nas nije poznavao, primao nas je sa pogledom sumnjičenja, otresao se od nas. Čak, još dok smo bili čisti kao anđeo, gledali su u nama đavola, lopužu, čoveka gotovog na sve. Borba za nasušni hleb nas ogorčavala. Svaki dan nam je otkidao iz srca po jednu iluziju, donetu iz rodnog kraja, kao jesen što otkida lišće u drveća. Mi smo se postepeno mirili s nepoštenjem, sa lažju, prevarom, i čekali samo pogodan momenat da načinimo onaj korak ranijih došljaka, koji nas je dotle čudio i bunio. Naše majke su bile daleko, da nas poglade po čelu i kažu nam: „Ne, to nije lepo!" Kao što ti rekoh, oko nas je bio svet nepoznat. Niko se za nas nije brinuo. Nikoga ni mi nismo voleli. Od neljubavi i ravnodušnosti samo je jedan korak do zločina, a zločin, kao što ti rekoh, sadrži u sebi kaznu, koja nas najzad pogađa jednog dana.

— Kako da kažem... otkud te misli? Mi smo i do sad razgovarali, ali...

— Moj bol mi je otvorio oči. I ja vidim sad, na kraju, ono što je trebalo da sam video u početku — odgovori Kremić zamišljeno.

— Pa šta ti misliš... kako da kažem? — ponovo upita Bogdan. — Zar ljudi treba da ostanu uvek onde gde su se rodili: u istoj državi... kako da kažem, u istoj varoši, selu i sokaku?

— Ja ne tvrdim, da čovek ne treba da se seli. Selidba je jedan nužan zakon. Ali je ona često puta samo jedna manija, besmisleno trčanje za boljim, za srećom, necenjenje onoga što se već ima u ruci; ona je ponekad pokret onog psa iz basne, koji ispušta komad iz usta da bi ugrabio veći komad u ustima svoje senke; ona je još češće malodušno bežanje pred neprilikom. Naročito kod nas Srba. Zagledaj u našu istoriju. Šta ko radi, mi se selimo. Otkad se zna za nas, mi lutamo iz zemlje Bojke u Srbicu, iz ove u Rašku, a posle u Ugarsku, Rusiju,

Ameriku ili ponovo u Tursku. Najmanje zlo nas navodi da ostavimo ono što je naše, pa da posle, sa štapom u ruci i prosjačkom torbom na leđima, lutamo po tuđini, proseći ili otimajući. Treba biti junak, pa ostati i pobediti zlo. Jer selidbom se ne dobiva, obično, čak ni ono što se ostavlja. Što se i dobiva, to staje ogromnih napora i smrtonosnih kriza. Ne treba gledati nekolicinu koji su uspeli. Treba pogledati gomile tih beskućnika, koji se prebijaju od nemila do nedraga i koje ubijaju bolesti, nemaština i zločinstva, kao slana što ubija cveće koje je izniklo u vremenu i u mestu gde nije trebalo iznići.

— Pa što se svet seli? Što on ne vidi zlo koje ga... kako da kažem... čeka?

— Mi dolazimo na ovaj svet bez naše volje i živimo kao pečurke, nikle posle jedne kiše, ne pitajući se: zašto i kako? Jedan trenutak dolazi, ranije ili docnije, ali jednom zacelo, kad nas život udari, trgne nas iz krive nesvesnosti, i postavi nam mučnu zagonetku, od koje zavisi biti ili ne biti.

— To je... kako da kažem... Hamlet! — primeti Vasić.

— Hamlet je postojao pre Šekspira, on i sad živi... ne samo u Danskoj, već i ovde na Balkanu, u našoj Srbiji među nama samima. Jer ta zagonetka je večna i nju uvek treba rešiti. Obično, ona se rešava što se ruka pruža za bolje parče hleba, za slađu stvar, za parče sjajnog metala, a čovek se ne pita: da li šta ostaje onome što je pored njega. A to je pogreška. To stvara ovu ogorčenu borbu među nama, ove zverske mržnje, zlikovačke strasti i padove velikih karaktera.

Dva prijatelja su se bili već primakli Železničkoj stanici i prolazili pored jedne od onih mnogobrojnih kafana koje se nalaze oko stanice.

Stolovi su već bili metnuti u maloj bašti pred kafanom. Počadile sijalice su osvetljavale samo crvene čaršave po stolovima i dno zelenih kruna u zasađenog drveća. Do kafanskog zida je bila podignuta jedna bina na pivskim burićima. Na njoj je svirala jedna ciganska kapela. Unaokolo se prostirala široka, meka beogradska noć, s velikim nebom punim zvezda, noć, što seje laži, snove i izaziva volju na pijanke i orgije. Jedan mlad Ciganin, još dečko, pevao je uz pratnju kapele, derući se iza ramenica:

Sunce jarko, jutrom kad se rodiš,
Reci joj da za njom srce vene;
Pozdravi je kad god je pohodiš,
Poljubi je, sunce, mesto mene!

Na glas pesme, Kremić prekide svoja razlaganja, pogleda izgubljeno garavog dečka, kome su žile bile nabrekle od neprirodnog glasa, pa onda obori glavu i pusti jedan uzdah.

Bogdan se ne usudi da ga trgne iz njegove zamišljenosti, sve dok ne dođoše u železničku restoraciju i poručiše po kafu.

— Ti reče... kako da kažem... selidbom se ne postiže ono što se traži? Ne postiže se...

— Sreća, da!... Vidiš, Bogdane, kad smo došli u Beograd, malo-pomalo, mi smo zaboravili onu nežnost koju nam je dala rođena kuća. Prag koji bi nam ovde mogao zameniti naš rođeni prag, bio je zatvoren za nas. Mi smo vodili život gledajući slatke stvari kroz prozor i žudeći da ih dobijemo. Mi smo mislili tako samo na sebe, trčali za uživanjima i tražili sreću na putu koji je suprotan njoj. Uživanje nije sreća, jer ono prestaje biti uživanje kad je ostvareno. Sreća nije izvan nas. Ona je u nama. Ljubav, samopregorevanja... eto, to je jedina i prava sreća. Ona ne zavisi od zasićenosti, kaprica, slučaja i sredstava. To je bar moje mišljenje, skupo plaćeno svima mukama dosadašnjeg života. I ja se sad vraćam na taj put... Ali, ne zbog sebe. Ja sam ti rekao, moj život je svršen. Ja imam još tri brata i jednu sestru. Ja imam zavičaj, otadžbinu. Svima njima treba rada, pomoći i saveta. Ja ću biti u varoši gde sam rođen, u svetu koji poznajem i koji me zna. Ja ću se dati sav. Ja neću tražiti ništa za sebe. Moje skromne snage posvetiću onima koji me okružuju. Ja ću sklopiti oči mojoj majci kad ispusti poslednji uzdah. Biću odmena moga starijeg brata i potpora mlađih. Šta mari: što ne mogu stvarati? Ja ću umeti pomagati i moj život neće biti uzaludan. Ja ću biti miran građanin, koji će vršiti svoje dužnosti i zadovoljavati se nazivom: poreska glava. Moja naklonost će biti iskrena prema svima čiji osećaji su uvređeni i lepota ponižena. I ja sam uveren, da ću biti srećan... da, sad srećan kad sreću ne tražim i kad me ona boli.

Kelner donese kafu, i malo posle, voz odnese Miloša Kremića, mladića koji je nekad imao velike zamisli i leteo visoko.

Milutin Uskoković, istaknuti srpski književnik, pravnik i doktor nauka, rođen je 1884. godine u Užicu. Jedan je od najznačajnijih pisaca srpske moderne sa početka dvadesetog veka i najveći književni stvaralac koga je Užice iznedrilo pre Prvog svetskog rata.

Osnovnu školu i šest razreda gimnazije završio je u Užicu. Školovanje je zatim nastavio u Beogradu, a zanimljivo je da je u Beograd iz Užica došao peške. Tu je završio sedmi i osmi razred gimnazije.

Studije prava na Velikoj školi upisuje 1902. godine.

Budući poreklom iz osiromašene trgovačke porodice bez stalnih izvora prihoda, i koja je imala jedanaestoro dece, Uskoković tokom školovanja prima državnu stipendiju, ali se i sam izdržava, daje časove učenicima iz bogatijih porodica, raznosi namirnice, pere sudove po kafanama na periferiji, a kasnije radi i kao praktikant u Državnoj statistici, Opštinskom fizikatu i Ministarstvu unutrašnjih dela. Za skroman honorar sarađuje i sa mnogobrojnim beogradskim listovima.

U redakciju Politike stupa odmah po njenom osnivanju 1904. godine.

Po završetku studija zapošljava se u Carinarnici Beograd, a

početkom 1907. godine započinje svoju diplomatsku službu u Srpskom konzulatu u Skoplju. Ubrzo nakon toga, 1908. godine, uzima trogodišnje odsustvo i odlazi u Ženevu kako bi pripremio doktorsku disertaciju iz oblasti međunarodnog prava.

Tokom boravka u Švajcarskoj intenzivno se obrazovao i u drugim oblastima, najviše u književnosti (francuskoj, ruskoj i nemačkoj), ali i filozofiji, istoriji, umetnosti i nekim prirodnim naukama.

U Ženevi se oženio mladom i obrazovanom ćerkom vlasnice pansiona u kome je stanovao, Babetom Fišer, uprkos velikoj razlici u godinama.

Nakon što je 1910. godine odbranio doktorsku tezu na Univerzitetu u Ženevi i stekao titulu doktora pravnih nauka, vratio se u Beograd i dobio službu u Carinskoj upravi. Radio je različite činovničke poslove u više državnih institucija i ministarstava.

Još od mladosti, Uskoković je bio nežnog zdravlja, nije služio vojsku, niti je učestvovao u ratovima. Pre samog početka Prvog svetskog rata, njegovo psihičko stanje je naglo počelo da se pogoršava, pokazivao je znakove manije gonjenja, ali su okolnosti bile takve da je bilo nemoguće pristupiti lečenju.

Početak Velikog rata dočekao je u Skoplju gde je radio kao sekretar u Trgovinskom inspektoratu Ministarstva narodne privrede. Sa velikim optimizmom doživeo je pobede srpske vojske na Ceru i Kolubari, i bio uveren da će uskoro doći čas celokupnog srpskog oslobođenja i ujedinjenja.

Veliko razočaranje i smrt nastupaju nedugo posle toga. Teško stanje srpske vojske na frontu i njeno povlačenje pred austougarskom, nemačkom i bugarskom ofanzivom, prinudili su i Uskokovića da u jesen 1915. godine iz Skoplja krene ka Prištini. Stigavši u Kuršumliju, bolešljiv, razočaran i preterano osetljiv, u trenutku potpunog beznađa i psihičkog rastrojstva, Usković je izvršio samoubistvo skočivši u nabujale talase reke Toplice. U oproštajnom pismu je napisao: „Ne mogu da podnesem smrt otadžbine.”

Njegova smrt tada nije bila adekvatno propraćena. Zbog teške ratne situacije, tek malobrojne novine objavile su nekrolog, i to sa zakašnjenjem.

Nekoliko pomena i književnih večeri posvećeno mu je u periodu između dva rata. Kolo srpskih sestara iz Užica 1936. godine postavilo je spomen ploču na kući u kojoj je živeo.

Udruženje profesora, nastavnika i učitelja podiglo je Uskokoviću 1953. godine spomen-bistu u centralnom kuršumlijskom parku, a dve godine kasnije spomen-bista je postavljena i u Užicu, u parku kraj reke Đetinje.

Roman *Došljaci* najpoznatije je delo Milutina Uskokovića. Za ovaj roman, koji prikazuje složene društvene odnose unutar gradske sredine i smatra se prvim romanom o urbanom Beogradu, pisac je za života dobio nagradu Srpske književne zadruge. Kroz ljubavnu priču Miloša i Zorke, tešku ljubavnu dramu mladića koji ostvaruje snažnu emotivnu vezu sa ženom koja mu ne priliči, pisac prikazuje živote mladih ljudi koji su sa raznih strana došli u Beograd, društvo jednog vremena, pojedince koji svim silama pokušavaju da mu se suprotstave, ali koji pred njegovim načelima ipak ostaju nemoćni.

SADRŽAJ

SADRŽAJ